吸血鬼《ヴァンパイア》学園《がくえん》へようこそ

凛江《りえ》・作

riri《りり》・絵

アルファポリスきずな文庫

目次《もくじ》

人物《じんぶつ》紹介《しょうかい》
藍崎《あいざき》 煌《こう》
ひかると同《おな》じクラスのイケメン男子《だんし》。生徒会《せいとかい》メンバーの一員《いちいん》。無口《むくち》で無愛想《ぶあいそう》だけど、時々優《ときどきやさ》しい。低血圧《ていけつあつ》。
黒川《くろかわ》ひかる
この物語《ものがたり》の主人公《しゅじんこう》。高校《こうこう》一年生《いちねんせい》の女《おんな》の子《こ》。天涯孤《てんがいこ》独《どく》となり、大金持《おおがねも》ちの祖《そ》父《ふ》に引《ひ》き取《と》られる。
桃谷《ももや》 泉《いずみ》
女《おんな》の子《こ》大好《だいす》きな生《せい》徒会《とかい》メンバー。『桃《もも》谷《や》クラブ』というファンクラブがある。
墨島《すみじま》 昴《すばる》
墨島学園《すみじまがくえん》の生徒会《せいとかい》長《ちょう》でひかるのはとこ。学園《がくえん》の人気者《にんきもの》。

緑山《みどりやま》さおり

女子寮《じょしりょう》の寮長《りょうちょう》で生徒会《せいとかい》メンバー。ひかるに対《たい》しては冷《つめ》たい態度《たいど》をとっていたが……？昴《すばる》にご執心《しゅうしん》な様子《ようす》。

相田美雪《あいだみゆき》

墨島学園《すみじまがくえん》の生徒《せいと》で、ひかると親友《しんゆう》になった女《おんな》の子《こ》。他《ほか》の生徒同様《せいとどうよう》、超《ちょう》お嬢様《じょうさま》。おしゃれには厳《きび》しい。

紫《むらさき》野《の》

天涯孤独《てんがいこどく》になったひかるを迎《むか》えに来《き》た青年《せいねん》。墨島《すみじま》グループ総裁《そうさい》であるひかるの祖父《そふ》の部下《ぶか》。ひとりぼっちのひかるに親身《しんみ》になってくれる。

青野《あおの》 獏《ばく》

成績優秀《せいせきゆうしゅう》な生徒会《せいとかい》メンバー。クールな性格《せいかく》。成績《せいせき》で煌《こう》に勝《か》てないことを苦々《にがにが》しく思《おも》っている。

プロローグ

（……いやっ！）
プツリと皮膚《ひふ》の破《やぶ》られる感触《かんしょく》に、ひかるは心《こころ》の中《なか》で小《ちい》さな悲鳴《ひめい》を上《あ》げた。
がっちりと両腕《りょううで》で抱《かか》え込《こ》まれ、逃《に》げるどころか身動《みうご》きさえとれない。
逃《に》げなくちゃ、大声《おおごえ》で助《たす》けを呼《よ》ばなくちゃと思《おも》っているのに、体《からだ》に力《ちから》が入《はい》らないのだ。
それは今《いま》まで経験《けいけん》したことがないような不思議《ふしぎ》な感覚《かんかく》だった。
首筋《くびすじ》に牙《きば》を突《つ》き立《た》てられ、自分《じぶん》が吸血《きゅうけつ》されているのだということは理解《りかい》している。
でも、痛《いた》くはないし、全身《ぜんしん》から力《ちから》が抜《ぬ》けていく感《かん》じが妙《みょう》に心地《ここち》いい。
（だめ……、もう……、でも、どうして彼《かれ》が……、）
意識《いしき》が遠《とお》のいていく。
相手《あいて》を引《ひ》き離《はな》そうともがいていた腕《うで》がだらりと垂《た》れ、膝《ひざ》ががくりとくずおれる。
そして意識《いしき》を手放《てばな》す瞬間《しゅんかん》ひかるが目《め》にしたのは、捕食者《ほしょくしゃ》の赤《あか》く光《ひか》る瞳《ひとみ》だった。

第一章《だいいっしょう》　孤島《ことう》の学園《がくえん》へ

「……すごっ」

降《お》り立《た》った瞬間《しゅんかん》、ひかるはその光景《こうけい》に驚《おどろ》いて目《め》を見開《みひら》いた。

理事長《りじちょう》が用意《ようい》してくれたというセスナ機《き》に乗《の》って約一時間半《やくいちじかんはん》。

着陸《ちゃくりく》したその島《しま》は、全《まった》くの別世界《べっせかい》だった。

目《め》の前《まえ》に広《ひろ》がる、まるで白亜《はくあ》の宮殿《きゅうでん》のような建築物《けんちくぶつ》。

小《ちい》さな島《しま》のほぼ全部《ぜんぶ》に広《ひろ》がるこの建物《たてもの》たちが、墨島学園高等部《すみじまがくえんこうとうぶ》の学舎《まなびや》だ。

国内《こくない》でもトップクラスの財力《ざいりょく》を持《も》つ家《いえ》の子女《しじょ》しか入学《にゅうがく》できないと言《い》われ、超《ちょう》セレブ学園《がくえん》

と名高《なだか》い、あの墨島学園《すみじまがくえん》である。

「おばあちゃん、私《わたし》、ここでがんばるからね。それでいいんだよね」

ひかるはそびえ立《た》つ白亜《はくあ》の建物《たてもの》に向《む》かってそう言《い》うと、大《おお》きく深呼吸《しんこきゅう》をした。

そして、目《め》まぐるしく変化《へんか》したこの半月《はんつき》あまりに思《おも》いをはせた。

この半月間《はんつきかん》、一生分《いっしょうぶん》の涙《なみだ》を使《つか》い果《は》たすくらい泣《な》いたのだ。

祖母《そぼ》のためにも、自分《じぶん》のためにも、いつまでも泣《な》いてはいられない。

「顔《かお》を上《あ》げて、前《まえ》に進《すす》まなきゃ」

黒川《くろかわ》ひかる、十五歳《じゅうごさい》。明日《あす》、ここ墨島学園高等部《すみじまがくえんこうとうぶ》の転校生《てんこうせい》になる。


二週間前《にしゅうかんまえ》、突然《とつぜん》ひかるの父方《ちちかた》の祖母《そぼ》が亡《な》くなった。

幼《おさな》い頃交通事故《ころこうつうじこ》で両親《りょうしん》をいっぺんに亡《な》くしたひかるを、ここまで育《そだ》ててくれた祖母《そぼ》が。

その日《ひ》の朝《あさ》、登校《とうこう》するひかるに、「いってらっしゃい」と朗《ほが》らかに手《て》を振《ふ》っていたのが、ひかるが見《み》た生《い》きている祖母《そぼ》の最後《さいご》の姿《すがた》だった。

「おばあさんが倒《たお》れて、救急車《きゅうきゅうしゃ》ではこばれたそうだ。急《いそ》いで病院《びょういん》に向《む》かいなさい」

授業中《じゅぎょうちゅう》の教室《きょうしつ》に飛《と》び込《こ》んできた担任教師《たんにんきょうし》にそう言《い》われた時《とき》は、何《なに》かの冗談《じょうだん》だと思《おも》った。

だって数時間前《すうじかんまえ》まで、祖母《そぼ》は元気《げんき》に笑《わら》っていたのだから。

（大丈夫《だいじょうぶ》。おばあちゃんはあれで案外《あんがい》そそっかしいから、庭《にわ》で転《ころ》んだとかそういうのだよ。近所《きんじょ》の人《ひと》が大《おお》げさに騒《さわ》いで救急車《きゅうきゅうしゃ》を呼《よ》んじゃったとか、絶対《ぜったい》そういうやつ）

ひかるはそう心《こころ》の中《なか》で念《ねん》じた。

つい一ヶ月前《いっかげつまえ》に地元《じもと》の公立高校《こうりつこうこう》に入学《にゅうがく》したひかるに、「おばあちゃん、まだまだ頑張《がんば》らなきゃ」と笑《わら》っていたんだから。


両親《りょうしん》を亡《な》くしているひかるにとって、祖母《そぼ》は唯一《ゆいいつ》の家族《かぞく》だ。

もちろん両親《りょうしん》は大好《だいす》きだ。自分《じぶん》をおいて死《し》んでしまったことを恨《うら》みもしたけど、だからといってひかるは自分《じぶん》が不幸《ふこう》な子《こ》だと思《おも》ったことはない。

それくらい、祖母《そぼ》はひかるに愛情《あいじょう》を注《そそ》ぎ、何不自由《なにふじゆう》なく育《そだ》ててくれた。

決《けっ》して裕福《ゆうふく》だったわけではないが、愛情深《あいじょうぶか》い祖母《そぼ》に守《まも》られ、二人《ふたり》、寄《よ》り添《そ》って生《い》きてきたのだ。

だから祖母《そぼ》は、絶対《ぜったい》にひかるをおいていったりはしない。

しかしそう祈《いの》りながら向《む》かった病院《びょういん》で、ひかるに突《つ》きつけられたのは残酷《ざんこく》な現実《げんじつ》だった。

病室《びょうしつ》で再会《さいかい》した祖母《そぼ》の顔《かお》は、すでに真《ま》っ白《しろ》くて四角《しかく》い布《ぬの》に覆《おお》われていたのだ。

「おばあちゃん」

ひかるは布《ぬの》をめくると、信《しん》じられない思《おも》いで祖母《そぼ》の腕《うで》を揺《ゆ》すった。

「おばあちゃん、起《お》きて」

しかしどんなに揺《ゆ》すっても、どんなに呼《よ》んでも、祖母《そぼ》は二度《にど》と目《め》を覚《さ》まさなかった。

祖母《そぼ》は自宅《じたく》の庭先《にわさき》で倒《たお》れていたらしい。

花《はな》の苗《なえ》を植《う》えていたらしく、右手《みぎて》にスコップを握《にぎ》っていたと、救急車《きゅうきゅうしゃ》を呼《よ》んだ隣《となり》のおばさんが教《おし》えてくれた。

多分《たぶん》ほとんど苦《くる》しまずに、あっという間《ま》に逝《い》っただろうという医師《いし》の言葉《ことば》だけが、救《すく》いだった。

自宅《じたく》に戻《もど》ると祖母《そぼ》の親族《しんぞく》たちが集《あつ》まってきて、祖母《そぼ》の枕元《まくらもと》で言《い》い合《あ》いをはじめた。

一人遺《ひとりのこ》されたひかるをどうするのかで揉《も》めているらしい。

高校《こうこう》に入学《にゅうがく》したばかりのひかるが、一人《ひとり》で生《い》きていくなど出来《でき》っこない。

これからは、この親族《しんぞく》のうちの誰《だれ》かに引《ひ》き取《と》られ、小《ちい》さくなって生《い》きていくしかないのだ。

それさえ無理《むり》なら、高校《こうこう》を退学《たいがく》して働《はたら》くしかない。

でも今《いま》のひかるは先《さき》のことなど考《かんが》えられず、ぼんやりと畳《たたみ》の縁《ふち》を眺《なが》めていた。

今《いま》この状況《じょうきょう》がどうしても信《しん》じられなくて、まるでずっと夢《ゆめ》の中《なか》にいるみたいだったのだ。

(おばあちゃん、私《わたし》も連《つ》れてってくれればよかったのに……)

ひかるはふらりと立《た》ち上《あ》がると縁側《えんがわ》から庭《にわ》に出《で》た。

見上《みあ》げれば、満点《まんてん》の星空《ほしぞら》が広《ひろ》がっている。

小《ちい》さい頃《ころ》なら「おばあちゃんはお星《ほし》さまになって私《わたし》を見守《みまも》ってくれてる。あの星《ほし》の一《ひと》つがきっとおばあちゃん」なんて思《おも》ったかもしれないが、もう十五歳《じゅうごさい》のひかるは死《し》んだ人《ひと》が星《ほし》になることなんてないと知《し》っている。

でも、じゃあ祖母《そぼ》の魂《たましい》はどこへいったのだろう。

まだその辺《へん》にいて、本当《ほんとう》にひかるを見守《みまも》ってくれているのだろうか。

そうしてひかるが庭先《にわさき》でぼんやりとしていると、家《いえ》の前《まえ》に一台《いちだい》の車《くるま》が停《と》まったのが見《み》えた。

また親族《しんぞく》の誰《だれ》かが来《き》たのかと門《もん》の外《そと》に出《で》てみると、暗《くら》がりでもわかるような高級車《こうきゅうしゃ》が停《と》まっている。

そして車《くるま》から降《お》りてきたのは、見《み》たことのない紳士《しんし》だった。

二十代後半《にじゅうだいこうはん》くらいであろうか、仕立《した》ての良《よ》さそうな黒《くろ》いスーツをパリッと着《き》こなした紳士《しんし》は、門《もん》の前《まえ》で突《つ》っ立《た》っているひかるに、涼《すず》やかにこう言《い》った。

「墨島剣造《すみじまけんぞう》の代理《だいり》で、孫娘《まごむすめ》であるひかるお嬢様《じょうさま》をお迎《むか》えにあがりました」

ひかるの運命《うんめい》が変《か》わった瞬間《しゅんかん》である。

◆

「ではお嬢様《じょうさま》、私《わたし》はここで。正門《せいもん》を入《はい》ったところにはとこの昴様《すばるさま》が迎《むか》えに来《き》ているはずですから」

紫野《むらさきの》の声《こえ》で、ひかるの意識《いしき》は一気《いっき》に戻《もど》った。

セスナ機《き》に乗《の》って島《しま》まで同行《どうこう》してくれた紫野《むらさきの》の仕事《しごと》は、ひかるを学園《がくえん》の正門《せいもん》に送《おく》るまでだったらしい。

「紫野《むらさきの》さん、色々《いろいろ》ありがとうございました」

「いいえ、これから頑張《がんば》ってください、ひかるお嬢様《じょうさま》。何《なに》か困《こま》ったことがあったら気兼《きが》ねなく私《わたし》に連絡《れんらく》してくださいね」

「はい」

かすかに微笑《ほほえ》んだ紫野《むらさきの》に、ひかるは深々《ふかぶか》と頭《あたま》を下《さ》げた。

まだ『お嬢様《じょうさま》』と呼《よ》ばれることには慣《な》れないが、この半月余《はんつきあま》りずっとそばにいてくれた紫野《むらさきの》と別《わか》れるのは少《すこ》し寂《さび》しい。


あの日《ひ》、突然《とつぜん》ひかるの前《まえ》に現《あらわ》れた紫野《むらさきの》は、ひかるが墨島《すみじま》グループ総裁墨島剣造《そうさいすみじまけんぞう》の孫《まご》だと言《い》った。

墨島《すみじま》グループといえば旧財閥《きゅうざいばつ》の企業《きぎょう》グループで、その名《な》を知《し》らぬものなどいないほど有《ゆう》名《めい》なグループである。

もちろんそんな話《はなし》をすぐには信《しん》じられなかったが、紫野《むらさきの》はひかるの母《はは》の写真《しゃしん》など見《み》せながら丁寧《ていねい》に説明《せつめい》してくれた。

その説明《せつめい》によれば、ひかるの母《はは》は墨島剣造《すみじまけんぞう》の一人娘《ひとりむすめ》だったという。

母《はは》はひかるの父《ちち》と恋仲《こいなか》になり、剣造《けんぞう》が用意《ようい》した縁談《えんだん》を蹴《け》って駆《か》け落《お》ち。そのまま、周囲《しゅうい》の反対《はんたい》を押《お》し切《き》って結婚《けっこん》したらしい。

そして、二人《ふたり》の間《あいだ》に生《う》まれたのがひかるだった。

家《いえ》を捨《す》てた娘《むすめ》とその夫《おっと》を剣造《けんぞう》がどう思《おも》っていたのかはわからないが、今回《こんかい》ひかるの唯一《ゆいいつ》の家族《かぞく》だった父方《ちちかた》の祖母《そぼ》の訃報《ふほう》を聞《き》き、引《ひ》き取《と》ることを申《もう》し出《で》てきたのだという。

ひかるを育《そだ》てた祖母《そぼ》が、自分《じぶん》に万一《まんいち》のことがあったら墨島家《すみじまけ》に連絡《れんらく》がいくよう手配《てはい》していたのだ。

ひかるの将来《しょうらい》を思《おも》ってのことだろう。

ひかるは祖母《そぼ》の葬儀《そうぎ》が終《お》わって諸々《もろもろ》の手続《てつづ》きが片付《かたづ》き次第《しだい》、剣造《けんぞう》が理事長《りじちょう》をつとめる墨《すみ》島学園高等部《じまがくえんこうとうぶ》に編入《へんにゅう》し、学生寮《がくせいりょう》に入《はい》ることになった。

ここで問題《もんだい》がひとつ。墨島学園《すみじまがくえん》といえばその名《な》を知《し》らぬ者《もの》はない超有名《ちょうゆうめい》なセレブ校《こう》だ。

ど庶民《しょみん》のひかるにとっては一生縁《いっしょうえん》のなかったような学校《がっこう》である。

正直気後《しょうじききおく》れするし、今通《いまかよ》っている高校《こうこう》から転校《てんこう》したくもなかった。

まだ入学《にゅうがく》して一ヶ月《いっかげつ》しか通《かよ》っていないし、勉強《べんきょう》を頑張《がんば》って頑張《がんば》って学費無料《がくひむりょう》の特待生《とくたいせい》として入《はい》れた高校《こうこう》なのだから。

祖母《そぼ》に育《そだ》ててもらったひかるは、将来《しょうらい》祖母《そぼ》に恩返《おんがえ》しをするのが夢《ゆめ》だった。

勉強《べんきょう》もスポーツも頑張《がんば》って、良《い》い学校《がっこう》に入《はい》って、良《い》い職《しょく》に就《つ》いて、祖母《そぼ》を安心《あんしん》させてやりたかったのだ。

（でも……、おばあちゃんはもういないんだ。それに、私《わたし》に選択肢《せんたくし》はない）

あの日《ひ》、紫野《むらさきの》の話《はなし》を聞《き》いた親族《しんぞく》たちは明《あき》らかにほっとしていた。

それに、墨島家《すみじまけ》に世話《せわ》になることを、祖母《そぼ》だって望《のぞ》んでいたのだ。

黙《だま》って決断《けつだん》を待《ま》っていてくれた紫野《むらさきの》の方《ほう》に向《む》き直《なお》ると、ひかるは彼《かれ》の目《め》をしっかりと見《み》上《あ》げた。

「どうぞ、よろしくお願《ねが》いします」

そう告《つ》げた瞬間《しゅんかん》、ひかるの墨島学園《すみじまがくえん》行《い》きが決《き》まったのだった。

その後《ご》紫野《むらさきの》は、祖母《そぼ》の葬儀《そうぎ》から納骨《のうこつ》まで全《すべ》て手配《てはい》してくれ、この半月《はんつき》あまり、ずっとひかるのそばにいてくれた。

「ひかるちゃん、よく来《き》たね」

墨島学園高等部《すみじまがくえんこうとうぶ》の正門《せいもん》まで迎《むか》えに来《き》てくれた少年《しょうねん》は、爽《さわ》やかな笑顔《えがお》でひかるに微笑《ほほえ》みかけた。

スラリとした長身《ちょうしん》に甘《あま》いマスク。とてもキラキラしていて、絵本《えほん》の中《なか》から飛《と》び出《だ》した王子様《おうじさま》みたいな男《おとこ》の子《こ》だ。

「生徒会長《せいとかいちょう》の墨島昴《すみじますばる》です。困《こま》ったことがあったら何《なん》でも言《い》ってね」

そう言《い》うと昴《すばる》はひかるの前《まえ》に右手《みぎて》を差《さ》し出《だ》した。

「黒川《くろかわ》ひかるです。これから、どうぞよろしくお願《ねが》いします」

ひかるは深々《ふかぶか》と一礼《いちれい》した後《あと》、右手《みぎて》を出《だ》して昴《すばる》の手《て》を握《にぎ》った。

すると、繋《つな》がれた右手《みぎて》を通《とお》して、じんわりと熱《ねつ》が伝《つた》わってくる。

(何《なに》……!?)

電流《でんりゅう》が走《はし》るとまでは言《い》わないが、まるで何《なに》かが流《なが》れ込《こ》んできたような感《かん》じに、ひかるは驚《おどろ》いて手《て》を離《はな》した。

「どうかした?」

昴《すばる》が心配《しんぱい》そうに顔《かお》を覗《のぞ》き込《こ》んでくる。

「い、いえ……。ごめんなさい、なんだか静電気《せいでんき》が走《はし》ったような気《き》がして……」

失礼《しつれい》なことをしてしまったと思《おも》い、ひかるは慌《あわ》てて言《い》い訳《わけ》をした。

「そっか、大丈夫《だいじょうぶ》?」

「はい、気《き》のせいだったみたいです」

ひかるがそう答《こた》えると、昴《すばる》は懐《なつ》っこい笑顔《えがお》を見《み》せた。

「よかった。そんなに緊張《きんちょう》しなくていいからね」

(この人《ひと》が昴《すばる》さん、優《やさ》しそうな人《ひと》……)

ひかるはちょっとホッとしていた。

自分《じぶん》にとっては遠《とお》い世界《せかい》であったセレブ校《こう》に入《はい》ることも、誰《だれ》も知《し》り合《あ》いがいないところに突然放《とつぜんほう》り込《こ》まれることも、やっぱり不安《ふあん》だったから。

ここに来《く》るまでに紫野《むらさきの》から少《すこ》しだけ昴《すばる》のことを教《おし》えてもらっていた。

墨島昴《すみじますばる》は、ひかるのはとこにあたるらしい。

ひかるの祖父剣造《そふけんぞう》の、弟《おとうと》の孫《まご》だというのだ。

けれど、ひかるが剣造《けんぞう》の孫《まご》であることは周囲《しゅうい》に伏《ふ》せることになっている。だから、ひかると昴《すばる》がはとこ同士《どうし》だと知《し》っているのはごく一部《いちぶ》の人《ひと》たちだけ。

「……ああ、それから、ひかるちゃん。僕以外《ぼくいがい》にも二人《ふたり》、生徒会《せいとかい》の役員《やくいん》を連《つ》れてきたんだ。こっちが生徒会副会長《せいとかいふくかいちょう》の藍崎煌《あいざきこう》で、こっちが会計《かいけい》の青野貘《あおのばく》。二人《ふたり》ともひかるちゃんと同《おな》じクラスになるみたいだから紹介《しょうかい》しておこうと思《おも》って」

昴《すばる》の言葉《ことば》に顔《かお》を向《む》ければ、彼《かれ》の後《うし》ろに二人《ふたり》の男子《だんし》が突《つ》っ立《た》っている。

昴《すばる》とは対照的《たいしょうてき》に、二人《ふたり》ともその表情《ひょうじょう》は不愛想《ぶあいそう》で、とてもひかるを歓迎《かんげい》しているとは言《い》い難《がた》い。

大方《おおかた》、昴《すばる》に無理矢理《むりやり》連《つ》れてこられたのだろう。

「ほら、二人《ふたり》とも挨拶《あいさつ》して」

昴《すばる》に促《うなが》され、二人《ふたり》は渋々《しぶしぶ》といった感《かん》じで自己紹介《じこしょうかい》した。

「藍崎煌《あいざきこう》だ」

「……青野貘《あおのばく》だ」

藍崎煌《あいざきこう》という男子《だんし》も昴《すばる》と同《おな》じで背《せ》が高《たか》く、目鼻立《めはなだ》ちの整《ととの》ったいわゆるイケメン君《くん》だ。仏頂面《ぶっちょうづら》の上《うえ》、切《き》れ長《なが》の目《め》が冷《つめ》たい印象《いんしょう》だが、それはひかるを歓迎《かんげい》していないというより、そもそも興味《きょうみ》がないように見《み》える。

ただ、目《め》だけはしっかりと合《あ》わせて挨拶《あいさつ》してくれた。

「ええと……、よろしく」

ぶっきらぼうにそう言《い》うと、ついっと視線《しせん》をそらす。

一方《いっぽう》で青野貘《あおのばく》という男子《だんし》は色白《いろじろ》で綺麗《きれい》な顔立《かおだ》ちをしてはいるが、銀縁《ぎんぶち》の眼鏡《めがね》をかけ、少々神経質《しょうしょうしんけいしつ》そう。彼《かれ》がひかるに送《おく》る視線《しせん》には、何故《なぜ》かはわからないが敵意《てきい》さえ感《かん》じた。

初対面《しょたいめん》だというのにそんな態度《たいど》をとられ、ひかるは目《め》を丸《まる》くした。

伝統《でんとう》あるセレブ校《こう》にひかるのような庶民《しょみん》が転校《てんこう》してきたのが気《き》に入《い》らないのだろうか。

青野《あおの》のようにあからさまな態度《たいど》をとる人《ひと》も、まだまだいるかもしれない。

墨島学園高等部《すみじまがくえんこうとうぶ》はほとんど中等部《ちゅうとうぶ》からの持《も》ち上《あ》がりで、転校生《てんこうせい》も珍《めずら》しいと紫野《むらさきの》に聞《き》いた。

（珍《めずら》しいならもっと歓迎《かんげい》してくれてもいいのに。でも、まっ、いっか。なんだって最初《さいしょ》から上手《うま》くいくわけないもんね）

そう、ひかるは自分《じぶん》のメンタルは結構強《けっこうつよ》めだと自負《じふ》している。

それに大好《だいす》きな祖母《そぼ》を失《うしな》って、これ以上失《いじょううしな》うものなんて何《なに》もない。

二人《ふたり》の男子《だんし》の仏頂面《ぶっちょうづら》を見《み》て、何《なに》かいい意味《いみ》で吹《ふ》っ切《き》れたようにも思《おも》う。

ひかるはにっこり笑《わら》うと、「どうぞよろしく！」と少々大《しょうしょうおお》きな声《こえ》を出《だ》した。

面食《めんく》らったような顔《かお》をする二人《ふたり》に、ひかるはさらに満面《まんめん》の笑《え》みを見《み》せる。

そして寮《りょう》まで案内《あんない》してくれるという昴《すばる》の隣《となり》を、軽《かろ》やかに歩《ある》き出《だ》した。

墨島家《すみじまけ》は旧財閥《きゅうざいばつ》の家柄《いえがら》を誇《ほこ》り、長《なが》い間政財界《あいだせいざいかい》に力《ちから》を持《も》っている一族《いちぞく》である。

現在《げんざい》は墨島《すみじま》グループと称《しょう》し、金融《きんゆう》、交通《こうつう》、製造業《せいぞうぎょう》とあらゆることに手《て》を伸《の》ばして成功《せいこう》を収《おさ》めてきた。

そしてその墨島家《すみじまけ》が教育界《きょういくかい》にも手《て》を広《ひろ》げ、約八十年前《やくはちじゅうねんまえ》に設立《せつりつ》したのが、幼稚舎《ようちしゃ》から大《だい》学《がく》までそろったここ墨島学園《すみじまがくえん》である。

墨島学園《すみじまがくえん》は政財界《せいざいかい》で活躍《かつやく》する人材《じんざい》を多《おお》く輩出《はいしゅつ》していることで人気《にんき》だが、その分《ぶん》、入学難易度《にゅうがくなんいど》が高《たか》く、日本《にほん》トップクラスの偏差値《へんさち》と倍率《ばいりつ》で有名《ゆうめい》である。

校風《こうふう》も独特《どくとく》で、中等部《ちゅうとうぶ》からの全寮制《ぜんりょうせい》にもかかわらず、ＰＴＡが存在《そんざい》せず、学園《がくえん》の自治《じち》は全《すべ》て、生徒会《せいとかい》をはじめとする生徒《せいと》たち自身《じしん》に任《まか》せられている。

一方《いっぽう》で外部《がいぶ》の人間《にんげん》から学園内《がくえんない》の様子《ようす》が分《わ》からない、閉鎖的《へいさてき》な一面《いちめん》もある。

特《とく》に高等部《こうとうぶ》からは、生徒《せいと》たちは地図《ちず》にも載《の》らないような小《ち》さな島《しま》で暮《く》らすことになる。

この島《しま》は墨島家《すみじまけ》が無人島《むじんとう》を買《か》い取《と》ったもので、島全体《しまぜんたい》が学園《がくえん》の敷地《しきち》になっている。

その上《うえ》、長期休暇《ちょうききゅうか》以外《いがい》は島外《とうがい》に出《で》ることが叶《かな》わず、連絡《れんらく》も制限《せいげん》されるという徹底《てってい》ぶりだ。

スマホは使《つか》えるが島外《とうがい》には繋《つな》がらず島内《とうない》のみの使用《しよう》となっているし、インターネットの使用《しよう》も制限《せいげん》されている。

それでもこの学園《がくえん》が人気《にんき》なのは、最初《さいしょ》に言《い》ったとおり、卒業生《そつぎょうせい》があらゆる分野《ぶんや》で活躍《かつやく》しているからだ。

超難関校《ちょうなんかんこう》の上《うえ》、全寮制《ぜんりょうせい》で莫大《ばくだい》な費用《ひよう》がかかることから当然裕福《とうぜんゆうふく》な家庭《かてい》の子女《しじょ》しか入学《にゅうがく》できない。それゆえ、墨島学園《すみじまがくえん》は超《ちょう》セレブ校《こう》と言《い》われている。

女子寮《じょしりょう》に向《む》かう道中《どうちゅう》、昴《すばる》は目《め》に入《はい》る建物《たてもの》などの説明《せつめい》をしてくれた。

その案内《あんない》によると、学園《がくえん》に建《た》てられているのは校舎《こうしゃ》だけではないという。まるで一《ひと》つの町《まち》であるかのように商業施設《しょうぎょうしせつ》、病院《びょういん》、娯楽施設《ごらくしせつ》まで揃《そろ》っている。

おしゃれなカフェやレストラン、ショッピングモールに、映画館《えいがかん》やアミューズメントパークまであるのだから、これなら島《しま》の中《なか》だけで充分生活《じゅうぶんせいかつ》が出来《でき》るだろう。

女子寮《じょしりょう》の入《い》り口《ぐち》で寮長《りょうちょう》である女子生徒《じょしせいと》に紹介《しょうかい》され、そこで昴《すばる》とは別《わか》れた。

寮《りょう》の外観《がいかん》もまるで西洋《せいよう》のお城《しろ》の様《よう》だと思《おも》ったが、中《なか》もすごかった。

エントランスは天井《てんじょう》まで吹《ふ》き抜《ぬ》けになっていて、目《め》の前《まえ》には宝塚《たからづか》の大階段《だいかいだん》のような景色《けしき》が広《ひろ》がっている。

思《おも》わずぽかんと口《くち》を開《あ》けて辺《あた》りを見回《みまわ》していたひかるを、女子寮《じょしりょう》の寮長《りょうちょう》は呆《あき》れた目《め》で見《み》ている。

(庶民感丸出《しょみんかんまるだ》しだったかな……。でも仕方《しかた》ないよね。そもそも私《わたし》、ど庶民《しょみん》なんだから……)

女子寮《じょしりょう》の寮長《りょうちょう》は緑山《みどりやま》さおりと名乗《なの》り、二年生《にねんせい》で、生徒会《せいとかい》の副会長《ふくかいちょう》もつとめているらしい。

大人《おとな》びていてとても綺麗《きれい》な女性《じょせい》に見《み》えるが、ひかるに向《む》ける目《め》はどこか冷《つめ》たい。

エントランスで素《そ》っ気《け》なく自己紹介《じこしょうかい》するなり、さっさと部屋《へや》に案内《あんない》され、寮《りょう》の規則《きそく》などは後《あと》で目《め》を通《とお》すようにと冊子《さっし》を渡《わた》された。

危惧《きぐ》していた通《とお》り、ここまで会《あ》った昴以外《すばるいがい》の生徒会《せいとかい》メンバーはひかるに冷淡《れいたん》だ。

そういえば、部屋《へや》に案内《あんない》される間《あいだ》にすれ違《ちが》った女子《じょし》たちも、ひかるを何《なに》か異質《いしつ》なもののように見《み》ていた。

どうやらこのセレブ校《こう》は、新参者《しんざんもの》の庶民《しょみん》に厳《きび》しいところらしい。


「うわぁ……」

案内《あんない》された部屋《へや》に一歩足《いちほあし》を踏《ふ》み入《い》れた瞬間《しゅんかん》、ひかるは再《ふたた》び口《くち》をぽかんと開《あ》けた。

これまでの様子《ようす》から期待《きたい》してはいたが、これは想像以上《そうぞういじょう》だ。

リビングとベッドルームに分《わ》かれていて、一人部屋《ひとりべや》としてはもったいないくらい大《おお》きい。

アイボリーの壁紙《かべがみ》にドレープの美《うつく》しい、淡《あわ》い若草色《わかくさいろ》のカーテン。

ふかふかの布団《ふとん》と枕《まくら》が乗《の》ったベッドには、今《いま》すぐダイブしたいくらいだ。

クローゼットには明日《あす》から着《き》る予定《よてい》の制服《せいふく》と、それ以外《いがい》にもひかるの好《この》みとサイズに合《あ》った服《ふく》が揃《そろ》えられている。

転入《てんにゅう》することが決《き》まってからすぐ、服《ふく》のサイズや好《す》きな色《いろ》などを紫野《むらさきの》に事細《ことこま》かに質問《しつもん》されたが、あれはこういうことだったのかと納得《なっとく》がいく。

「感謝《かんしゃ》、しないとな……」

制服《せいふく》を手《て》に取《と》り、ひかるは呟《つぶや》いた。

まだ顔《かお》を合《あ》わせてはいないが、全《すべ》て母方《ははかた》の祖父《そふ》である理事長《りじちょう》が準備《じゅんび》してくれたものだ。

もちろん学費《がくひ》も生活費《せいかつひ》も全《すべ》て祖父《そふ》が出《だ》してくれている。

直接礼《ちょくせつれい》を言《い》いたかったが、忙《いそが》しい祖父《そふ》は時間《じかん》が取《と》れないとのことで結局会《けっきょくあ》わないまま島《しま》に来《き》てしまった。

有名人《ゆうめいにん》ながらメディアへの露出《ろしゅつ》もなく全《まった》く人前《ひとまえ》に出《で》ないとの話《はなし》だから、ひかると会《あ》うのも嫌《いや》なのかもしれない。

でもお礼《れい》の手紙《てがみ》は書《か》いたので、紫野《むらさきの》を通《つう》じて届《とど》いているはずだ。

勘当《かんどう》するほど両親《りょうしん》の結婚《けっこん》を許《ゆる》せなかったのに、なぜ今《いま》になって手《て》を差《さ》し伸《の》べてきたのかなど疑問《ぎもん》はたくさんある。

でも、親戚《しんせき》の家《いえ》で肩身《かたみ》の狭《せま》い思《おも》いをするか、高校《こうこう》を退学《たいがく》して働《はたら》くかしかなかったひかるに、祖父《そふ》はこんな未来《みらい》を与《あた》えてくれたのだ。

「頑張《がんば》らなきゃ……」

ずっと努力《どりょく》してきたから、努力《どりょく》するのは得意《とくい》だ。

いつか祖父《そふ》と会《あ》った日《ひ》に胸《むね》を張《は》れる自分《じぶん》でいたいとひかるは思《おも》う。


荷物《にもつ》の整理《せいり》をしているとドアがコンコンとノックされた。

開《あ》けてみると、可愛《かわい》らしい女《おんな》の子《こ》が立《た》っている。

女《おんな》の子《こ》は隣《となり》の部屋《へや》の相田美雪《あいだみゆき》で、ひかるを夕食《ゆうしょく》に誘《さそ》いに来《き》たと言《い》う。

美雪《みゆき》はふんわりした髪《かみ》をリボンで結《むす》び、これまたふんわりとした可愛《かわい》らしいワンピースを着《き》ている。

見《み》るからに、良《い》いところのお嬢様風《じょうさまふう》だ。

「お隣《となり》の部屋《へや》に転校生《てんこうせい》が入《はい》るって聞《き》いて、とても楽《たの》しみにしていたの。私《わたし》たち、クラスも一緒《いっしょ》なのよ。仲良《なかよ》くしましょう？」

そう言《い》って微笑《ほほえ》む美雪《みゆき》に、ひかるは嬉《うれ》しくなった。

この学園《がくえん》での友人第一号《ゆうじんだいいちごう》だ。

この学園《がくえん》の高等部《こうとうぶ》はほぼ中等部《ちゅうとうぶ》からの持《も》ち上《あ》がりで、いわゆるよそものはほとんどいないらしい。

そんな中《なか》、美雪《みゆき》は珍《めずら》しく高等部《こうとうぶ》から入学《にゅうがく》した生徒《せいと》なのだという。父親《ちちおや》が外交官《がいこうかん》で、幼《おさな》い頃《ころ》から十年以上海外《じゅうねんいじょうかいがい》に住《す》んでいたからだ。

そんなこともあってか、自分《じぶん》と同《おな》じように途中《とちゅう》から入《はい》ってくるひかるのことを、本当《ほんとう》に楽《たの》しみにしてくれていたようだ。

美雪《みゆき》に誘《さそ》われたひかるは、すぐに彼女《かのじょ》と一緒《いっしょ》に夕食《ゆうしょく》に向《む》かおうとした。

でも、部屋《へや》を出《で》てきたひかるを見《み》て美雪《みゆき》は目《め》を丸《まる》くした。

「まさかあなた、そんな恰好《かっこう》で夕食《ゆうしょく》に行《い》くの？」

「……そんな恰好《かっこう》って……？」

ひかるは自分《じぶん》の恰好《かっこう》を見直《みなお》した。

肩《かた》くらいまである黒髪《くろかみ》はちゃんと一《ひと》つに結《むす》んで、部屋着《へやぎ》に使《つか》っている中学時代《ちゅうがくじだい》のジャージは洗濯《せんたく》してあるから汚《きたな》くないはず。

お気《き》に入《はい》りのスリッパは好《す》きなキャラクター入《い》りだ。

「……何《なに》か変《へん》なの？」

「運動《うんどう》の時以外《ときいがい》ジャージなんてありえないよ！　だいたいその足《あし》から出《で》てるへんてこな耳《みみ》は何《なに》？」

「へんてこって、スリッパだけど。耳《みみ》じゃなくて、かえるの目《め》がついてるんだよ」

「かえるのスリッパ⁉　そんなの、どこで売《う》ってるの？」

おしゃれにはこだわりがあるのか、おっとりした雰囲気《ふんいき》とは打《う》って変《か》わって指摘《してき》する美《み》雪《ゆき》に、ひかるは渋々《しぶしぶ》着替《きが》えることにした。

しかし、少《すこ》し綺麗《きれい》めのジーンズを履《は》こうとするとそれも却下《きゃっか》される。

「やめてよジーンズなんて。それに、その穴《あな》！　許《ゆる》せない！」

「これは、わざとダメージで……」

「だめだめ！　そんなの履《は》かないで！」

「でもこれ結構《けっこう》お気《き》に入《はい》りで……」

「だめったらだめ！　早《はや》く着替《きが》えて！」

仕方《しかた》なく紫野《むらさきの》が揃《そろ》えてくれた私服《しふく》の中《なか》からなるべく地味《じみ》なブラウスとパンツを選《えら》ぶと、ようやく美雪《みゆき》から及第点《きゅうだいてん》が出《で》た。

本当《ほんとう》はスカートやワンピースの方《ほう》が望《のぞ》ましいとも言《い》われたが、これから食事《しょくじ》なのに醬油《しょうゆ》やケチャップがはねたらどうしようと気《き》にしながら食《た》べるのは疲《つか》れると思《おも》うので、パンツは死守《ししゅ》した。

ダイニングに行《い》くと女生徒《じょせいと》たちがちらちらとひかるの方《ほう》を見《み》た。

良《よ》い機会《きかい》なので自己紹介《じこしょうかい》しようと思《おも》ったのだが、近《ちか》づいていくと、あからさまに目《め》をそらされてしまう。

なんというか、見《み》えない壁《かべ》を作《つく》られている気分《きぶん》だ。

それに、周《まわ》りを見回《みまわ》せば、彼女《かのじょ》たちは皆《みな》、そのままお洒落《しゃれ》なレストランにでも行《い》けそうな恰好《かっこう》をしている。

「この学園《がくえん》ではね、『寮《りょう》の中《なか》であっても社交《しゃこう》のレッスンだと思《おも》いなさい』と指導《しどう》されているの」

そう美雪《みゆき》に言《い》われ、ひかるはなるほどと思《おも》った。

「そっか……」

ジャージやジーンズでここに来《き》ていたら、きっと白《しろ》い目《め》で見《み》られていただろう。

美雪《みゆき》があれこれ言《い》ってくれたから、せめて浮《う》かない格好《かっこう》で来《こ》られたのだ。

このダイニングも、小《ちい》さなセレブたちの社交場《しゃこうじょう》なのだから。

ダイニングの方式《ほうしき》はセルフサービスになっていて、数種類《すうしゅるい》あるうちの好《す》きな料理《りょうり》を選《えら》ぶ形《かたち》だった。

色《いろ》とりどりのパスタや肉厚《にくあつ》のステーキ、高級食材《こうきゅうしょくざい》を使《つか》った寿司《すし》など、どれも寮《りょう》の食事《しょくじ》とは思《おも》えないほど豪華《ごうか》な料理《りょうり》ばかりで、ひかるは思《おも》わずよだれを垂《た》らしそうになった。

とはいえ『社交場《しゃこうじょう》』なので、初《はじ》めということもあり無難《ぶなん》にビーフシチューを選《えら》ぶことにした。美雪《みゆき》が食《た》べ始《はじ》めるのを待《ま》ってスプーンを持《も》つ。

幸運《こううん》なことに美雪《みゆき》も同《おな》じものを選《えら》んできたようだが、優雅《ゆうが》な手《て》つきでシチューをすくっている。

(いつもみたいにガツガツ食《た》べない様《よう》にしなきゃ……)

見《み》よう見《み》まねで一口《ひとくち》入《い》れれば、お肉《にく》が蕩《とろ》ける様《よう》に柔《やわ》らかい。

あまりにも美味《おい》しくてついガツガツ食《た》べてしまいそうなのをセーブしながら、美味《おい》しい料理《りょうり》を楽《たの》しんだ。

「ここはセレブ学園《がくえん》と言《い》われているだけあって、珍《めずら》しいイベントも色々《いろいろ》あるの。先日《せんじつ》は寮《りょう》の新歓《しんかん》パーティだったのだけど、みんな着飾《きかざ》って、それはそれは煌《きら》びやかだったわ。黒川《くろかわ》さんは間《ま》に合《あ》わなくて残念《ざんねん》だったわね」

そう言《い》って美雪《みゆき》は気《き》の毒《どく》そうな目《め》を向《む》けてきたが、ひかるはこっそり(間《ま》に合《あ》わなくて良《よ》かった……）と思《おも》った。

ひかるからすればこのダイニングの皆《みな》でさえ着飾《きかざ》って見《み》えるのに、これ以上着飾《いじょうきかざ》るなんて想像《そうぞう》がつかな過《す》ぎて怖《こわ》い。ただの歓迎会《かんげいかい》なのだろうに、みんな一体何《いったいなに》を目指《めざ》しているんだろう。

「でもね、秋《あき》には学園祭《がくえんさい》があって、最終日《さいしゅうび》には舞踏会《ぶとうかい》があるんですって。それまでにエスコートしてくれるパートナーを探《さが》さなくてはと、みんな躍起《やっき》になっているの」

「……舞踏会《ぶとうかい》？　何《なに》それ、そんなのもあるの?!」

聞《き》きなれない言葉《ことば》に、ひかるは大《おお》きく目《め》を見開《みひら》いた。

舞踏会《ぶとうかい》って、おとぎ話《ばなし》に出《で》てくるあれのことだろうか。

王子様《おうじさま》とお姫様《ひめさま》が手《て》と手《て》を取《と》ってくるくる回《まわ》るやつ。

「エスコートって？　何《なに》するの？」

「舞踏会《ぶとうかい》で踊《おど》るパートナーが決《き》まったら、そのパートナーが当日《とうじつ》は寮《りょう》まで迎《むか》えに来《き》てくれて、会場《かいじょう》まで連《つ》れてってくれるのよ。最初《さいしょ》のダンスは、必《かなら》ずそのパートナーと踊《おど》るの」

「へ〜」

一体美雪《いったいみゆき》はどこの世界《せかい》の話《はなし》をしているのだろう。

想像《そうぞう》がつかなすぎて、全《まった》く話《はなし》についていけない。

しかしそんなひかるを置《お》き去《ざ》りに、美幸《みゆき》は話《はな》し続《つづ》ける。

「パートナーだけど、生徒会《せいとかい》メンバーは競争率《きょうそうりつ》が高《たか》いらしいから他《ほか》を狙《ねら》うのをおすすめするわ」

「生徒会《せいとかい》？　大丈夫《だいじょうぶ》、それはないから」

ひかるは生徒会《せいとかい》と聞《き》いて眉《まゆ》をひそめた。

たしかに今《いま》まで会《あ》った生徒会《せいとかい》メンバーが皆《みな》イケメンなのは同意《どうい》するが、昴《すばる》以外《いがい》は性格《せいかく》が悪《わる》そうだった。

「会長《かいちょう》の墨島昴様《すみじますばるさま》と書記《しょき》の桃谷泉様《ももやいずみさま》は二年生《にねんせい》、副会長《ふくかいちょう》の藍崎煌君《あいざきこうくん》と会計《かいけい》の青野獏君《あおのばくくん》は一年生《いちねんせい》、それからもう一人《ひとり》の副会長《ふくかいちょう》で二年生《にねんせい》の緑山《みどりやま》さおりさんは生徒会《せいとかい》の紅一点《こういってん》ね」

なるほど、ひかるは桃谷《ももや》という人以外《ひといがい》の四人《よんにん》はすでに会《あ》っているらしい。

しかし四人会《よんにんあ》ったうち三人《さんにん》も感《かん》じ悪《わる》いとか、感《かん》じ悪《わる》い確率《かくりつ》が高《たか》すぎると思《おも》う。

「生徒会《せいとかい》メンバーの人気《にんき》は本当《ほんとう》にすごいのよ？　親衛隊《しんえいたい》があるくらいなのだから」

眉《まゆ》をひそめているひかるをスルーして、美雪《みゆき》は夢見《ゆめみ》る乙女《おとめ》のような顔《かお》で言《い》った。ひかるの渋《しぶ》い顔《かお》は、全《まった》く目《め》に入《はい》っていないらしい。

「……親衛隊《しんえいたい》？」

「ええ、親衛隊《しんえいたい》というか、ファンクラブというか。特《とく》に昴様《すばるさま》の人気《にんき》はすごいの」

「……へえ……」

たしかに昴《すばる》はイケメンで性格《せいかく》も良《よ》さそうだったけど、他《ほか》のメンバーにも親衛隊《しんえいたい》がいると は驚《おどろ》きだ。

「親衛隊《しんえいたい》は怖《こわ》いのよ？　舞踏会《ぶとうかい》なんてみんなで牽制《りんせい》しあって、抜《ぬ》け駆《が》けなんかしたら殺《ころ》されちゃうんじゃないかって話《はなし》よ？　ああ、物理的《ぶつりてき》にっていうんじゃなくて学園的《がくえんてき》にね」

「学園的《がくえんてき》……、それも相当怖《そうとうこわ》いけど」

「ふふっ、ただね、一学期《いちがっき》の期末考査《きまつこうさ》でトップになった人《ひと》には優先的《ゆうせんてき》にパートナーを指名《しめい》できる特権《とっけん》が与《あた》えられるんですって。だからみんなお勉強《べんきょう》も頑張《がんば》るのよ」

うふふ……、と優雅《ゆうが》に微笑《ほほえ》む美雪《みゆき》に、ひかるは首《くび》を傾《かし》げた。

「特権《とっけん》……？」

「トップの人《ひと》に指名《しめい》されたら、指名《しめい》された相手《あいて》は絶対《ぜったい》に断《ことわ》れないのよ」

「ふうん……」

聞《き》く限《かぎ》り、なんとも傍迷惑《はためいわく》な特権《とっけん》である。

断《ことわ》れないなんて、他《ほか》に恋人《こいびと》や好《す》きな人《ひと》がいたら一体《いったい》どうするのだ。

（……まぁ、私《わたし》には関係《かんけい》ないけど）

ひかるは心《こころ》の中《なか》でそう思《おも》った。

勉強《べんきょう》は頑張《がんば》るつもりだが、そんな特権《とっけん》は必要《ひつよう》ない。

それに、舞踏会《ぶとうかい》に出《で》るようなドレスも持《も》っていないし、別《べつ》に欲《ほ》しくもない。

多分《たぶん》、舞踏会《ぶとうかい》になんて出席《しゅっせき》しないだろう。

「さすがセレブ校《こう》だね」

ひかるは揶揄《やゆ》するつもりもなくそう言《い》った。美雪《みゆき》も別《べつ》に気《き》にする風《ふう》でもない。

「そうね。ここは政財界《せいざいかい》で活躍《かつやく》する家《いえ》の子女《しじょ》ばかりが入《はい》る学園《がくえん》だもの。中《なか》には一般家庭《いっぱんかてい》出身《しゅっしん》の特待生《とくたいせい》もいるけど、そういう人《ひと》たちはとても優秀《ゆうしゅう》なの」

特待生制度《とくたいせいせいど》があるのはひかるも紫野《むらさきの》から聞《き》いていた。

彼《かれ》らは学費《がくひ》や生活費《せいかつひ》が無償《むしょう》になるかわりに、成績《せいせき》を一定《いってい》レベルから下《さ》げないことと、高《こう》校《こう》や大学《だいがく》を卒業《そつぎょう》したら墨島《すみじま》グループの傘下《さんか》にある企業《きぎょう》に就職《しゅうしょく》することが義務《ぎむ》付《づ》けられている。

「そういえば、黒川《くろかわ》さんはどういうお家《うち》の方《かた》なの？　それとも特待生《とくたいせい》？」

美雪《みゆき》はきょとんと首《くび》を傾《かし》げ、そうたずねてきた。

相手《あいて》によってはデリケートな質問《しつもん》だが、彼女《かのじょ》に悪意《あくい》は一切《いっさい》ないらしい。

ひかるは苦笑《くしょう》しながら、用意《ようい》していた答《こた》えを告《つ》げた。

「実《じつ》は私《わたし》、墨島家《すみじまけ》の遠縁《とおえん》なの。遠縁《とおえん》といっても本当《ほんとう》に遠《とお》くて、墨島《すみじま》グループとは全然関係《ぜんぜんかんけい》ない家庭《かてい》で育《そだ》ったんだけど。たまたま親戚付《しんせきづ》き合《あ》いがあった人《ひと》がこの学園《がくえん》を薦《すす》めてくれてね。学費《がくひ》を援助《えんじょ》して入学《にゅうがく》させてくれたの。だから私《わたし》はお嬢様《じょうさま》とかではなくて、完全《かんぜん》に庶民《しょみん》なの。そういう意味《いみ》ではセレブでもないし、特待生《とくたいせい》ではないって感《かん》じかなぁ」

肝心《かんじん》な部分《ぶぶん》をはぐらかしてはいるが、嘘《うそ》はついていないと思《おも》う。

「あら、遠縁《とおえん》でも墨島家《すみじまけ》と縁《えん》があるなんて羨《うらや》ましいわ。でも、昴様《すばるさま》とご親戚《しんせき》だってことはあまり言《い》わない方《ほう》がいいかもね。それ目当《めあ》てで近《ちか》づいてくる人《ひと》が多《おお》そうだもの」

美雪《みゆき》は少《すこ》し気《き》の毒《どく》そうな目《め》でひかるを見《み》た。

我《われ》ながら曖昧《あいまい》な説明《せつめい》だったが、それでも彼女《かのじょ》は納得《なっとく》してくれたらしい。

今回転校《こんかいてんこう》するにあたって、ひかるは紫野《むらさきの》と一緒《いっしょ》に自分《じぶん》のプロフィールを詰《つ》めてきた。

学園理事長《がくえんりじちょう》の孫娘《まごむすめ》であると真実《しんじつ》を明《あ》かすのは簡単《かんたん》だが、それには色々問題《いろいろもんだい》があるのだ。

まず、祖父《そふ》の剣造《けんぞう》は学園《がくえん》の理事長《りじちょう》はもちろん、墨島家《すみじまけ》の当主《とうしゅ》であり、グループの総裁《そうさい》に君臨《くんりん》している。

ひかるが孫娘《まごむすめ》であると明《あ》かせば、グループ内《ない》の派閥争《はばつあらそ》いや後継者問題《こうけいしゃもんだい》に巻《ま》き込《こ》まれる可《か》能性《のうせい》もあるし、嫉妬《しっと》や羨望《せんぼう》の的《まと》になり、学園生活《がくえんせいかつ》に支障《ししょう》が出《で》るかもしれないからだ。利権《りけん》がらみですり寄《よ》ってくる人《ひと》や悪意《あくい》を持《も》って近《ちか》づいてくる人《ひと》が必《かなら》ずいて、大《おお》げさではなく、ひかるの身《み》の安全《あんぜん》にも関《かか》わるのだという。

幼少《ようしょう》の頃《ころ》から墨島家《すみじまけ》の御曹司《おんぞうし》として育《そだ》った昴《すばる》とは違《ちが》い、ずっと一般庶民《いっぱんしょみん》として育《そだ》ったひかるがそれに耐《た》えるのは難《むずか》しい、と紫野《むらさきの》は言《い》った。

そういうわけで、中心部分《ちゅうしんぶぶん》をぼかしたようなプロフィールが作《つく》られたのだ。

「相田《あいだ》さんは昴《すばる》さんに興味《きょうみ》はないの？」

ひかるがちょっとうかがう様《よう》にたずねると、美雪《みゆき》は小《ちい》さく笑《わら》って肩《かた》をすくめた。

「まぁ、素敵《すてき》だとは思《おも》うけど、私《わたし》は昴様《すばるさま》も他《ほか》の生徒会《せいとかい》メンバーも、遠目《とおめ》に見《み》ているだけでたくさんだわ」

「そうなんだ」

「ところで私《わたし》のことは美雪《みゆき》って呼《よ》び捨《す》てにしてくれる？　私《わたし》もひかるって呼《よ》びたいわ」

そう言《い》って微笑《ほほえ》んだ美雪《みゆき》に、ひかるは隠《かく》しごとをしているのが申《もう》し訳《わけ》ない気持《きも》ちになった。

（一番《いちばん》に友達《ともだち》になってくれた美雪《みゆき》に、せめて他《ほか》のことは誠実《せいじつ》でいよう）

「うん！」

ひかるは元気《げんき》に返事《へんじ》をすると、とびっきりの笑顔《えがお》を見《み》せた。


翌日《よくじつ》は初登校日《はつとうこうび》。

ひかるは早《はや》く起《お》きて、丁寧《ていねい》に準備《じゅんび》をした。

制服《せいふく》はグレイのワンピースにボレロで、清楚《せいそ》で可愛《かわい》らしい。

髪《かみ》は耳《みみ》の下《した》で二《ふた》つに結《むす》び、前髪《まえがみ》もきちんとそろえた。

美雪《みゆき》の話《はなし》によると、この学園《がくえん》はかなり身《み》だしなみに気《き》を配《くば》らなくてはならないらしい。

そもそも庶民《しょみん》なのだからお嬢様《じょうさま》に見《み》せる必要《ひつよう》はないが、清潔感《せいけつかん》だけは損《そこ》なわないようにしたいと思《おも》う。

「おはよう、美雪《みゆき》」

「おはよう、ひかる」

カバンを持《も》って部屋《へや》を出《で》ると、ちょうど美雪《みゆき》も出《で》てきたところだった。

呼《よ》び捨《す》てがくすぐったくて思《おも》わず照《て》れてしまう。

美雪《みゆき》はひかるの上《うえ》から下《した》まで眺《なが》めると、もう一度《いちど》上《あ》がって髪《かみ》に目《め》をとめた。

「うん。ひかるは元《もと》がいいし、そうしてると良家《りょうけ》のお嬢《じょう》さんに見《み》えなくもないわね。でも……ずいぶん地味《じみ》よねぇ」

「今日《きょう》は上手《じょうず》に結《ゆ》えたと思《おも》うんだけど、何《なに》が地味《じみ》なの？」

「それ、黒《くろ》ゴムでしょう？　女《おんな》の子《こ》なんだからリボンくらいしなくちゃ。お洒落《しゃれ》な女《おんな》の子《こ》はリボンの色《いろ》を好《す》きな殿方《とのがた》の目《め》や髪《かみ》の色《いろ》に合《あ》わせたりもするのよ？」

「色《いろ》に合《あ》わせるって……、だいたい私《わたし》、リボンとか持《も》ってないし」

「もう。ひかるったら。しょうがないから、今日《きょう》は私《わたし》のヘアアクセを貸《か》してあげるわ。今度《こんど》一緒《いっしょ》に、あなたに似合《にあ》うものを買《か》いに行《い》きましょう」

美雪《みゆき》はつんと唇《くちびる》を尖《とが》らせてそう言《い》うと、自分《じぶん》の部屋《へや》から淡《あわ》いクリーム色《いろ》のシュシュを持《も》ってきてひかるの髪《かみ》につけてくれた。

なんだかんだと面倒見《めんどうみ》のいい彼女《かのじょ》の気持《きも》ちがくすぐったい。

そのまま二人《ふたり》で話《はな》しながらエントランスまで行《い》くと、何故《なぜ》か人《ひと》だかりができていて、きゃあきゃあ騒《さわ》ぐ黄色《きいろ》い声《こえ》が聞《き》こえてきた。

「なにかしら？」

美雪《みゆき》が訝《いぶか》しげにそう言《い》った時《とき》、

「おはよう！　ひかるちゃん！」

と男子《だんし》の元気《げんき》な声《こえ》がした。

エントランスの外《そと》を見《み》れば、ブレザーの制服姿《せいふくすがた》の昴《すばる》がキラキラしながら立《た》っている。

そう、まさしくキラキラだ。

昴《すばる》の周《まわ》りを囲《かこ》む女子《じょし》たちの目《め》が一斉《いっせい》にひかるの方《ほう》を向《む》いて、ものすごく怖《こわ》い。

あきらかに「なんだこいつ」と目《め》が言《い》っている。

昨日《きのう》の美雪《みゆき》の話《はなし》からも昴《すばる》の人気《にんき》はすさまじいと聞《き》いていたが、今自《いまみずか》らの身《み》をもって体感《たいかん》している感《かん》じだ。

「よく眠《ねむ》れた？　制服似合《せいふくにあ》ってるね！」

さらにキラキラな笑顔《えがお》でそう言《い》った昴《すばる》に、ひかるは頭《あたま》を抱《かか》えそうになった。

昴《すばる》のせいで、ひかるは登校初日《とうこうしょにち》から散々《さんざん》な目《め》にあった。

登校途中《とうこうとちゅう》で青野獏《あおのばく》と緑山《みどりやま》さおりという、昨日会《きのうあ》った藍崎煌《あいざきこう》以外《いがい》の生徒会《せいとかい》メンバーにも合《ごう》流《りゅう》してしまい、昴《すばる》、美雪《みゆき》と五人《ごにん》で正門《せいもん》をくぐるはめになった。

門《もん》の中《なか》には三《さん》ダースくらいの女《おんな》の子《こ》の群《む》れがいて、キャーキャーと黄色《きいろ》い声《こえ》を上《あ》げている。

そして彼女《かのじょ》たちが昴《すばる》たちを見《み》つけると、その黄色《きいろ》い声《こえ》がさらに高《たか》くなったのだ。

美雪《みゆき》の話《はなし》だと、彼女《かのじょ》たちは昴《すばる》をはじめとする生徒会《せいとかい》メンバーの親衛隊《しんえいたい》だかファンクラブだかで、毎朝《まいあさ》こうして彼《かれ》らの登校時間《とうこうじかん》に合《あ》わせて待《ま》っているのだという。

だから、その憧《あこが》れの生徒会《せいとかい》メンバーがなぜ転校生《てんこうせい》と一緒《いっしょ》に登校《とうこう》してきたのかと、すぐにパニックに陥《おちい》った。

その中《なか》を、ひかるは美雪《みゆき》と共《とも》に逃《に》げるようにして教室《きょうしつ》へ向《む》かったのだ。

昴《すばる》には、自分《じぶん》が超人気者《ちょうにんきもの》であることをきちんと自覚《じかく》して行動《こうどう》して欲《ほ》しいと思《おも》う。

昴《すばる》は生徒会長《せいとかいちょう》である自分《じぶん》には転校生《てんこうせい》の面倒《めんどう》を見《み》る義務《ぎむ》があるなどと宣《のたま》っていたが、ひかるはきっぱりと、「明日《あした》からは大丈夫《だいじょうぶ》だから、もう迎《むか》えにこないでください」とお願《ねが》いした。

平穏《へいおん》な学生生活《がくせいせいかつ》を送《おく》るためにも、そっとしておいて欲《ほ》しい。

どうやら彼《かれ》は、友達《ともだち》もいないひかるを心配《しんぱい》して教室《きょうしつ》まで送《おく》ってあげようと思《おも》ったらしいが、はっきりとひかるに断《ことわ》られて、しゅんとしていた。

断《ことわ》ったら断《ことわ》ったでまた周《まわ》りの女子《じょし》たちが鬼《おに》のような顔《かお》をしているのが、本当《ほんとう》に面倒《めんどう》くさい。

しかも、青野《あおの》や緑山《みどりやま》のひかるに対《たい》する態度《たいど》は変《か》わらず冷《つめ》たい。

とにかく昴《すばる》のせいで、学園内《がくえんない》にたくさん敵《てき》を作《つく》ってしまったような気《き》がするのだ。

「転校生《てんこうせい》の黒川《くろかわ》ひかるさんです。お家《うち》の都合《つごう》で途中《とちゅう》からの入学《にゅうがく》となりましたが、皆《みな》さん仲《なか》良《よ》くしてください」

一年《いちねん》A組《くみ》の教室《きょうしつ》に入《はい》ると、担任《たんにん》の赤坂先生《あかさかせんせい》に紹介《しょうかい》された。

赤坂先生《あかさかせんせい》は三十歳前後《さんじゅうさいぜんご》の男性教師《だんせいきょうし》で、担当《たんとう》は化学《かがく》だという。

シュッとしていて、端正《たんせい》な二枚目風《にまいめふう》だと思《おも》う。

物腰《ものごし》も話《はな》し方《かた》もソフトだし、結構生徒《けっこうせいと》に人気《にんき》がある先生《せんせい》なのではないだろうか。

教室《きょうしつ》に入《はい》る前《まえ》に少《すこ》し話《はな》す時間《じかん》があったが、ひかるの例《れい》の作《つく》られた『プロフィール』について親身《しんみ》になってくれ、困《こま》ったことがあればなんでも相談《そうだん》するようにとあたたかい声《こえ》もかけてくれた。

「黒川《くろかわ》ひかるです。どうぞよろしくおねがいします」

簡単《かんたん》に自己紹介《じこしょうかい》すれば、クラスの反応《はんのう》はそれぞれだ。

今朝《けさ》の騒動《そうどう》を知《し》っているらしく、憎《にく》らし気《げ》にひかるを見《み》つめる女子生徒《じょしせいと》に、興味《きょうみ》のなさそうな子《こ》。そんな中《なか》、男子生徒《だんしせいと》の多《おお》くは面白《おもしろ》そうに彼女《かのじょ》を眺《なが》めている。

(あ……)

後《うし》ろの方《ほう》の席《せき》の男子《だんし》と目《め》が合《あ》った。

昨日正門《きのうせいもん》まで迎《むか》えに来《き》てくれた、藍崎煌《あいざきこう》だ。今朝登校時《けさとうこうじ》には見《み》かけなかったが、そういえば同《おな》じクラスだと言《い》っていたっけ。

知《し》った顔《かお》を見《み》て少《すこ》し嬉《うれ》しくなったひかるだったが、彼《かれ》は興味《きょうみ》もなさそうにふいっと目《め》をそらした。

(何《なに》よ、感《かん》じ悪《わる》い……)

ひかるもついムッとしたが、教室《きょうしつ》にはもう一人《ひとり》、今朝《けさ》会《あ》ったばかりの青野貘《あおのばく》もいて、そちらに気《き》を取《と》られた。

貘《ばく》は貘《ばく》で、ひかると目《め》が合《あ》うと、あからさまに嫌《いや》な顔《かお》をした。

(何《なに》よ、どっちもほんっとーに感《かん》じ悪《わる》い!)

席《せき》は自由席《じゆうせき》らしく、美雪《みゆき》が呼《よ》んでくれたので、彼女《かのじょ》の隣《となり》に座《すわ》ることが出来《でき》た。

転校《てんこう》するにあたって、ある程度予習《ていどよしゅう》してきたため、授業《じゅぎょう》も問題《もんだい》なくついていけそうだ。

そして授業《じゅぎょう》の合間《あいま》の休憩時間《きゅうけいじかん》になると、クラスの女《おんな》の子《こ》たち数人《すうにん》がひかるの席《せき》に寄《よ》ってきた。

敵意《てきい》むき出《だ》しの子《こ》や好奇心丸出《こうきしんまるだ》しの子《こ》と色々《いろいろ》いるが、皆聞《みなき》きたいことは決《き》まっていて、『なぜひかるが昴《すばる》と一緒《いっしょ》に登校《とうこう》してきたのか』だ。

その子《こ》たちに、ひかるは「転校生《てんこうせい》だから気《き》をつかってもらった」とだけ話《はな》した。

それによって納得《なっとく》した子《こ》も余計《よけい》に敵意《てきい》を持《も》った子《こ》もいただろうが、ひかるの知《し》ったことではない。

そんな中《なか》、あきらかにキラキラ女子《じょし》のリーダー格《かく》のような少女《しょうじょ》が乱入《らんにゅう》すると、自己紹介《じこしょうかい》もせずにいきなりひかるを問《と》いただしはじめた。

「昨日《きのう》も生徒会《せいとかい》のメンバーが、三人《さんにん》も、あなたを正門《せいもん》まで迎《むか》えに行《い》ったそうね」

「え？　ええ、まあ」

四人《よんにん》で校内《こうない》を歩《ある》く様子《ようす》は相当目立《そうとうめだ》っていたのだろう。曖昧《あいまい》に返事《へんじ》をしたひかるに、少女《しょうじょ》は目《め》を吊《つ》り上《あ》げた。

「転校生《てんこうせい》が珍《めずら》しいだけだから。自分《じぶん》が特別《とくべつ》だなんて勘違《かんちが》いしない方《ほう》がいいわよ？」

「……はあ」

「いい？　昴様《すばるさま》はみんなの昴様《すばるさま》なの。ひとり占《し》めが許《ゆる》されるなんて思《おも》わないでよね！」

まくし立《た》てる少女《しょうじょ》に、ひかるはきょとんと首《くび》を傾《かし》げた。

「えっと……、私《わたし》ひとり占《じ》めしてる気《き》もないし、するつもりも全然《ぜんぜん》ないけど」

「自分《じぶん》だけ迎《むか》えに来《き》てもらって、ひとり占《じ》めじゃなくてなんなのよ」

「ああ、それなら大丈夫《だいじょうぶ》だよ。元々迎《もともとむか》えに来《き》てなんて頼《たの》んでないし、お断《ことわ》りもしたから明日《あす》からは来《こ》ないと思《おも》うんだ」

「キーーッ！　せっかく迎《むか》えに来《き》てくださった昴様《すばるさま》になんてことを言《い》うの?!」

（一体《いったい》どうすればいいの……？）

何《なに》を返《かえ》しても怒《いか》りに火《ひ》をつけてしまいそうなので、ひかるは黙《だま》ることにした。

少女《しょうじょ》は最後《さいご》に生徒会親衛隊長《せいとかいしんえいたいちょう》の尾野綾香《おのあやか》だと名乗《なの》って去《さ》って行《い》った。

まるで嵐《あらし》のようで、ひかるはこっそりため息《いき》をついた。

放課後《ほうかご》、ひかるは部活見学《ぶかつけんがく》をすることにした。

友達《ともだち》を作《つく》るには部活動《ぶかつどう》をするのが一番手《いちばんて》っ取《と》り早《はや》いと思《おも》ったのだ。

同《おな》じ目標《もくひょう》に向《む》かって一緒《いっしょ》に頑張《がんば》る時間《じかん》を過《す》ごせば、自然《しぜん》と仲間意識《なかまいしき》も育《そだ》つ。

それがスポーツで、チームでやる競技《きょうぎ》ならなお良《よ》いと思《おも》う。

幸《さいわ》いひかるは体《からだ》を動《うご》かすのが好《す》きで運動神経《うんどうしんけい》も良《よ》く、中学《ちゅうがく》まではソフトボール部《ぶ》に入《はい》っていた。

だから運動部《うんどうぶ》に入《はい》ろうと思《おも》ったのだが……

「部費《ぶひ》、高《たか》すぎでしょ……」

見学《けんがく》した中《なか》に、ひかるが思《おも》い描《えが》いていた部活動《ぶかつどう》は一《ひと》つもなかった。

体《からだ》を動《うご》かす部活動《ぶかつどう》といえば、馬術部《ばじゅつぶ》や社交《しゃこう》ダンス部《ぶ》などセレブっぽいものばかり。

フェンシング部《ぶ》もあったが、道具《どうぐ》などでものすごくお金《かね》がかかりそうだ。

(でも……、なければ私《わたし》が中心《ちゅうしん》になって作《つく》ればいいんじゃない？)

そう考《かんが》えたひかるは、とりあえず職員室《しょくいんしつ》をたずね、担任《たんにん》の赤坂先生《あかさかせんせい》に相談《そうだん》してみることにした。

しかし赤坂先生《あかさかせんせい》の反応《はんのう》はなんとも曖昧《あいまい》なものだった。

「黒川《くろかわ》さんの熱意《ねつい》はわかるけど、新《あたら》しい部《ぶ》を作《つく》るのは簡単《かんたん》じゃなくてね……」

赤坂先生《あかさかせんせい》は困《こま》ったように眉尻《まゆじり》を下《さ》げる。

「それに、部活動《ぶかつどう》はメンバーが五人以上揃《ごにんいじょうそろ》わないと認可《にんか》されないんだ」

「五人以上《ごにんいじょう》？　五人《ごにん》いればいいんですね？」

そう言《い》ってひかるがずいっと前《まえ》に乗《の》り出《だ》すと、赤坂先生《あかさかせんせい》はぐっと眉根《まゆね》を寄《よ》せた。

「黒川《くろかわ》さん……、なんかいい匂《にお》いするけど、香水《こうすい》でもつけてるの？」

「……へ？」

ひかるは自分《じぶん》の襟《えり》や袖口《そでぐち》に鼻《はな》を近《ちか》づけてくんくんと嗅《か》いだ。

「……香水《こうすい》なんて、付《つ》けてませんけど」

買《か》ったこともないし、そもそも興味《きょうみ》もない。

「……そう？」

赤坂先生《あかさかせんせい》が訝《いぶか》しげにひかるを見《み》ている。

「とりあえず、部活動《ぶかつどう》は人数《にんずう》を集《あつ》めてからまたお願《ねが》いに来《き》ます。失礼《しつれい》しました」

ひかるは挨拶《あいさつ》するとそそくさと職員室《しょくいんしつ》を出《で》ていった。

そしてスカートのポケットの上《うえ》にそっと手《て》をやると、「危《あぶ》ない危《あぶ》ない」と呟《つぶや》いた。

ポケットには、さっき部活動見学《ぶかつどうけんがく》をしながら食《た》べていたクッキーが入《はい》っていた。

紫野《むらさきの》からもらった、チョコレートでコーティングされた最高級《さいこうきゅう》のクッキーだ。

初《はじ》めて口《くち》に入《い》れた時《とき》からその美味《おい》しさに魅了《みりょう》されたひかるに、紫野《むらさきの》が笑《わら》いながら「時々《ときどき》差《さ》し入《い》れましょうね」と言《い》ってくれたものである。

多分《たぶん》、赤坂先生《あかさかせんせい》はクッキーの匂《にお》いに気《き》づいてあんなことを言《い》ったのだと思《おも》う。

お菓子《かし》の持《も》ち込《こ》みが禁止《きんし》だとは聞《き》いていないが、もし見《み》つかって取《と》り上《あ》げられたりしたらきっとひかるは泣《な》いてしまう。

(よかった〜、とりあげられなくて！　早《はや》く帰《かえ》って残《のこ》りも食《た》べちゃお！)

ひかるは足取《あしど》りも軽《かる》く、校舎《こうしゃ》を後《あと》にしたのだった。


翌朝《よくあさ》は昴《すばる》が迎《むか》えに来《く》ることもなく美雪《みゆき》と一緒《いっしょ》に登校《とうこう》したのだが、結局校舎《けっきょくこうしゃ》のエントランスで昴《すばる》と会《あ》ってしまった。

昴《すばる》はファンの女生徒《じょせいと》たちに囲《かこ》まれていたのだが、ひかるの姿《すがた》を見《み》つけると「ひかるちゃん、おはよう！」と嬉《うれ》しそうに声《こえ》をかけてきた。

「昴《すばる》さん……、おはようございます」

ひかるが小《ちい》さくお辞儀《じぎ》をすると、昴《すばる》は女生徒《じょせいと》たちの垣根《かきね》をかき分《わ》けてこちらに走《はし》って来《き》た。

(怖《こわ》い怖《こわ》い)

昴《すばる》を見送《みおく》る女生徒《じょせいと》たちの顔《かお》が般若《はんにゃ》のお面《めん》に見《み》える。

「ひかるちゃん、昨日《きのう》もよく寝《ね》られた?」

あっという間《ま》に目《め》の前《まえ》までやって来《き》た昴《すばる》は、そう言《い》うとふいっとひかるの顔《かお》を覗《のぞ》き込《こ》んだ。

「は、はい……、おかげさまで」

「何《なに》か困《こま》ってることはない?」

「大丈夫《だいじょうぶ》です。ありがとうございます」

「遠慮《えんりょ》しないでなんでも言《い》ってね」

そこまで言《い》って、昴《すばる》はぐいっとひかるの耳元《みみもと》に口《くち》を近《ちか》づけた。

「ほら僕《ぼく》、紫野《むらさきの》さんからもひかるちゃんのこと頼《たの》まれてるしさ」

こそこそと耳元《みみもと》で囁《ささや》かれるのがなんともこそばゆい。

硬直《こうちょく》するひかるに、女生徒《じょせいと》たちがキャーキャー騒《さわ》ぐ声《こえ》が聞《き》こえてくる。

「あ、そうだ、LIME交換《こうかん》しようよ。そしたらすぐに連絡《れんらく》とれるでしょ?」

キラキラの笑顔《えがお》を向《む》けられ、ひかるはこくこくとうなずいた。

昴《すばる》が笑顔《えがお》を見《み》せるたび、背後《はいご》の女生徒《じょせいと》たちから悲鳴《ひめい》があがる。

平穏《へいおん》な学生生活《がくせいせいかつ》を送《おく》るためには極力昴《きょくりょくすばる》と距離《きょり》を置《お》いた方《ほう》がいいのだろうが、彼《かれ》は親戚《しんせき》としての責任感《せきにんかん》でひかるを気《き》にかけてくれているのだろう。

さすがに迎《むか》えは断《ことわ》ったが、そんな昴《すばる》には感謝《かんしゃ》もしているし、彼《かれ》の優《やさ》しさをあまり無碍《むげ》にしたくもない。

「あの……、昴《すばる》さん、色々《いろいろ》ありがとうございます。お迎《むか》えも、断《ことわ》ってしまってごめんなさい」

そう言《い》って見上《みあ》げると、昴《すばる》はさらに微笑《ほほえ》

んだ。

「うん。それは残念《ざんねん》だったけど、ちょっと僕《ぼく》も考《かんが》えなしだったよね。こういう状況《じょうきょう》を見《み》ればひかるちゃんの気持《きも》ちもわかるし。でも……、ぼくはいつだってひかるちゃんの味方《みかた》だからね」

そう言《い》うと昴《すばる》はひかるの頭《あたま》を撫《な》でた。

うわぁっと思《おも》った瞬間《しゅんかん》、周囲《しゅうい》から悲鳴《ひめい》とも怒声《どせい》ともつかぬどよめきが起《お》きる。

「だめだめ！　行《い》こう、ひかる！　これ以上《いじょう》は危険《きけん》だわ！」

脇《わき》から美雪《みゆき》に引《ひ》っ張《ぱ》られ、ひかるはようやく校舎《こうしゃ》へ向《む》かった。

後《うし》ろを振《ふ》り返《かえ》ると、昴《すばる》は笑顔《えがお》で手《て》を振《ふ》っていて、周囲《しゅうい》の女生徒《じょせいと》たちは悔《くや》しそうにひかるを睨《にら》んでいた。

校舎《こうしゃ》に入《はい》ると、廊下《ろうか》でも、教室《きょうしつ》でも、すれ違《ちが》う生徒《せいと》たちがちらちらと横目《よこめ》で見《み》てくる。

話《はな》しかけるわけでもなく遠巻《とおま》きに見《み》られたり、聞《き》こえるか聞《き》こえないような声《こえ》でこそこそと噂話《うわさばなし》をされるのは、正直気分《しょうじききぶん》が悪《わる》い。

ひかるは、もうすっかり『墨島昴《すみじますばる》が目《め》をかけている転校生《てんこうせい》』として学園《がくえん》の有名人《ゆうめいにん》になったようだ。

だったらいっそ、この顔《かお》が売《う》れた状況《じょうきょう》を利用《りよう》しようと思《おも》い、クラスの女《おんな》の子《こ》に手当《てあ》たり次第声《しだいこえ》をかけてみた。

とりあえず今《いま》のひかるの目標《もくひょう》は美雪以外《みゆきいがい》にも友達《ともだち》を作《つく》ること、そして部活動《ぶかつどう》に必要《ひつよう》なメンバーを集《あつ》めることだからだ。

だが、セレブ学生《がくせい》も特待生《とくたいせい》も、皆一様《みないちよう》にしらーっとしている。

特《とく》に一部《いちぶ》のセレブ女学生《じょがくせい》などは、あきらかに蔑《さげす》んだ目《め》でひかるを見《み》ている。

虐《いじ》めたり罵《ののし》ったりしてくるわけではないのだが、関《かか》わりたくないと言《い》う態度《たいど》が見《み》て取《と》れるのだ。

「——あの子《こ》たちにとってひかるはなんだかちぐはぐで、今《いま》は様子《ようす》を見《み》てるって感《かん》じじゃないのかしら」

昼食時《ちゅうしょくじ》の学食《がくしょく》で、美雪《みゆき》はそんなことを言《い》った。

学食《がくしょく》といってもひかるが知《し》っている学食《がくしょく》とは全《まった》く違《ちが》う。

一番高《いちばんたか》い校舎《こうしゃ》の最上階全体《さいじょうかいぜんたい》を使《つか》って作《つく》られた学食《がくしょく》は三百六十度の大《だい》パノラマが広《ひろ》がり、島全体《しまぜんたい》の景色《けしき》と海《うみ》が見渡《みわた》せる。

バイキング方式《ほうしき》にはなっているが、並《なら》べられた料理《りょうり》はこれまた一流《いちりゅう》レストラン並《な》みにお洒落《しゃれ》で美味《おい》しそうなものばかりだ。

もちろんひかるは一流《いちりゅう》レストランなんてテレビでしか知《し》らないが。

ひかるは美雪《みゆき》にすすめられて鯛《たい》のカルパッチョと牡蠣《かき》のグラタンを選《えら》んでテーブルに着《つ》いた。

ランチだというのになんとも豪勢《ごうせい》で、十五年間《じゅうごねんかん》生《い》きて来《き》た中《なか》で口《くち》にしたこともなかったようなメニューだ。

「……ちぐはぐ？」

ひかるが牡蠣《かき》を口《くち》にはこびながらそうたずねると、美雪《みゆき》は大《おお》きくうなずいた。

口《くち》の中《なか》に牡蠣《かき》の旨味《うまみ》がふわっと広《ひろ》がって、飲《の》み込《こ》んでしまうのがもったいないくらいの美味《おい》しさである。

「この学園《がくえん》では、普通家庭《ふつうかてい》の子女《しじょ》はほとんど特待生《とくたいせい》で入学《にゅうがく》してるんだけど、ひかるは庶民《しょみん》的《てき》なのに特待生《とくたいせい》じゃないでしょう？　かといって、どこかの令嬢《れいじょう》にしては、発言《はつげん》も行動《こうどう》もあまりにも庶民的《しょみんてき》だし……」

「……だから、ちぐはぐ？　私《わたし》は特待生《とくたいせい》からもセレブからも仲間外《なかまはず》れにされてるってこと？　蝙蝠《こうもり》みたいな？」

「そう、蝙蝠《こうもり》って言《い》い得《え》て妙《みょう》ね。ひかるって庶民的《しょみんてき》であか抜《ぬ》けないくせに何《なに》かと昴様《すばるさま》に特《とく》別扱《べつあつか》いされているのだもの。敵視《てきし》されても仕方《しかた》ないわ」

さっきからさらっとディスられている気《き》もするが、そこはスルーしておく。

まだ友人《ゆうじん》になって二日目《ふつかめ》だが、彼女《かのじょ》の発言《はつげん》に悪意《あくい》がないのはわかるのだ。

美雪《みゆき》は優雅《ゆうが》にパスタを口《くち》にはこびながら続《つづ》ける。

「中《なか》にはひかるのことを面《めん》と向《む》かって罵《ののし》ってやりたい人《ひと》もいるのかもしれないけど、昴様《すばるさま》が迎《むか》えに行《い》った……、つまり目《め》をかけたって事実《じじつ》があるから迂闊《うかつ》にできないんでしょうね。将来《しょうらい》のことを考《かん》えたら『墨島家《すみじまけ》』を敵《てき》に回《まわ》すわけにはいかないもの」

「だったら……、逆《ぎゃく》に友達《ともだち》になってくれればいいのに」

「みんなプライドが高《たか》いし、ここはほら、小《ちい》さな社交界《しゃこうかい》でもあるからね。みんなそれなりに、家《いえ》の名《な》を背負《せお》っていたりするから。表立《おもてだ》ってはないけど、セレブ学生《がくせい》と特待生《とくたいせい》には目《め》に見《み》えない確執《かくしつ》があるの。だからセレブはセレブで、特待生《とくたいせい》は特待生《とくたいせい》で固《かた》まっているし、どちらもあなたを認《みと》められないのよ。それに寮長《りょうちょう》の緑山《みどりやま》さんにも、親衛隊《しんえいたい》の尾野《おの》さんにもなんだか敵視《てきし》されてるでしょ？　中《なか》には、あの二人《ふたり》に気《き》をつかってあなたに近《ちか》づかない人《ひと》もいるかもね」

「緑山《みどりやま》さんと、尾野《おの》さん？」

「あの二人《ふたり》の行動《こうどう》や発言《はつげん》にはかなり力《ちから》があるから」

緑山《みどりやま》さおりは生徒会副会長《せいとかいふくかいちょう》であり、会長《かいちょう》である昴《すばる》と常《つね》に行動《こうどう》を共《とも》にしている。

才色兼備《さいしょくけんび》な上、大会社《だいかいしゃ》の社長令嬢《しゃちょうれいじょう》であるさおりは女生徒《じょせいと》たちの憧《あこが》れの存在《そんざい》であり、昴《すばる》と一緒《いっしょ》にいてもやっかまれるどころか一部《いちぶ》では『お似合《にあ》い』だと囁《ささや》かれるほど。

また生徒会親衛隊《せいとかいしんえいたい》の隊長《たいちょう》である尾野綾香《おのあやか》はメンバー個々《ここ》のファンクラブを統括《とうかつ》する立場《たちば》にあり、皆《みな》から一目置《いちもくお》かれている。


その二人《ふたり》から良《よ》く思《おも》われていないらしいひかると、関《かか》わり合《あ》いたくないというのが女生《じょせい》徒《と》たちの本音《ほんね》らしい。

「そんな……。そしたら私《わたし》、ずっと友達《ともだち》ができないじゃない」

昨日今日《きのうきょう》で自分《じぶん》がどの様《よう》に見《み》られているかなんとなくは理解《りかい》していたが、唯一普通《ゆいいつふつう》に接《せっ》してくれる美雪《みゆき》から友達《ともだち》を作《つく》るのは難《むずか》しい理由《りゆう》を淡々《たんたん》と語《かた》られてしまった。

とりあえず、友達《ともだち》を作《つく》るのも部活動《ぶかつどう》を一《いち》から始《はじ》めるのも相当難《そうとうむずか》しいとわかった。

なんとなくしんみりしていたら、突然《とつぜん》ぽんっと肩《かた》をたたかれた。

「別《べつ》にいいじゃない。私《わたし》がいるでしょう？　私《わたし》だけじゃ不満《ふまん》なわけ？」

そう言《い》われて顔《かお》を上《あ》げれば、美雪《みゆき》がちょっとむっとしている。

そう、美雪《みゆき》がいる。

彼女《かのじょ》は最初《さいしょ》からひかるを倦厭《けんえん》したりせず、仲良《なかよ》くしようと言《い》ってきてくれた。

本当《ほんとう》にありがたい存在《そんざい》である。

「美雪《みゆき》はお嬢様《じょうさま》なのに、どうして私《わたし》と仲良《なかよ》くしてくれるの？」

「え？　だってひかるって面白《おもしろ》そうだったから」

「面白《おもしろ》い？」

「うん。それとなんていうか、伸《の》びしろがたくさんある感《かん》じがしたのよね」

「何《なに》それ……」

「あ、それから、美味《おい》しいクッキーくれるし」

そう言《い》うと美雪《みゆき》はひかるのポケットを指《ゆび》さした。

その中《なか》には紫野《むらさきの》がくれた高級《こうきゅう》クッキーが入《はい》っている。

「え〜？　これ〜？」

「うん、それそれ」

美雪《みゆき》の言葉《ことば》は嬉《うれ》しいけど、ひかるはこの学園《がくえん》で学生生活《がくせいせいかつ》を楽《たの》しむことを諦《あきら》めたくはない。

だから、もっと他《ほか》の学友《がくゆう》たちとも仲良《なかよ》くなりたいと思《おも》う。

亡《な》くなった祖母《そぼ》だって、ひかるが元気《げんき》に楽《たの》しく、幸《しあわ》せな毎日《まいにち》を送《おく》ることを望《のぞ》んでいるはずだから。


翌日《よくじつ》の朝《あさ》、昴《すばる》は約束通《やくそくとお》り迎《むか》えに来《こ》なかったのだが、校門《こうもん》での女生徒《じょせいと》たちの射《い》るような視《し》線《せん》は変《か》わらず、ひかるは辟易《へきえき》していた。

彼女《かのじょ》たちは生徒会《せいとかい》メンバーのいわゆる出待《でま》ちというか入《い》り待《ま》ちをしているのだろう。

一言《ひとこと》朝《あさ》の挨拶《あいさつ》を交《か》わすために待《ま》っているなんて、ご苦労《くろう》なことだと思《おも》う。

放課後《ほうかご》は、美雪《みゆき》に付《つ》き合《あ》ってもらって再《ふたた》び部活動《ぶかつどう》を見学《けんがく》した。

新《あたら》しい部《ぶ》を作《つく》るのが難《むずか》しいなら、やっぱり既存《きぞん》の部《ぶ》に入部《にゅうぶ》するのがいいのだろう。

そう思《おも》って華道部《かどうぶ》、茶道部《さどうぶ》など回《まわ》ってみたが、なんだかしっくりこない。

そして部室棟《ぶしつとう》の一番奥《いちばんおく》まった部屋《へや》へ向《む》かおうとした時《とき》、なぜか美雪《みゆき》がひかるを止《と》めた。

「待《ま》って、ひかる。あの部室《ぶしつ》は部外者《ぶがいしゃ》は入《い》れないの」

「え？　見学《けんがく》もダメなの？」

「あそこはひかるが言《い》うような部活動《ぶかつどう》とは違《ちが》うから、行《い》っても無駄《むだ》よ」

「何《なん》それ？」

「通称桃谷《つうしょうももや》クラブっていって、生徒会書記《せいとかいしょき》の桃谷先輩《ももやせんぱい》のファンクラブなのよ」

「ファンクラブ？　ファンクラブに部室《ぶしつ》があるの⁉」

ひかるは絶句《ぜっく》した。

五人以上揃《ごにんいじょうそろ》えば部活《ぶかつ》として認《みと》められるらしいが、一生徒《いちせいと》のファンクラブが部活動《ぶかつどう》と同等《どうとう》の扱《あつか》いで、その上、部室《ぶしつ》まで与《あた》えられているとは驚《おどろ》きだ。

桃谷《ももや》という人《ひと》にはまだ会《あ》ったことがないが、一体《いったい》どんな人《ひと》なのだろうと好奇心《こうきしん》にかられる。

「ちょっと覗《のぞ》いてみようよ」

「ダメよ。ファンクラブの会員《かいいん》でさえみんながみんな入室《にゅうしつ》できるわけじゃないらしいし」

「何《なに》それ。余計気《よけいき》になるじゃない」

ファンクラブというものがどんな活動《かつどう》をしているのか興味《きょうみ》もある。

それにダメと言《い》われれば余計《よけい》に見《み》てみたいのが人情《にんじょう》である。

ひかるは渋《しぶ》い顔《かお》の美雪《みゆき》を引《ひ》っ張《ぱ》って、部室《ぶしつ》の前《まえ》まで来《き》てみた。

しかしドアを何度《なんど》かノックしても中《なか》からは何《なん》の反応《はんのう》もなく、声《こえ》も一切《いっさい》聞《き》こえてこない。

ドアに耳《みみ》をつけて様子《ようす》を伺《うかが》ってもみたが、それでも何《なん》の音《おと》も漏《も》れ聞《き》こえてこなかった。

「……誰《だれ》もいないみたいだね」

「もう戻《もど》りましょうよ、ひかる。こんなところ桃谷先輩《ももやせんぱい》のファンに見《み》つかったら大変《たいへん》よ。桃谷先輩《ももやせんぱい》のファンは一番過激《いちばんかげき》なんだから」

美雪《みゆき》は居心地悪《いごこちわる》そうに辺《あた》りを見回《みまわ》し、ひかるの腕《うで》を引《ひ》いた。

「うん……」

過激《かげき》と聞《き》いて、さすがにひかるも不安《ふあん》になる。

美雪《みゆき》に引《ひ》かれて部室《ぶしつ》から離《はな》れたのだが、数歩歩《すうほある》いたところでドアノブがガチャリと鳴《な》る音《おと》が背後《はいご》から聞《き》こえた。

「ひっ」

美雪《みゆき》が小《ちい》さな悲鳴《ひめい》をあげてひかるを強《つよ》く引《ひ》っ張《ぱ》った。

しかし隠《かく》れる場所《ばしょ》もない。仕方《しかた》なく振《ふ》り返《かえ》ると、出《で》てきたのは一人《ひとり》の女生徒《じょせいと》だった。

彼女《かのじょ》と目《め》が合《あ》って、叱《しか》られるのを覚悟《かくご》したのだが、女生徒《じょせいと》は特《とく》に二人《ふたり》を気《き》にする風《ふう》もなく歩《ある》いてくる。

（なんか、変《へん》……）

ひかるは女生徒《じょせいと》を見《み》て小《ちい》さな違和感《いわかん》を抱《いだ》いた。

なんというか目《め》が虚《うつ》ろで、顔《かお》も上気《じょうき》している。

彼女《かのじょ》の目《め》にはひかるも美雪《みゆき》も映《うつ》っていない様《よう》に感《かん》じる。

そして彼女《かのじょ》がひかるの横《よこ》を通《とお》り過《す》ぎる時《とき》、肩《かた》がわずかに触《ふ》れ合《あ》った。

（あ……！）

女生徒《じょせいと》が軽《かる》くよろけ、ひかるは咄嗟《とっさ》に彼女《かのじょ》の腕《うで》を掴《つか》んだ。

「ごめんなさい！」

ひかるは腕《うで》を引《ひ》きながら謝《あやま》ったのだが、女生徒《じょせいと》はハッとしたように手《て》を振《ふ》り払《はら》うと、ひかるを睨《にら》みつけた。

ぶつかってきたのはあきらかに彼女《かのじょ》の方《ほう》なのに。

しかしひかるは腹《はら》が立《た》つより先《さき》に、思《おも》わず彼女《かのじょ》の首元《くびもと》を凝視《ぎょうし》してしまった。

ひかるを振《ふ》り払《はら》った時《とき》、彼女《かのじょ》の髪《かみ》で隠《かく》れていた首元《くびもと》が露《あら》わになった。その首筋《くびすじ》に何《なに》やら赤《あか》い痣《あざ》のようなものが見《み》えたのだ。

（え？　怪我《けが》してる……？）

思《おも》わず眺《なが》めていると、女生徒《じょせいと》はひかるの脇《わき》をすり抜《ぬ》け、走《はし》って逃《に》げ去《さ》ってしまった。

よろけるほどだったのに、走《はし》って大丈夫《だいじょうぶ》なのだろうか。

ひかるが呆然《ぼうぜん》と女生徒《じょせいと》の後姿《うしろすがた》を見送《みおく》っていると、美雪《みゆき》も「何《なに》あれ」と呟《つぶや》いている。

色々《いろいろ》疑問《ぎもん》はあるが、早《はや》くここから離《はな》れた方《ほう》がいいだろう。

ひかると美雪《みゆき》が顔《かお》を見合《みあ》わせていると、またしてもドアが開《ひら》いた。

今度《こんど》は振《ふ》り返《かえ》らずに去《さ》ろうとしたのだが、「ここは立《た》ち入《い》り禁止《きんし》なんだけどなぁ～」という間《ま》のびした声《こえ》が聞《き》こえ、結局二人《けっきょくふたり》は立《た》ち止《ど》まって振《ふ》り返《かえ》った。

部室《ぶしつ》から出《で》てきたのは、ピンク色《いろ》の髪《かみ》に、なんとも中性的《ちゅうせいてき》な顔立《かおだ》ちをした、美《うつく》しい男子《だんし》生徒《せいと》だった。

なるほど、多分《たぶん》この人《ひと》が桃谷先輩《ももやせんぱい》なのだろう。

ひかるは、近《ちか》づいてくる男子生徒《だんしせいと》に軽《かる》く頭《あたま》

を下《さ》げた。

「すみません、部活見学《ぶかつけんがく》に来《き》たら迷《まよ》ってしまって……」

「ああ、もしかして君《きみ》が転校生《てんこうせい》の黒川《くろかわ》ひかるちゃん？」

「はい、黒川《くろかわ》です」

男子生徒《だんしせいと》はひかるの前《まえ》まで来《く》ると、ぐいっと顔《かお》をのぞきこんだ。

(近《ちか》い、近《ちか》い)

思《おも》わずひかるがのけぞって一歩下《いちほさ》がると、また一歩《いっぽ》詰《つ》めてくる。

「君《きみ》のことは昴《すばる》から聞《き》いてるよ。昴《すばる》の遠縁《とおえん》なんだってねぇ。ああ、僕《ぼく》は二年《にねん》の桃谷泉《ももやいずみ》。生《せい》徒会《とかい》では書記《しょき》やってるんだ。まぁ、生徒会《せいとかい》なんて昴《すばる》に押《お》し付《つ》けられたんだけどね」

桃谷《ももや》はにこっと笑《わら》うと、流《なが》れるように自然《しぜん》なしぐさでひかるの手《て》をとった。

いつの間《ま》にか、握手《あくしゅ》をさせられている。

彼《かれ》の手《て》から熱《ねつ》が伝《つた》わってきて、右手《みぎて》がやたらと熱《あつ》く感《かん》じる。

「どうぞよろしくお願《ねが》いします」

「うん、よろしく〜」

桃谷《ももや》はひかるの隣《となり》にいる美雪《みゆき》にも目《め》をやると、「ああ、君《きみ》は相田美雪《あいだみゆき》ちゃんだよね」と言《い》って微笑《ほほえ》んだ。

美雪《みゆき》は顔《かお》を赤《あか》くしてこくこくうなずいている。

「……あれぇ？」

桃谷《ももや》は握手《あくしゅ》したままひかるの手《て》をぐいっと引《ひ》くと、彼女《かのじょ》の肩《かた》の辺《あた》りに顔《かお》を近《ちか》づけた。

「ちょっ……！　何《なに》するんですか！」

ひかるは慌《あわ》てて桃谷《ももや》の体《からだ》を押《お》して離《はな》れようとしたが、なぜかびくともしない。

女《おんな》の子《こ》のように綺麗《きれい》で華奢《きゃしゃ》な風貌《ふうぼう》なのに、案外力《あんがいちから》があるらしい。

「ひかるちゃんなんかいい匂《にお》いする。なんだろう……？」

桃谷《ももや》がひかるの首筋《くびすじ》辺《あた》りをくんくん嗅《か》いでいるが、恥《は》ずかしいやらくすぐったいやらで、
だんだん腹《はら》が立《た》ってきた。

「ちょっと！　離《はな》してください！」

どん！　っと胸《むね》を思《おも》い切《き》り押《お》すと、桃谷《ももや》の体《からだ》はようやくひかるから少《すこ》し離《はな》れた。

「ごめんごめん、なんかひかるちゃんからいい匂《にお》いしてさ〜」

桃谷《ももや》は悪《わる》びれもせずにっこり笑《わら》った。

「多分《たぶん》……、さっき食《た》べたお菓子《かし》のせいだと思《おも》います」

「え〜？　そうかなあ。もうちょっと嗅《か》がせてくれない？」

「絶対嫌《ぜったいいや》です！」

（変態《へんたい》か！）

ひかるは心《こころ》の中《なか》で軽《かる》く舌打《したう》ちした。みんなクッキー大好《だいす》きか。

「そっかぁ」

桃谷《ももや》は特《とく》に残念《ざんねん》そうでもなくへらりと笑《わら》う。

「そういえばひかるちゃん部活見学《ぶかつけんがく》に来《き》たって言《い》ってたよね。せっかくだしうちのクラブに入《はい》らない？　あ、よかったら美雪《みゆき》ちゃんも。君《きみ》たちなら大歓迎《だいかんげい》だよ」

「桃谷先輩《ももやせんぱい》のクラブって……、何《なん》の活動《かつどう》してるんですか？」

「うーん、なんだろう。特《とく》に何《なに》かするわけじゃなくて、お話《はな》ししたりお茶飲《ちゃの》んだりして、癒《いや》したり癒《いや》されたり？」

「癒《いや》したり癒《いや》されたり？」

「そう一種《いっしゅ》のカウンセリング？　みたいな？　うちのクラブの女《おんな》の子《こ》たちはみんな僕《ぼく》に癒《いや》されたくてここに来《く》るんだよね」

（どうしよう、全《まった》くわかんない……）

「桃谷先輩《ももやせんぱい》以外《いがい》はみんな女子生徒《じょしせいと》なんですか？　クラブ内《ない》で喧嘩《けんか》とかは？」

「喧嘩《けんか》～？　あるわけないでしょ。みんな可愛《かわい》くていい子《こ》ばかりだもん。僕《ぼく》ね、みんな大《だい》好《す》きなんだ～」

「……へぇ」

ひかるのあきらかに不審者《ふしんしゃ》を見《み》るような目《め》に気《き》づいたのだろう。

桃谷《ももや》は「ハハッ、何《なに》その顔《かお》」とおかしそうに笑《わら》った。

とにかく、ここに長居《ながい》するのは危険《きけん》なようだ。

「誘《さそ》っていただいてありがとうございます。でも私《わたし》は違《ちが》う部《ぶ》に入《はい》りたいと思《おも》っているので申《もう》し訳《わけ》ありませんがお断《ことわ》りします。では失礼《しつれい》します！」

深《ふか》く一礼《いちれい》すると、ひかるは美雪《みゆき》の腕《うで》を引《ひ》き、足早《あしばや》にその場《ば》を去《さ》った。

しかしそんなひかるの横《よこ》で、美雪《みゆき》は振《ふ》り返《かえ》りながら桃谷《ももや》に手《て》を振《ふ》っている。

「やっぱり面白《おもしろ》いね～、桃谷先輩《ももやせんぱい》」

「え？　どこが？」

「なんかいいじゃない。人《ひと》たらしっぽいのに、どこかミステリアスで」

「美雪《みゆき》まさか……、桃谷《ももや》クラブに入《はい》りたいなんて言《い》わないよね？」

「そうね〜、ひかるが入《はい》るんなら、私《わたし》も入《はい》ろうかな」

「ぜっったい入《はい》らない！」

ひかるは、もう二度《にど》とここには近《ちか》づかないと心《こころ》に誓《ちか》ったのだった。


しかし……、翌日《よくじつ》から、桃谷《ももや》はひかるを見《み》かけると寄《よ》ってくるようになった。

「ひかるちゃん」などと馴《な》れ馴《な》れしく声《こえ》をかけて来《く》るから、周《まわ》りの女生徒《じょせいと》たちの目《め》がものすごく怖《こわ》い。

しかも相変《あいか》わらず昴《すばる》もひかるを見《み》ると走《はし》り寄《よ》ってくる。

先日《せんじつ》なんて先生《せんせい》に指示《しじ》されて運《はこ》んでいた教材《きょうざい》を、「一緒《いっしょ》に持《も》ってってあげる」と取《と》り上《あ》げられてしまった。

もちろん断《ことわ》ろうとしたのだが、「朝《あさ》の迎《むか》えには行《い》かないって約束《やくそく》したけど、偶然《ぐうぜん》会《あ》って手伝《てつだ》うくらいはいいでしょ？」と笑顔《えがお》で返《かえ》されてしまった。

二人《ふたり》とも、逃《に》げようとするひかるをかえって面白《おもしろ》がっている節《ふし》がある。

彼《かれ》らはあの女《おんな》の子《こ》たちの視線《しせん》に気《き》づいていないのだろうか。

そんな日々《ひび》が続《つづ》き、ひかるが転校《てんこう》してきて半月程《はんつきほど》過《す》ぎた。

クラスメイトたちからは相変《あいか》わらず敬遠《けいえん》されていて、必要最小限《ひつようさいしょうげん》の言葉《ことば》しか交《か》わしていない。

まぁそれでも無視《むし》されたりしないだけ良《よ》しとしよう、とポジティブなひかるは思《おも》う。


そんなある日《ひ》のこと。

教室《きょうしつ》を移動《いどう》する際《さい》、ペンケースを忘《わす》れたことに気《き》づいたひかるは、美雪《みゆき》に先《さき》に行《い》ってもらい、自分《じぶん》だけ慌《あわ》てて教室《きょうしつ》に戻《もど》った。

しかし教室《きょうしつ》の扉《とびら》に手《て》をかけようとしたところで、中《なか》から少々不穏《しょうしょうふおん》な会話《かいわ》が聞《き》こえてきた。

クラスメイトのほとんどは、移動先《いどうさき》の理科実験室《りかじっけんしつ》に移動《いどう》しているはずなのに。

「おい、ノート持《も》ってきたか？」

威圧的《いあつてき》な男子《だんし》の声《こえ》が聞《き》こえ、ひかるは手《て》を止《と》めた。

ごそごそと何《なに》か出《だ》すような音《おと》がして、先程《さきほど》の男子《だんし》の声《こえ》が「さっさと出《だ》せよ」とさらに脅《おど》す。

（……何《なに》やってるんだろう）

ひかるは少《すこ》しだけ扉《とびら》を開《あ》けると、そっと中《なか》を覗《のぞ》き込《こ》んだ。

教室《きょうしつ》の中《なか》にはいかにもお坊《ぼう》ちゃまっぽい小柄《こがら》な男子生徒《だんしせいと》と一人の女子生徒《じょしせいと》がいる。

男子生徒《だんしせいと》の方《ほう》は名前《なまえ》を憶《おぼ》えていないが、女子生徒《じょしせいと》の方《ほう》はたしか古林月子《こばやしつきこ》という名《な》だったと思《おも》う。

美雪《みゆき》から、古林月子《こばやしつきこ》は特待生枠《とくたいせいわく》で入学《にゅうがく》した一般生徒《いっぱんせいと》だと聞《き》いていたので、なんとなく親《した》しみを感《かん》じていたのだ。

「なんだよ。持《も》ってきてるんなら早《はや》く出《だ》せよな」

男子生徒《だんしせいと》は古林月子《こばやしつきこ》が手《て》に持《も》っていたノートをふんだくるように奪《うば》い取《と》った。

古林月子《こばやしつきこ》は黙《だま》って、男子生徒《だんしせいと》がノートをパラパラめくるのを見《み》ていたが、やがてぼそぼそと口《くち》を開《ひら》いた。

「ねえ、もうこれで最後《さいご》にして」

彼女《かのじょ》の懇願《こんがん》するような声《こえ》に、男子生徒《だんしせいと》がハッと鼻《はな》で笑《わら》う。

「はぁ？　何言《なにい》ってんだよ。まだまだこれからだろ？」

「高校生《こうこうせい》になったんだし、私《わたし》だってもう自分《じぶん》の勉強《べんきょう》だけで精一杯《せいいっぱい》なの」

「別《べつ》に、自分《じぶん》の課題《かだい》のついでにちょちょっともう一冊《いっさつ》まとめてくればいいだけだろうが」

「簡単《かんたん》に言《い》わないで。あなたの字《じ》に似《に》せて書《か》くのだって一苦労《ひとくろう》なのよ。あなたには優秀《ゆうしゅう》な家庭教師《かていきょうし》だっているでしょう？　そっちに頼《たの》めばいいじゃないの」

「バーカ。そんなことしたらお父様《とうさま》にばれるだろう？　これからも頼《たの》むよ？　なあ古林《こばやし》さん？」

内容《ないよう》ははっきりわからないが、どうやら男子生徒《だんしせいと》は古林月子《こばやしつきこ》を脅《おど》して自分《じぶん》の課題《かだい》をやらせているらしい。

この学園《がくえん》はハイレベルで最先端《さいせんたん》の教育《きょういく》を授《さず》けてはいるが、課題《かだい》の提出《ていしゅつ》は全《すべ》てＰＣではなく自筆《じひつ》と決《き》められているのだ。複製《ふくせい》やＡＩでの不正《ふせい》を防《ふせ》ぐためだというが、それでも、ずるをする人間《にんげん》はいるらしい。

ひかるは一《ひと》つ深呼吸《しんこきゅう》すると、思《おも》い切《き》り扉《とびら》を開《あ》けた。

驚《おどろ》いた二人《ふたり》が同時《どうじ》にひかるを見《み》る。

ひかるはつかつかと男子生徒《だんしせいと》に近《ちか》づくと、彼《かれ》が手《て》に持《も》っていたノートをサッと取《と》り上《あ》げた。

「何《なに》をする！」

男子生徒《だんしせいと》が叫《さけ》んでひかるに飛《と》び掛《か》かろうとしたが、ひかるは思《おも》い切《き》り男子生徒《だんしせいと》に体当《たいあ》たりした。

「痛《いて》てっ！」

彼《かれ》が後《うし》ろに尻《しり》もちをついた隙《すき》に、パラパラと中《なか》を確認《かくにん》する。

やはり数日前《すうじつまえ》に出《だ》された、物理《ぶつり》の課題《かだい》のようだ。

「返《かえ》せ！　僕《ぼく》のだぞ！」

男子生徒《だんしせいと》が腰《こし》をさすりながら立《た》ち上《あ》がるのを横目《よこめ》に見《み》ながら、ひかるはノートを古林《こばやし》月子《つきこ》に差《さ》し出《だ》した。

「はい。これ、あなたのなんでしょう？」

しかし月子《つきこ》は戸惑《とまど》ったようにノートを見《み》つめるだけで、手《て》を出《だ》して受《う》け取《と》ることはない。

「バカが！　僕《ぼく》のだって言《い》ってんだろ!?　返《かえ》せ！」

今度《こんど》は男子生徒《だんしせいと》がひかるに体当《たいあ》たりした。

ひかるは倒《たお》れこそしなかったが、よろけて机《つくえ》に手《て》をついた。

その隙《すき》に、男子生徒《だんしせいと》がひかるの手《て》からノートを奪《うば》い返《かえ》す。

「それ、あんたが古林《こばやし》さんにやらせたんでしょ？　そういうの、よくないと思《おも》うよ？」

「うるさい！　これは僕《ぼく》のなんだよ！」

「嘘《うそ》だね。あんた、ノート早《はや》く出《だ》せとか言《い》ってたじゃない」

「おまえ……盗《ぬす》み聞《ぎ》きしてたのか？」

「聞《き》こえちゃっただけ」

ひかるがにやりと口角《こうかく》を上《あ》げると、男子生徒《だんしせいと》は憎々《にくにく》しげに睨《にら》みつけた。しかしそこに、思《おも》わぬ言葉《ことば》が聞《き》こえてきた。

「……ほっといてよ」

小《ちい》さな声《こえ》に振《ふ》り返《かえ》ると、月子《つきこ》が唇《くちびる》を噛《か》みしめ、俯《うつむ》いていた。

「古林《こばやし》さん？」

「いいから、ほっといて……」

今度《こんど》ははっきりと聞《き》こえてくる。どうやらひかるに対《たい》して言《い》っているらしい。

「でも古林《こばやし》さん、嫌々《いやいや》やらされてるんでしょ？　ダメだよそんなの、好《す》きにさせちゃ……」

「いいから！　あなたには関係《かんけい》ないじゃない！」

月子《つきこ》はそう叫《さけ》ぶと、走《はし》って教室《きょうしつ》から出《で》て行《い》ってしまった。

残《のこ》されたのは、ひかると男子生徒《だんしせいと》だ。

「ほら、僕《ぼく》のだって言《い》っただろ。おまえ、言《い》いがかり付《つ》けてきやがって。ちゃんと先生《せんせい》に報告《ほうこく》するからな。僕《ぼく》に暴力《ぼうりょく》振《ふ》るったことも訴《うった》えてやる」

呆然《ぼうぜん》と月子《つきこ》の後姿《うしろすがた》を見送《みおく》ったひかるだが、ハッと我《われ》に返《かえ》って男子生徒《だんしせいと》を見《み》つめた。

「……なんだよ。ふん、土下座《どげざ》して謝《あやま》るなら許《ゆる》してやらないこともないけどな」

ひかるは呆《あき》れかえってため息《いき》をついた。

「いいよ、先生《せんせい》に報告《ほうこく》してても。私《わたし》も今聞《いまき》いたこと正直《しょうじき》に話《はな》すし」

「ハッ！　おまえの話《はなし》なんか先生《せんせい》が信《しん》じるものか！」

「さぁ、信《しん》じる信《しん》じないは先生次第《せんせいしだい》だけど」

ひかるは担任《たんにん》の赤坂先生《あかさかせんせい》を頭《あたま》に思《おも》い浮《う》かべた。

少《すく》なくとも、彼《かれ》は理不尽《りふじん》に一方《いっぽう》の話《はなし》だけ聞《き》いて判断《はんだん》するような人間《にんげん》には見《み》えなかった。

「おまえ……、そんなこと言《い》ってられるのも今《いま》のうちだからな。後《あと》で、あの時《とき》土下座《どげざ》すればよかったって泣《な》いて謝《あやま》っても知《し》らないからな」

「あんた……、なんでそんなに自身満々《じしんまんまん》なの？」

ひかるはこの恐《おそ》ろしく子供《こども》っぽくて傲慢《ごうまん》なお坊《ぼう》ちゃまと話《はな》すのもいい加減疲《かげんつか》れてきたのだが、一方《いっぽう》でなんだか面白《おもしろ》くもなってきた。こういう輩《やから》を論破《ろんぱ》するのは正直楽《しょうじきたの》しい。

「悪《わる》いこと言《い》わないからさ、課題《かだい》くらい自分《じぶん》でやりなよ。高校生《こうこうせい》にもなって恥《は》ずかしいでしょ？」

「うるさい！　僕《ぼく》のおじ様《さま》はこの高等部《こうとうぶ》の教頭《きょうとう》なんだぞ！　赤坂先生《あかさかせんせい》よりずっと偉《えら》いんだから、おまえみたいな庶民《しょみん》より僕《ぼく》の話《はなし》を信《しん》じるはずだ！」

「へえ、そう」

教頭《きょうとう》……そういえば転校《てんこう》してきた時《とき》に挨拶《あいさつ》していたかもしれない。

普通《ふつう》の学校《がっこう》で言《い》う校長《こうちょう》であるところの高等部長《こうとうぶちょう》は、ひかるが理事長《りじちょう》の孫娘《まごむすめ》だということを知《し》らされているのか、それなりに気《き》をつかっていた様子《ようす》だが、多分教頭《たぶんきょうとう》の方《ほう》は知《し》らないと思《おも》う。

「僕《ぼく》に怪我《けが》をさせて……、慰謝料《いしゃりょう》を請求《せいきゅう》してやる！　おまえみたいな庶民《しょみん》には到底《とうてい》払《はら》えないくらいの額《がく》をな！」

「か弱《よわ》い女《おんな》の子《こ》に突《つ》き飛《と》ばされてお尻《しり》に怪我《けが》しました、なんて言《い》うのが恥《は》ずかしくないならどうぞ。でもその時《とき》は私《わたし》も請求《せいきゅう》するから」

ひかるはそう言《い》うと手《て》を挙《あ》げて見《み》せた。

よろけた時《とき》にどこかに掠《かす》ったらしく、手首《てくび》に少《すこ》し傷《きず》がついている。

「訴《うった》えやすいように、もう一回《いちかい》突《つ》き飛《と》ばしてあげようか？」

「うるさい！　なんだそんなかすり傷《きず》！」

男子生徒《だんしせいと》は捨《す》て台詞《ぜりふ》を残《のこ》すと逃《に》げるように教室《きょうしつ》から出《で》ていった。

その様子《ようす》を見送《みおく》ってひかるはぽつりと呟《つぶや》いた。

（あ……、理科実験室《りかじっけんしつ》……）

慌《あわ》てて教室《きょうしつ》を出《で》ると、ひかるは廊下《ろうか》を急《いそ》ぎ足《あし》で進《すす》んだ。

もう次《つぎ》の授業《じゅぎょう》が始《はじ》まってからずいぶん経《た》ってしまっているがさぼるわけにはいかない。


（どうしよう、迷《まよ》っちゃった……）

広大《こうだい》な敷地《しきち》にたくさんの校舎《こうしゃ》。

まだ転校《てんこう》してきて日《ひ》が浅《あさ》いひかるに移動教室《いどうきょうしつ》は難《むずか》しい。

だから美雪《みゆき》が一緒《いっしょ》に行《い》くと言《い》ってくれたのに。それを断《ことわ》って、覚《おぼ》えたから大丈夫《だいじょうぶ》だと言《い》ったのは自分《じぶん》だ。

（校舎《こうしゃ》の地図《ちず》、どこかにあったかな。それとも職員室《しょくいんしつ》に行《い》って聞《き》こうかな……）

仕方《しかた》なくわかる場所《ばしょ》まで引《ひ》き返《かえ》そうとした時《とき》、前《まえ》から歩《ある》いてくる男子生徒《だんしせいと》が目《め》に入《はい》った。

（うわ、なんで）

同《おな》じクラスの、藍崎煌《あいざきこう》だ。

彼《かれ》だって同《おな》じく移動教室《いどうきょうしつ》のはずだから、今《いま》ここにいるのはおかしい。

でも、これは天《てん》の助《たす》けかもしれない。

「藍崎《あいざき》くん！」

ひかるが藍崎《あいざき》に駆《か》け寄《よ》ると、俯《うつむ》いて歩《ある》いていた彼《かれ》が顔《かお》を上《あ》げた。

「藍崎《あいざき》くんも理科実験室《りかじっけんしつ》に行《い》くんでしょ？　一緒《いっしょ》に連《つ》れてって！」

「……はぁ？」

藍崎《あいざき》は面倒《めんどう》くさそうな顔《かお》をしたが、ダメとは言《い》わなかった。

しかしひかるが彼《かれ》に近《ちか》づいていくと、あからさまに嫌《いや》そうな顔《かお》をする。

(やっぱり私《わたし》のこと嫌《きら》いなのかな……)

ひかるはため息《いき》をついた。

別《べつ》に仲良《なかよ》くしたいとは思《おも》わないが、理由《りゆう》もなく嫌《きら》われるのはやはりしんどい。

そんな藍崎《あいざき》の隣《となり》を歩《ある》く勇気《ゆうき》はなく、少《すこ》し後《うし》ろをついていく。

いわゆる八頭身《はちとうしん》というのか、小《ちい》さな頭《あたま》に長《なが》い手足《てあし》。

背中《せなか》から見《み》ても彼《かれ》は格好《かっこう》よく、モテるのもわかる気《き》がする。

「おまえ……、なんか匂《にお》う」

数歩前《すうほまえ》を歩《ある》いている藍崎《あいざき》が鼻《はな》を押《お》さえながらひかるにそう言《い》った。

臭《くさ》いということだろうか。女子高生《じょしこうせい》としては軽《かる》くショックだ。

お風呂《ふろ》だって毎日入《まいにちはい》っているし、洗濯《せんたく》も毎日《まいにち》しているのに。

ひかるは恥《は》ずかしいのと腹立《はらだ》たしいのとで、つっけんどんに言《い》い返《かえ》した。

「おまえって呼《よ》ばないでよ。私《わたし》、あなたにおまえって呼《よ》ばれるほど親《した》しくない。それに、女《おんな》の子《こ》に臭《くさ》いとか失礼《しつれい》じゃない？」

ひかるにそう言《い》われ、藍崎《あいざき》はハッとしたように目《め》を見開《みひら》いた。

しかしすぐに目《め》をそらし、こう言《い》った。

「なんかおま……じゃなくて黒川《くろかわ》、怪我《けが》してない？」

ひかるはそう言《い》えば……と思《おも》い出《だ》して手首《てくび》を見《み》た。

さっき突《つ》き飛《と》ばされてできた傷《きず》に、うっすらと血《ち》がにじんでいる。

「ああ、これ？」

手首《てくび》を上《あ》げて見《み》せれば、藍崎《あいざき》は眉《まゆ》をしかめた。

「……多分《たぶん》、その血《ち》が匂《にお》ったんだ。臭《くさ》いわけじゃないから」

こんなささいな血《ち》の匂《にお》いに、彼《かれ》は気《き》づいたのだろうか。

「藍崎《あいざき》くん……、鼻《はな》がいいんだね」

「ああ」

藍崎《あいざき》が顔《かお》を背《そむ》け、歩《ある》くスピードが速《はや》くなる。

しかし藍崎《あいざき》が名前《なまえ》を呼《よ》んでくれたことに気《き》をよくしたひかるは、彼《かれ》の隣《となり》に並《なら》ぶようにしてついていった。

「ねえ、どうして藍崎《あいざき》くんも遅《おく》れたの？」

「……俺《おれ》は今来《いまき》た」

「え？　今《いま》？　もう三時限目《さんじげんめ》だよ？」

「……俺《おれ》、低血圧《ていけつあつ》なんだ」

「何《なに》それ」

そう言《い》えばここ数日見《すうじつみ》ていても、藍崎《あいざき》は遅《ち》刻《こく》が多《おお》かった気《き》がする。

授業中《じゅぎょうちゅう》も寝《ね》ていることが多《おお》いようだ。

「藍崎《あいざき》くんは生徒会《せいとかい》の副会長《ふくかいちょう》なのに、いいの？」

「……生徒会《せいとかい》は、昴《すばる》さんに無理矢理《むりやり》押《お》し付《つ》けられたんだ」

「……そうなの？」

そういえば、桃谷《ももや》も昴《すばる》に押《お》し付《つ》けられたと言《い》っていた。

ひかるはおかしくなって、くすくすと笑《わら》いだした。

相変《あいか》わらず藍崎《あいざき》はぶっきらぼうだが、ひかるを無視《むし》するでもなく、聞《き》いたことにはちゃんと答《こた》えてくれる。

ひかるが誤解《ごかい》していただけで、彼《かれ》は多分《たぶん》、ものすごく人《ひと》づきあいが苦手《にがて》なタイプなだけなのだろう。

でも、そんな人《ひと》が生徒会《せいとかい》の役員《やくいん》をするはめになっているとは。

(お気《き》の毒《どく》に……)

ひかるはこっそりとそう思《おも》った。

藍崎《あいざき》と一緒《いっしょ》に理科実験室《りかじっけんしつ》に入《はい》って行《い》くと、女生徒《じょせいと》たちからざわめきが起《お》きた。

「やだ、今度《こんど》は藍崎《あいざき》くん……？」

「最近桃谷先輩《さいきんももやせんぱい》にも構《かま》われてるし、何様《なにさま》のつもりよね、あの女《おんな》」

「逆《ぎゃく》ハーレムでも作《つく》るつもりなんじゃない……？」

心無《こころな》いささやきが聞《き》こえてきて、軽《かる》くへこむ。

何故《なぜ》かやることなすこと女生徒《じょせいと》たちの反感《はんかん》を買《か》ってしまうらしい。

しかも授業《じゅぎょう》に遅刻《ちこく》してしまったため、ひかるは化学《かがく》の教師《きょうし》から軽《かる》く説教《せっきょう》されてしまった。

藍崎《あいざき》はいつものことなので、先生《せんせい》もスルーしている。

（何《なに》この理不尽《りふじん》な扱《あつか》い……）

脇《わき》を抜《ぬ》けて席《せき》に着《つ》く藍崎《あいざき》を恨《うら》めし気《げ》に見《み》ながら、ひかるはため息《いき》をついた。

授業後《じゅぎょうご》、古林月子《こばやしつきこ》に何度《なんど》か話《はな》しかけようとも思《おも》ったのだが、彼女《かのじょ》はひかるを避《さ》けているようだった。

本人《ほんにん》が嫌《いや》がっているなら、これ以上《いじょう》ひかるが何《なに》か言《い》うことでもない。

ただ、男子生徒《だんしせいと》（阿部《あべ》というらしいが）とのトラブルの件《けん》で赤坂先生《あかさかせんせい》に呼《よ》び出《だ》され、事情《じじょう》は聴《き》かれた。

阿部《あべ》は恥《は》ずかしげもなく先生《せんせい》に訴《うった》えたらしい。

「阿部《あべ》くんが突然《とつぜん》黒川《くろかわ》さんに突《つ》き飛《と》ばされて怪我《けが》をしたって訴《うった》えてるんだけど……黒川《くろかわ》さんからも話《はなし》を聞《き》いていいかな？」

赤坂先生《あかさかせんせい》はちょっと申《もう》し訳《わけ》なさそうにひかるにそうたずねた。

「……突《つ》き飛《と》ばしたのは本当《ほんとう》です」

「え？　黒川《くろかわ》さんが？　本当《ほんとう》に？」

「はい。……でも、理由《りゆう》があってのことなんです」

「そうか。その理由《りゆう》、先生《せんせい》に教《おし》えてくれるかな」

「……すみません。他《ほか》の人《ひと》にも関《かか》わることなんで、私《わたし》が勝手《かって》に話《はな》すわけにはいきません」

理由《りゆう》はあるが、古林月子《こばやしつきこ》が黙《だま》っていることを、ひかるが暴露《ばくろ》するわけにはいかない。

「でも、それでは一方的《いっぽうてき》に黒川《くろかわ》さんが悪《わる》くなってしまうよ」

「先生《せんせい》の前《まえ》で阿部《あべ》くんと私《わたし》が話《はな》し合《あ》うわけにはいかないんですか？」

「うーん、阿部《あべ》くんは黒川《くろかわ》さんと話《はな》したくないって言《い》ってるし、謝罪《しゃざい》も受《う》け付《つ》けないって。困《こま》ったよねぇ。黒川《くろかわ》さんが理由《りゆう》もなくそんなことをするとは思《おも》ってないけど、理由《りゆう》がわからないことにはねぇ。それに、やっぱり暴力《ぼうりょく》はいけないよね？」

まるで小学生《しょうがくせい》に言《い》い聞《き》かせるような言《い》い方《かた》に、ひかるは赤坂先生《あかさかせんせい》が気《き》の毒《どく》になった。

要《よう》するに、阿部《あべ》はひかるに何《なに》か罰《ばつ》を与《あた》えてくれと訴《うった》えているのだろう。

ここに来《く》る前《まえ》に美雪《みゆき》が「ひかるが昴様《すばるさま》の遠縁《とおえん》だって言《い》えば阿部《あべ》の奴《やつ》、びっくりして謝《あやま》って来《く》るよ」なんて言《い》っていたけど、そんな権力《けんりょく》の行使《こうし》みたいなものはしたくない。

「……わかりました。暴力《ぼうりょく》はいけなかったと思《おも》うので、阿部《あべ》くんにも謝《あやま》ります」

そう言《い》って頭《あたま》を下《さ》げると赤坂先生《あかさかせんせい》はあきらかにほっとしたように表情《ひょうじょう》を和《やわ》らげた。

先生《せんせい》だって、生徒間《せいとかん》の面倒《めんどう》ごとなんてなるべく関《かか》わりたくないのだろう。

「今回《こんかい》は初《はじ》めてだから、訓告処分《くんこくしょぶん》ってことで。これでこの話《はなし》は終《お》わりね」

「はい。申《もう》し訳《わけ》ありませんでした」

職員室《しょくいんしつ》から教室《きょうしつ》に戻《もど》ると、ひかるは阿部《あべ》に頭《あたま》を下《さ》げた。

阿部《あべ》は勝《か》ち誇《ほこ》ったような顔《かお》でひかるを見《み》て笑《わら》っていて、ものすごく納得《なっとく》がいかなかったが、世《よ》の中《なか》って理不尽《りふじん》なことが多《おお》いものだ。

翌日《よくじつ》は、登校《とうこう》すると昇降口《しょうこうぐち》を入《はい》ってすぐのホールに人《ひと》だかりができていた。

がやがやとかなり騒《さわ》がしい。

「もしかして、中間考査《ちゅうかんこうさ》の結果《けっか》が貼《は》り出《だ》されているのかも」

美雪《みゆき》の言葉《ことば》に、ひかるはああ、とうなずいた。

そう言《い》えば、三日前《みっかまえ》に中間考査《ちゅうかんこうさ》があった。

ひかるにとってはこの学園《がくえん》に転校《てんこう》して初《はじ》めての試験《しけん》だ。

転校《てんこう》してくる前《まえ》もずっと勉強《べんきょう》は頑張《がんば》ってきたし、結構手《けっこうて》ごたえもあったつもりだがどうだっただろう。

人《ひと》だかりに突《つ》っ込《こ》んでいくと、皆《みな》ひかるに気《き》づいて一斉《いっせい》にこちらを見《み》た。

眉《まゆ》をひそめる者《もの》や、何《なに》やらひそひそと噂話《うわさばなし》をする者《もの》もいる。

(え……？　何《なに》？)

一年生《いちねんせい》の学年順位《がくねんじゅんい》を見《み》ようとひかるが背伸《せの》びをすると、その肩《かた》を誰《だれ》かにつかまれ、ぐいっと押《お》し下《さ》げられた。

「おまえ！　カンニングしたんだろう！」

耳元《みみもと》で叫《さけ》ばれて思《おも》わず肩《かた》をすくめると、目《め》の前《まえ》に阿部《あべ》の顔《かお》があった。

「何《なに》？　どういうこと？」

肩《かた》の手《て》を払《はら》いのけるひかるに、阿部《あべ》は貼《は》りだされた順位表《じゅんいひょう》を指《ゆび》さして叫《さけ》んだ。

「転校《てんこう》してきたばかりのおまえにあんな成績《せいせき》が取《と》れるわけないだろう⁉」

阿部《あべ》の声《こえ》は響《ひび》き渡《わた》り、周囲《しゅうい》の生徒《せいと》たちもざわついている。

「うわあ！　ひかる、すごーい！」

美雪《みゆき》の言葉《ことば》につられて見《み》れば、学年順位《がくねんじゅんい》の二位《にい》に、ひかるの名前《なまえ》があった。

（うわ、二位《にい》だ……）

阿部《あべ》がなにか騒《さわ》いでいるが、カンニングなど身《み》に覚《おぼ》えがないのだから答《こた》える気《き》にもならない。しかし自分《じぶん》の順位《じゅんい》より驚《おどろ》いたのは……

（一位《いちい》、藍崎煌《あいざきこう》？　あんなに授業中《じゅぎょうちゅう》いつも寝《ね》てるのに？）

信《しん》じられない思《おも》いで順位表《じゅんいひょう》を眺《なが》めていると、再《ふた》び肩《かた》をつかまれた。

「答《こた》えろ黒川《くろかわ》！　どうやってカンニングしたんだ！」

（もう〜！　阿部《あべ》、しつこい！）

頭《あたま》にきて思《おも》い切《き》り振《ふ》り返《かえ》ると、呆然《ぼうぜん》としたようにひかるを見《み》つめる青野獏《あおのばく》の姿《すがた》があった。

そしてその隣《となり》には古林月子《こばやしつきこ》がいて、彼女《かのじょ》もまた、固《かた》まったように順位表《じゅんいひょう》を見上《みあ》げている。

「おい！　黒川《くろかわ》！　聞《き》いてるのか!?」

「うるさいわね！　ひかるがカンニングなんてするわけないでしょ？」

ひかるのかわりにそう返事《へんじ》をしたのは美雪《みゆき》だ。

だが、周囲《しゅうい》の生徒《せいと》たちは「カンニングだってよ」「え？　あの子《こ》が？」「だと思《おも》った」などと好《す》き勝手《かって》に騒《さわ》いでいる。

「だっておかしいと思《おも》わないか？　黒川《くろかわ》が前《まえ》にいた学校《がっこう》は田舎《いなか》の公立高校《こうりつこうこう》で、ここよりずっと授業《じゅぎょう》も遅《おく》れているはずだ。ある程度出来《ていどでき》たとしたって……、中等部《ちゅうとうぶ》からずっと二位《にい》だった青野《あおの》を抜《ぬ》くなんてありえない」

阿部《あべ》の言葉《ことば》にあらためて順位表《じゅんいひょう》に目《め》をやれば、なるほど、三位《さんい》は青野獏《あおのばく》、四位《よんい》は古林《こばやし》月子《つきこ》になっている。

なるほど、ひかるのせいであの二人《ふたり》の順位《じゅんい》が押《お》し下《さ》げられた形《かたち》になったのだろう。

「ひかる、阿部《あべ》くんの言《い》いがかりなんて気《き》にしなくていいわよ。だいたい阿部《あべ》くん、あなたは順位《じゅんい》に全《まった》く関係《かんけい》ないくせに、どうしてそんなに自身満々《じしんまんまん》なのよ」

美雪《みゆき》の言葉《ことば》に、阿部《あべ》はかーっと顔《かお》を真《ま》っ赤《か》にした。

「うるさい！　青野《あおの》がこいつなんかに抜《ぬ》かれるはずないんだよ！　なぁ青野《あおの》」

阿部《あべ》に突然話《とつぜんはなし》を振《ふ》られ、青野《あおの》は不機嫌《ふきげん》そうに唇《くちびる》を尖《とが》らせた。

「うるさいよ阿部《あべ》。何度《なんど》も僕《ぼく》の名前《なまえ》を出《だ》すなよ。それって遠回《とおまわ》しに僕《ぼく》を馬鹿《ばか》にしてるのか？」

「な……っ！　俺《おれ》はおまえのために！　な、なぁ、古林《こばやし》！」

今度《こんど》は古林月子《こばやしつきこ》に同意《どうい》を求《もと》めたが、彼女《かのじょ》は気《き》まずそうにすっと阿部《あべ》から目《め》をそらした。

（もうやだ……）

ひかるは俯《うつむ》いた。

ここで違《ちが》うと訴《うった》えて、一体《いったい》どれくらいの人《ひと》がひかるを信《しん》じてくれるのだろう。

この半月余《はんつきあま》り、この学園《がくえん》に溶《と》け込《こ》もうとひかるなりに努力《どりょく》してきたつもりだ。

でもセレブ学生《がくせい》たちも、特待生《とくたいせい》たちも、みんなひかるを遠巻《とおま》きに見《み》ているばかりだった。

いくらメンタル強《つよ》めを自負《じふ》していても、叩《たた》かれ続《つづ》ければ脆《もろ》くもなっていく。

しかし、俯《うつむ》くひかるの肩《かた》を押《お》さえつけていた手《て》が、突然《とつぜん》するりと離《はな》れた。

（……え？）

顔《かお》を上《あ》げると、阿部《あべ》の右手《みぎて》を藍崎煌《あいざきこう》がつかんでいて、その隣《となり》には墨島昴《すみじますばる》がいる。

藍崎《あいざき》は阿部《あべ》の腕《うで》をつかんだまま、「言《い》いがかりはよせ」と彼《かれ》を睨《にら》んだ。

「テスト中《ちゅう》、黒川《くろかわ》と俺《おれ》の席《せき》は離《はな》れていた。黒川《くろかわ》よりいい点数《てんすう》だったのは俺《おれ》しかいないのに、どうやってカンニングなんてする？」

藍崎《あいざき》の言葉《ことば》を受《う》けて、青野獏《あおのばく》もうなずいた。

「たしかに。何《なに》か用意《ようい》していたとしても、この学園《がくえん》の試験官《しけんかん》の目《め》は相当厳《そうとうきび》しいから、それをかいくぐれるはずはないよな」

藍崎《あいざき》と青野《あおの》にそう言《い》われ、阿部《あべ》は悔《くや》しそうに唇《くちびる》を噛《か》んだ。

「この学園《がくえん》への編入試験《へんにゅうしけん》は難《むずか》しいのに、高得点《こうとくてん》だったっていうし、ひかるちゃんの優秀《ゆうしゅう》さはすでに証明《しょうめい》されてるんだ」

昴《すばる》が言《い》う。

「それに僕《ぼく》は、カンニングするような人間《にんげん》がこの墨島学園《すみじまがくえん》に存在《そんざい》するなんて信《しん》じたくない」

生徒会長《せいとかいちょう》で墨島家《すみじまけ》の一員《いちいん》である昴《すばる》の話《はなし》に、一気《いっき》に周囲《しゅうい》の空気《くうき》が変《か》わった。昴《すばる》は話《はな》しながら、阿部《あべ》の方《ほう》へ目《め》を向《む》けた。

「それから……、知《し》らない人《ひと》もいるみたいだからあらためて言《い》っておくけど、ひかるちゃんは墨島家《すみじまけ》の遠縁《とおえん》だ。身元《みもと》は僕《ぼく》が保障《ほしょう》するから、言《い》いたいことがある人《ひと》は僕《ぼく》のところに来《き》て」

「ひっ!!」

昴《すばる》の言葉《ことば》を聞《き》いた阿部《あべ》は、青《あお》くなってこそこそと逃《に》げていった。

周囲《しゅうい》の生徒《せいと》も、「なんだ、ガセネタかぁ」などと言《い》っている。

その他《ほか》にも、ひかるが『墨島家《すみじまけ》の遠縁《とおえん》』と聞《き》かされて、少《すく》なからず青《あお》くなっている生徒《せいと》もいるようだ。

ひかるは昴《すばる》と藍崎《あいざき》、そして青野《あおの》に向《む》き直《なお》り、礼《れい》を言《い》った。

「かばってくれて……、ありがとうございました。美雪《みゆき》も……、ありがとう」

美雪《みゆき》が笑《わら》って首《くび》を横《よこ》に振《ふ》る。

昴《すばる》もにっこり笑《わら》い、青野《あおの》は「別《べつ》に」と言《い》うとそっぽを向《む》いた。

藍崎《あいざき》は微《かす》かに頷《うなず》いている。

周囲《しゅうい》との気持《きも》ちのずれや誤解《ごかい》はたくさんあるが、今《いま》この四人《よにん》が信《しん》じてくれたことが、素直《すなお》に嬉《うれ》しい。


その日《ひ》から、少《すこ》しづつではあるがクラスメイトが話《はな》しかけてくれるようになった。

『墨島家《すみじまけ》の遠縁《とおえん》』という身分《みぶん》が効《き》いていると思《おも》うと複雑《ふくざつ》ではあるが、クラスに馴染《なじ》むという目的《もくてき》は果《は》たせそうだ。

昴《すばる》との関係《かんけい》がバレたこともあり、彼《かれ》は時々《ときどき》ひかるの教室《きょうしつ》に様子《ようす》を見《み》に来《く》るようになった。

その度《たび》にクラスの女生徒《じょせいと》たちが騒《さわ》いでいるが、以前《いぜん》のように心無《こころな》い言葉《ことば》を投《な》げかけられるようなことはもうない。

ただ、わしゃわしゃと頭《あたま》を撫《な》でられたりすることもあって、そんな時《とき》は親衛隊《しんえいたい》の皆《みな》さんの目《め》がものすごく怖《こわ》いのは今《いま》まで通《とお》り。

それから、桃谷泉《ももやいずみ》も相変《あいか》わらず会《あ》うと絡《から》んでくる。

彼《かれ》はいつも女《おんな》の子《こ》を侍《はべ》らせているくせに、ひかるを見《み》つけると嬉《うれ》しそうに寄《よ》ってくるのだ。

桃谷《ももや》クラブへの勧誘《かんゆう》もしてくるから、本当《ほんとう》に困《こま》る。

桃谷《ももや》クラブの女《おんな》の子《こ》……通称桃谷《つうしょうももや》ガールズたちの目《め》も怖《こわ》いし、ひかるは泉《いずみ》と会《あ》っても無関心《むかんしん》を決《き》め込《こ》んでいる。

また、藍崎煌《あいざきこう》とは時々会話《ときどきかいわ》するようになった。

……と言《い》ってもひかるが話《はな》しかけるからそれに答《こた》えてくれるだけだが。

「移動教室《いどうきょうしつ》は覚《おぼ》えたか？」

などと会話《かいわ》の中《なか》で何度《なんど》か聞《き》かれたのだが、彼《かれ》は余程《よほど》ひかるが方向音痴《ほうこうおんち》だと思《おも》っているらしい。

それから、青野獏《あおのばく》にいたっては、最近向《さいきんむ》こうから挨拶《あいさつ》してくれるようになった。
相変《あいか》わらず不機嫌《ふきげん》そうではあるが、すごい進歩《しんぽ》だと思《おも》う。
（おばあちゃん、私《わたし》、ここで頑張《がんば》れそう）
ひかるは青《あお》い空《そら》を見上《みあ》げると、そっと、胸《むね》の中《なか》で呟《つぶや》いた。

幕間《まくあい》　生徒会室《せいとかいしつ》にて①

「今回《こんかい》も昴《すばる》と煌《こう》は一位《いちい》だったね」

生徒会室《せいとかいしつ》のソファに寝《ね》そべりながら、桃谷泉《ももやいずみ》はそう言《い》った。

先程《さきほど》ホールに貼《は》りだされた、中間考査《ちゅうかんこうさ》の結果《けっか》についてだ。

二年生《にねんせい》の一位《いちい》は墨島昴《すみじますばる》で、一年生《いちねんせい》の一位《いちい》は藍崎煌《あいざきこう》。

因《ちな》みに、二年生《にねんせい》の二位《にい》は桃谷泉《ももやいずみ》で、三位《さんい》は緑山《みどりやま》さおり。

中等部《ちゅうとうぶ》の時《とき》からもう何年《なんねん》も、テストの上位《じょうい》はこのメンバーで独占《どくせん》してきた。

だから、一年生《いちねんせい》の二位《にい》に黒川《くろかわ》ひかるが食《く》い込んできたのは、かなり予想外《よそうがい》の出来事《できごと》だった。

なんてったって毎回二位《まいかいにい》の青山獏《あおやまばく》を押《お》しのけてランクインしてきたのだから。

「あのひかるって子《こ》、本当《ほんとう》にただの遠縁《とおえん》なの？」

優雅《ゆうが》に紅茶《こうちゃ》を飲《の》みながら昴《すばる》にそうたずねたのは、副会長《ふくかいちょう》の緑山《みどりやま》さおりだ。

「いや……、実《じつ》はよくわからないんだ。僕《ぼく》も、それ以上は聞《き》いてなくて」

昴《すばる》が困《こま》ったようにそう答《こた》える。

ここは墨島学園高等部《すみじまがくえんこうとうぶ》の生徒会室《せいとかいしつ》だが、一般的《いっぱんてき》な生徒会室《せいとかいしつ》からは想像《そうぞう》できないほどの豪奢《ごうしゃ》な部屋《へや》だ。

昴《すばる》と煌《こう》が座《すわ》っているのは黒皮貼《くろかわば》りの高級《こうきゅう》チェア。

三位《さんい》に追《お》いやられて落《お》ち込《こ》んだ獏《ばく》が突《つ》っ伏《ぷ》しているのは大理石《だいりせき》のテーブル。

泉《いずみ》が寝《ね》そべり、その横《よこ》でさおりが紅茶《こうちゃ》を飲《の》んでいるのはベルベットの高級《こうきゅう》ソファの上《うえ》だ。

セレブ校《こう》で知《し》られている墨島学園《すみじまがくえん》ではあるが、生徒会《せいとかい》はその中《なか》でも生粋《きっすい》のセレブ、一般《いっぱん》生徒曰《せいといわ》く『超《ちょう》セレブ』の学生《がくせい》たちで成《な》り立《た》っている。

とはいえ、選抜基準《せんばつきじゅん》はそれだけではない。生徒会《せいとかい》メンバーはそのバックグラウンドはもちろん、優《すぐ》れた人物《じんぶつ》であることも重要視《じゅうようし》される。

容姿《ようし》で注目《ちゅうもく》されるのも当然《とうぜん》だし、人気《にんき》があってファンクラブがあるのも当然《とうぜん》、そしてテスト結果《けっか》の上位《じょうい》を独占《どくせん》するのも当然《とうぜん》なのだ。

生徒会長《せいとかいちょう》は前会長《ぜんかいちょう》の指名制《しめいせい》で、生徒会《せいとかい》のメンバーは現会長《げんかいちょう》が自由《じゆう》に選《えら》べることになっているため、今《いま》のメンバーは全員昴《ぜんいんすばる》が選《えら》んだ者《もの》たちだ。

性格的《せいかくてき》には一癖《ひとくせ》も二癖《ふたくせ》もある者《もの》たちだが、皆《みな》それぞれ優秀《ゆうしゅう》な者《もの》たちであることには違《ちが》いない。

「――ところでさあ、ひかるちゃんってなんかいい匂《にお》いするよね」

泉《いずみ》が突然《とつぜん》そんなことを言《い》い出《だ》し、昴《すばる》にキッと睨《にら》まれた。

「泉《いずみ》、絶対《ぜったい》ひかるちゃんに手《て》を出《だ》すなよ。大伯父様《おおおじさま》の秘書《ひしょ》からも頼《たの》まれてるんだから。ひかるちゃんが危《あぶ》ない目《め》に遭《あ》わないよう見守《みまも》ってくれって」

「大伯父様《おおおじさま》って……、理事長《りじちょう》のこと？　ただの遠縁《とおえん》にしては大袈裟《おおげさ》じゃない⁉」

鋭《するど》く突《つ》っ込《こ》んできたのは泉《いずみ》ではなくさおりだ。

「さあ、詳《くわ》しくは知《し》らないけど、墨島《すみじま》の縁者《えんじゃ》ってだけで危険《きけん》があるかもしれないだろ。とにかく泉《いずみ》、ひかるちゃんに何《なに》かしたら許《ゆる》さないからな」

「えー、わかんないよ。僕《ぼく》、女《おんな》の子《こ》はみんな大好《だいす》きだし」

「泉《いずみ》……、その手当《てあ》たり次第《しだい》に女《おんな》の子侍《こはべ》らすのもやめなよ。いい加減怪《かげんあや》しまれるよ、『桃《もも》谷《や》クラブ』はいかがわしいって」

「え〜、全然《ぜんぜん》いかがわしくないよ〜。それに大丈夫《だいじょうぶ》。うまくやってるから」

へらへら笑《わら》う泉《いずみ》に、昴《すばる》は眉《まゆ》をしかめた。

泉《いずみ》の自己責任《じこせきにん》なのだから、強《つよ》く言《い》うつもりはない。

だが一つ綻《ひとほころ》びが出《で》てそれが広《ひろ》がれば、泉《いずみ》だけの問題《もんだい》ではなくなってくる。

「それよりひかるちゃんのことだけどさぁ、いい匂《にお》いするのって何《なに》か理由《りゆう》があるんじゃない？」

「さあ。僕《ぼく》は何《なに》も感《かん》じないけど」

昴《すばる》は極力関心《きょくりょくかんしん》がなさそうにそう答《こた》えた。

正直《しょうじき》、ひかるの話題《わだい》からはなるべく離《はな》れたい。

ひかるについては生徒会《せいとかい》メンバーにも秘密《ひみつ》にしていることがいくつかあるからだ。『遠《とお》縁《えん》』としか聞《き》いていない、というのは秘密《ひみつ》に気《き》づかれないための嘘《うそ》だった。

「本当《ほんとう》に……、あいつはただの遠縁《とおえん》なのか？」

しかしそれまで黙《だま》っていた煌《こう》にも聞《き》かれ、昴《すばる》は少々驚《しょうしょうおどろ》いた。

煌《こう》が他人《たにん》に興味《きょうみ》を示《しめ》すのは珍《めずら》しかったからだ。

「うーん、あんなに『いい匂《にお》い』だと狙《ねら》われやすいかもねぇ。少《すこ》し気《き》をつけてあげた方《ほう》がいいかも」

「僕《ぼく》たちが目《め》を光《ひか》らせてるんだから、この学園《がくえん》で禁忌《きんき》を犯《おか》す輩《やから》はいないはずだ。おまえこそ狙《ねら》うなよ、泉《いずみ》」

「えー、僕《ぼく》にはそのための『桃谷《ももや》クラブ』があるからねぇ。昴《すばる》こそ、心配《しんぱい》なのはわかるけど構《かま》いすぎじゃない？」

「たしかに。昴《すばる》はあの子《こ》のこと構《かま》いすぎ。親衛隊《しんえいたい》が騒《さわ》ぐのも仕方《しかた》ないわ」

「さおりのそれは嫉妬《しっと》だけどねー」

「うるさいわよ、泉《いずみ》」

さおりは少《すこ》し赤《あか》くなって、泉《いずみ》の頭《あたま》を軽《かる》く叩《たた》いた。

そんな二人《ふたり》のやり取《と》りを見《み》ながら、昴《すばる》は曖昧《あいまい》に微笑《ほほえ》んだ。

昴《すばる》が隠《かく》している一《ひと》つ目《め》の秘密《ひみつ》——ひかるの母方《ははかた》の祖父《そふ》が墨島家《すみじまけ》総裁《そうさい》の墨島剣造《すみじまけんぞう》であることは、ごく一部《いちぶ》の人間《にんげん》しか知《し》らない。それは、ひかるの存在《そんざい》が明《あき》らかになることが、墨島《すみじま》家《け》の後継者問題《こうけいしゃもんだい》に直結《ちょっけつ》するからだ。

後継者問題《こうけいしゃもんだい》……、それは当然昴《とうぜんすばる》にも関係《かんけい》することである。

実際《じっさい》、昴《すばる》の父《ちち》は剣造《けんぞう》の次《つぎ》の総裁《そうさい》の座《ざ》を狙《ねら》っていると思《おも》う。

そして二《ふた》つ目《め》の秘密《ひみつ》。これはひかる本人《ほんにん》も知《し》らないことだが、ひかるは父方《ちちかた》から特異《とくい》な血筋《ちすじ》を受《う》け継《つ》いでいる。

勘《かん》の鋭《するど》い泉《いずみ》がやたらとひかるを気《き》にするのは、何《なに》か感《かん》じるものがあるからだろう。

『せめてひかるが高校《こうこう》を卒業《そつぎょう》するまでは墨島家直系《すみじまけちょっけい》であることを隠《かく》し、穏《おだ》やかな学生生活《がくせいせいかつ》を送《おく》らせてやるように』それが剣造《けんぞう》の命令《めいれい》だ。今《いま》まで放《ほう》っておいた孫娘《まごむすめ》への償《つぐな》いの気持《きも》ちがあるのかは知《し》らないが。

それに剣造《けんぞう》は、あえて昴《すばる》の父《ちち》を通《とお》さず、昴《すばる》に直接《ちょくせつ》ひかるの秘密《ひみつ》を伝《つた》えてきた。

それがどういうことか。

昴《すばる》は、ひかるが墨島家直系《すみじまけちょっけい》の令嬢《れいじょう》であることを、この先《さき》も生徒会《せいとかい》メンバーに知《し》らせる気《き》はない。

第二章《だいにしょう》　事件発生《じけんはっせい》

「……ヴァンパイア……？」

昼間《ひるま》の学食《がくしょく》で、ひかるは聞《き》きなれない言葉《ことば》に目《め》を丸《まる》くした。

「ええ。奈美《なみ》さん、ヴァンパイアに襲《おそ》われたんじゃないかって。今《いま》、学園内《がくえんない》でものすごい噂《うわさ》になってるのよ」

目《め》の前《まえ》で声《こえ》をひそめて語《かた》る美雪《みゆき》の言葉《ことば》に、ひかるはため息《いき》をついた。

孤島《ことう》の学園《がくえん》を震撼《しんかん》させる事件《じけん》が起《お》きたのは、ひかるが転校《てんこう》してきて一《いち》ヶ月余《げつあま》り経《た》った頃《ころ》だった。

校舎《こうしゃ》の隅《すみ》で、女生徒《じょせいと》が意識《いしき》を失《うしな》った状態《じょうたい》で倒《たお》れているところを発見《はっけん》されたのだ。

三日前《みっかまえ》のその日《ひ》。夕食《ゆうしょく》を終《お》えて美雪《みゆき》と一緒《いっしょ》に寮《りょう》のラウンジにいたひかるは、クラスメイトで特待生《とくたいせい》の大山咲子《おおやまさきこ》という女生徒《じょせいと》に「隣室《りんしつ》の里井奈美《さといなみ》さんが門限《もんげん》を過《す》ぎても寮《りょう》に戻《もど》らないけどどうしよう」と相談《そうだん》された。

最近《さいきん》では、クラスメイトのひかるを見る目《みめ》もだいぶ変《か》わってきていて、『生徒会《せいとかい》メンバーにも堂々《どうどう》と言《い》い返《かえ》せる生徒《せいと》』として認知《にんち》されつつあった。

そんな中《なか》、戻《もど》ってこない奈美《なみ》と相談《そうだん》を持《も》ち掛《か》けてきた大山咲子《おおやまさきこ》は、最初《さいしょ》こそ距離《きょり》があったものの、ひかるを避《さ》ける素振《すぶ》りを見《み》せなかった数少《かずすく》ない生徒《せいと》で、二人《ふたり》とも特待生《とくたいせい》だった。

咲子《さきこ》は奈美《なみ》のことを寮監《りょうかん》の先生《せんせい》に報告《ほうこく》したものかどうか迷《まよ》っているらしい。

門限破《もんげんやぶ》りには寮《りょう》のトイレ掃除《そうじ》などの罰則《ばっそく》があるが、それよりも、特待生《とくたいせい》にとっては教師《きょうし》の心証《しんしょう》を悪《わる》くして内申点《ないしんてん》に影響《えいきょう》がある方《ほう》が怖《こわ》い。

咲子《さきこ》は自分《じぶん》がむやみに騒《さわ》ぐことで奈美《なみ》の立場《たちば》を悪《わる》くしてしまうと思《おも》ったのだろう。

相談《そうだん》されたひかると美雪《みゆき》は報告《ほうこく》することをすすめ、一緒《いっしょ》に付《つ》き添《そ》った。

後《あと》のことを考《かんが》えるより、まずは奈美《なみ》の無事《ぶじ》を確《たし》かめる方《ほう》が先《さき》だと思《おも》ったからだ。

そして寮監《りょうかん》の先生《せんせい》と、寮長《りょうちょう》である緑山《みどりやま》さおり、そしてひかるたちを含《ふく》めた数人《すうにん》の生徒《せいと》で奈美《なみ》を探《さが》した結果《けっか》、彼女《かのじょ》は一人《ひとり》、校舎《こうしゃ》の隅《すみ》で倒《たお》れているのを発見《はっけん》された。

たしかに、あの一件《いちけん》は不思議《ふしぎ》な出来事《できごと》だった。

倒《たお》れていた奈美《なみ》に命《いのち》に別状《べつじょう》はなかったが、気《き》を失《うしな》っていた。首筋《くびすじ》には奇妙《きみょう》な傷痕《きずあと》が二《ふた》つあったが、何故《なぜ》それがついたのかも、自分《じぶん》が何故《なぜ》倒《たお》れていたのかも答《こた》えられなかったという。

ひかるたちに分《わ》かるのはそこまでだった。

あの日《ひ》、病院《びょういん》に担《かつ》ぎ込《こ》まれた奈美《なみ》には生徒会《せいとかい》メンバーが付《つ》き添《そ》い、ひかるたちは寮《りょう》に帰《かえ》るよう命《めい》じられていた。

そして奈美《なみ》に会《あ》えないまま、翌日《よくじつ》には彼女《かのじょ》は自宅療養《じたくりょうよう》のために休学《きゅうがく》して実家《じっか》へ帰《かえ》ってしまったのだ。

詳細《しょうさい》を聞《き》こうにも、『プライバシー』を理由《りゆう》に何《なに》も教《おし》えてもらえない。

結局《けっきょく》、クラス担任《たんにん》の赤坂先生《あかさかせんせい》から、『里井奈美《さといなみ》は蜂《はち》に刺《さ》されたことによるアナフィラキシーショックによって倒《たお》れていた』と翌々日《よくよくじつ》のホームルームで告《つ》げられた。

近《ちか》くにスズメバチの巣《す》があり、早急《さっきゅう》に撤去《てっきょ》されたという。

しばらく奈美《なみ》が休学《きゅうがく》することを伝《つた》え、「彼女《かのじょ》が帰《かえ》って来《く》る時《とき》は、みんなであたたかく迎《むか》えてあげましょうね」と先生《せんせい》は話《はな》していた。

「美雪《みゆき》、あれは蜂《はち》に刺《さ》されたせいだって先生《せんせい》も言《い》ってたでしょう？　だいたい、ヴァンパイアなんてこの世《よ》にいるわけないじゃない」

ひかるが呆《あき》れたようにそう言《い》うと、美雪《みゆき》は少々《しょうしょう》唇《くちびる》を尖《とが》らせた。

「もちろん私《わたし》だってヴァンパイアの存在《そんざい》なんて信《しん》じてないわよ。でも、ひかるだって見《み》たでしょ？　奈美《なみ》さんの首《くび》にあった傷《きず》……」

美雪《みゆき》は手《て》を口元《くちもと》に当《あ》て、ひそひそと囁《ささや》くようにそう言《い》った。

「だから、あれは蜂《はち》に刺《さ》された痕《あと》でしょ？」

ひかるは美雪《みゆき》の話《はなし》を否定《ひてい》しながらサンドイッチを頬張《ほおば》った。

さすがセレブ学園《がくえん》のサンドイッチは中身《なかみ》が豪華《ごうか》で、かまぼこじゃない蟹肉《かににく》が入《はい》っている。

美味《おい》しさでほっぺたが落《お》ちそうだ。

「でもこの島《しま》って『ヴァンパイア伝説《でんせつ》』があるでしょ？　だからみんな、伝説《でんせつ》に関連《かんれん》付《つ》けて、面白《おもしろ》がってるのよね」

「ホントに悪趣味《あくしゅみ》だね。クラスメイトが大変《たいへん》な目《め》に遭《あ》ったっていうのに」

そう。元々《もともと》周囲《しゅうい》の島《しま》の人《ひと》の間《あいだ》で、『この孤島《ことう》にはヴァンパイアが住《す》んでいたのでは』という、ヴァンパイア伝説《でんせつ》なるものが存在《そんざい》しているのだという。

人間《にんげん》に追《お》いやられて住《す》む場所《ばしょ》を失《うしな》ったヴァンパイアが、無人島《むじんとう》であったこの島《しま》に住《す》み着《つ》いていたという、都市伝説《としでんせつ》みたいなものだ。

空《そら》を飛《と》ぶことができるヴァンパイアは、夜《よる》になると人間《にんげん》の血《ち》を求《もと》めて島《しま》の外《そと》へ出《で》かける。

そして吸血《きゅうけつ》を終《お》えると、再《ふたた》び島《しま》に戻《もど》ってくるのだ。

だがある日《ひ》、島《しま》は開発《かいはつ》されて墨島学園《すみじまがくえん》が建《た》てられ、ヴァンパイアたちの安住《あんじゅう》の地《ち》が奪《うば》われてしまった。

けれど彼《かれ》らは今《いま》もひっそりと隠《かく》れ住《す》み、学園《がくえん》の生徒《せいと》たちの血《ち》を狙《ねら》っている。

まあ、要約《ようやく》すればそんな内容《ないよう》の話《はなし》だ。

元来《がんらい》、学生《がくせい》というのはそういった伝説《でんせつ》や目《め》に見《み》えないものを楽《たの》しむ習性《しゅうせい》がある。

怖《こわ》いけれど見《み》たい、怖《こわ》いけれど知《し》りたい。

それは、セレブ学生《がくせい》だろうと一般生徒《いっぱんせいと》だろうと変《か》わらないらしい。

中《なか》には、『生徒会《せいとかい》メンバーになら血《ち》を吸《す》われてみたい』などとはしゃぐ女生徒《じょせいと》もいるらしい。

(ヴァンパイアに血《ち》を吸《す》われた痕《あと》、か……)

たしかにあの時《とき》、ひかるは里井奈美《さといなみ》の首筋《くびすじ》にある二《ふた》つ並《なら》んだ奇妙《きみょう》な傷痕《きずあと》を見《み》た。

まるで鋭《するど》く尖《とが》った牙《きば》で噛《か》みついたように見《み》えたが、医者《いしゃ》が蜂《はち》に刺《さ》された痕《あと》だと言《い》うならきっとそうなのだろう。

ただ、納得《なっとく》しようとしても、ぬぐえない違和感《いわかん》がある。

ひかるはそれまで蜂《はち》に刺《さ》された人《ひと》やアナフィラキシー反応《はんのう》を起《お》こした人《ひと》を見《み》たことはなかったが、本当《ほんとう》にあんな風《ふう》になるのだろうか。

あの時《とき》の奈美《なみ》は血《ち》の気《け》が無《な》く、肌《はだ》が真《ま》っ白《しろ》で、少《すこ》し触《ふ》れた手《て》や頰《ほお》は氷《こおり》のように冷《つめ》たかった。

まるで、体中《からだじゅう》の血液《けつえき》を抜《ぬ》かれたかのように。

だからあの状態《じょうたい》の彼女《かのじょ》を見《み》て『血《ち》を吸《す》われた』と感《かん》じた者《もの》もいたのかもしれない。

ひかるたちの他《ほか》にも捜索《そうさく》に加《くわ》わっていた生徒《せいと》が何人《なんにん》かいるから、その中《なか》の誰《だれ》かが『ヴァンパイア』と関連付《かんれんつ》けて噂《うわさ》を流《なが》したかもしれないのだ。

（……バカバカしい）

ひかるは幽霊《ゆうれい》や人外《じんがい》を信《しん》じるタイプではない。

あの事故《じこ》が、蜂《はち》のせいか、それ以外《いがい》のせいかはわからないが、少《すく》なくともヴァンパイアなどという伝説上《でんせつじょう》の妖怪《ようかい》のせいではない。

それなのに奈美《なみ》の不幸《ふこう》な事故《じこ》をヴァンパイア伝説《でんせつ》と絡《から》めて騒《さわ》ぐなんて、本当《ほんとう》に腹立《はらだ》たしいと思《おも》う。

（でもし、本当《ほんとう》にあれが蜂《はち》の仕業《しわざ》じゃなかったら……）

ひかるは昴《すばる》たち生徒会《せいとかい》にも少《すこ》しの違和感《いわかん》を覚《おぼ》えていた。

事故《じこ》について、昴《すばる》は何《なに》も教《おし》えてくれなかった。

それどころか、いくら『プライバシー』と言《い》っても、お見舞《みま》いさえさせてくれなかったのはおかしいと思《おも》う。

それに、これまでちょくちょく絡《から》んできた昴《すばる》が、あれ以来《いらい》あまり顔《かお》を出《だ》さなくなったのだ。

学園内《がくえんない》で見《み》かけることはあるが、離《はな》れたところで、本当《ほんとう》に見《み》かけるだけ。

今《いま》までは、見《み》かけると必《かなら》ず昴《すばる》が寄《よ》ってきてくれていたから、よく会《あ》うと思《おも》い込《こ》んでいたのかもしれない。

ひかるが見《み》かけた時《とき》の昴《すばる》はいつも忙《いそが》しそうで、その隣《となり》にはいつも緑山《みどりやま》さおりがいた。

才色兼備《さいしょくけんび》と名高《なだか》い、生徒会《せいとかい》の副会長《ふくかいちょう》だ。

そういえば、藍崎煌《あいざきこう》や青野獏《あおのばく》も最近《さいきん》とても疲《つか》れた顔《かお》をしている。

生徒会《せいとかい》も、今回《こんかい》の騒動《そうどう》を収拾《しゅうしゅう》するのに忙《いそが》しいのだろう。

変《か》わらないのは、相変《あいか》わらずひかるにちょっかいをかけてくる桃谷泉《ももやいずみ》だけだ。

ひかるの思《おも》いをよそに、奈美《なみ》がヴァンパイアに襲《おそ》われたという噂《うわさ》は尾《お》ひれをつけて、瞬《また》く間《ま》に学園内《がくえんない》に広《ひろ》がった。

この孤島《ことう》にはヴァンパイアが住《す》みついていて、かわいそうな彼女《かのじょ》はその被害者《ひがいしゃ》になってしまったのだと。

もちろんそんなものは伝説《でんせつ》だ、存在《そんざい》するわけがないと断《だん》じる者《もの》たちもいて、軽《かる》く論争《ろんそう》にさえなっている。

昴《すばる》たち生徒会《せいとかい》も噂《うわさ》を収拾《しゅうしゅう》しようと動《うご》いているらしいが、得《え》てしてこういう噂《うわさ》は抑《おさ》えようとすればするほど広《ひろ》がっていくものだ。

曰《いわ》く、彼女《かのじょ》の首筋《くびすじ》にはまるで噛《か》まれたような傷痕《きずあと》があったと。

曰《いわ》く、それはまるで、『ヴァンパイア』に吸血《きゅうけつ》されたようだったと。

この学園《がくえん》にはいたるところに監視《かんし》カメラがあるのだが、彼女《かのじょ》が倒《たお》れていたのはちょうどカメラに映《うつ》らない場所《ばしょ》、死角《しかく》だったこともあり、その状況《じょうきょう》が余計《よけい》に噂《うわさ》に拍車《はくしゃ》をかけた。

奈美《なみ》の事故《じこ》以降《いこう》、寮《りょう》の門限《もんげん》が厳《きび》しくなった。

生徒《せいと》は日没後《にちぼつご》に寮《りょう》から出《で》てはならず、また、一人《ひとり》で行動《こうどう》してはならないというのだ。

ヴァンパイアの噂《うわさ》で混乱《こんらん》する生徒《せいと》たちのために生徒会《せいとかい》がとった措置《そち》だが、その通達《つうたつ》のせいで、やはりヴァンパイアが存在《そんざい》するのだという見方《みかた》をする生徒《せいと》たちもいた。

名門《めいもん》の超《ちょう》セレブ学園《がくえん》だというのに、嘆《なげ》かわしいことだ、とひかるは思《おも》う。

「……やっぱり、何《なに》かおかしいよね」

ぽつりとこぼすひかるに、美雪《みゆき》はきょとんと首《くび》を傾《かし》げた。

現在二人《げんざいふたり》は、ひかるの部屋《へや》で今回《こんかい》の事件《じけん》について考察中《こうさつちゅう》だった。

「何《なに》がおかしいの？」

「噂《うわさ》の広《ひろ》がり方《かた》だよ」

あれから生徒会《せいとかい》は、生徒《せいと》たちに根拠《こんきょ》のない噂話《うわさばなし》を吹聴《ふいちょう》しないよう何度《なんど》も注意《ちゅうい》してきた。

それなのに『里井奈美《さといなみ》はヴァンパイアに襲《おそ》われた』という噂《うわさ》がまるで真実《しんじつ》のように相変《あいか》わらず語《かた》られている。

たしかに元々《もともと》ヴァンパイア生存説《せいぞんせつ》は存在《そんざい》していたが、それはあくまでも都市伝説《としでんせつ》の類《たぐい》だったはずだ。

それなのに、あの事件以降《じけんいこう》、生徒会《せいとかい》が打《う》ち消《け》しても打《う》ち消《け》しても広《ひろ》がるばかりなのだ。

「なんていうか、誰《だれ》かの悪意《あくい》を感《かん》じない？」

「悪意《あくい》？　わざと噂《うわさ》を広《ひろ》げてるってこと？」

「そう、言《い》うなれば、混乱《こんらん》を巻《ま》き起《お》こして楽《たの》しんでる愉快犯《ゆかいはん》みたいな？」

「愉快犯《ゆかいはん》？　まさか……」

眉《まゆ》を顰《しか》める美雪《みゆき》の顔《かお》を、ひかるはじっと見《み》つめた。

今《いま》ひかるの頭《あたま》の中《なか》を巡《めぐ》っている想像《そうぞう》は、口《くち》に出《だ》すのも恐《おそ》ろしいことだ。

でも、奈美《なみ》のあの首筋《くびすじ》の傷《きず》と血《ち》の気《け》のなかった顔色《かおいろ》、そしてこの噂《うわさ》の広《ひろ》がり方《かた》を繋《つな》げたら、そんな恐《おそ》ろしい考《かんが》えが浮《う》かんだのだ。

「もしかしたら……、ヴァンパイアを装《よそお》った愉快犯《ゆかいはん》の犯行《はんこう》なんじゃないかな……」

「……どういうこと？」

「あれから医学書《いがくしょ》とかも見《み》てみたんだけど、奈美《なみ》さんのあの傷《きず》、やっぱり蜂《はち》に刺《さ》されたとは思《おも》えないの。もしかしたらあの傷《きず》から、血《ち》を抜《ぬ》き取《と》ったんじゃないかと思《おも》って……」

「なにそれ、怖《こわ》い。それってやっぱりヴァンパイアの仕業《しわざ》ってこと？」

「そうじゃなくて、この島《しま》にヴァンパイア伝説《でんせつ》があることを知《し》っている誰《だれ》かが、それを利《り》用《よう》してヴァンパイアのふりしたんじゃないかなって」

「……なんのために？」

「それは、ただ学園《がくえん》に混乱《こんらん》を起《お》こして自分《じぶん》が楽《たの》しみたいだけかもしれないし、騒《さわ》ぎを起《お》こしてこの学園《がくえん》の名前《なまえ》を貶《おとし》めたいのかもしれないし」

「……なるほどね」

「……否定《ひてい》しないの？」

「うーん、私《わたし》も蜂《はち》に刺《さ》されたっていう説明《せつめい》には違和感《いわかん》あったし」

美雪《みゆき》があっさりと肯定《こうてい》するので、ひかるは少々《しょうしょう》目《め》を丸《まる》くした。

「でもね」

美雪《みゆき》はちょっといたずらっぽく小《ち》さく笑《わら》った。

「こんなこと言《い》うと不謹慎《ふきんしん》だってひかるに叱《しか》られるかもしれないんだけど、犯人《はんにん》はやっぱりヴァンパイアなんじゃないかって思《おも》ったりもするの。奈美《なみ》さんが狙《ねら》われたのは、彼女《かのじょ》が恋《こい》しててキラキラしていたから、美味《おい》しそうだったんじゃないかしら、なんて」

「恋《こい》ね……」

ふんわりと自分《じぶん》の推理《すいり》を述《の》べる美雪《みゆき》に、ひかるは生温《なまあたた》かい目《め》を向《む》けた。

あの後《あと》流《なが》れた噂《うわさ》で知《し》ったが、実際《じっさい》奈美《なみ》には同級生《どうきゅうせい》の恋人《こいびと》がいたらしい。

事件《じけん》の日《ひ》の放課後《ほうかご》も、彼女《かのじょ》は恋人《こいびと》とのデートを楽《たの》しんでいたというのだ。

恋人《こいびと》は男子寮《だんしりょう》に住《す》む生徒《せいと》で、彼《かれ》はデートの後《あと》、女子寮《じょしりょう》の前《まえ》まで彼女《かのじょ》を送《おく》り、そこで別《わか》れたらしい。

生徒《せいと》たちの中《なか》には、奈美《なみ》と最後《さいご》に会《あ》った恋人《こいびと》が怪《あや》しいと言《い》う者《もの》もいて、彼《かれ》は今《いま》とても居《い》心地《ごこち》が悪《わる》そうだとも聞《き》く。

「美雪《みゆき》まで人外《じんがい》の存在《そんざい》信《しん》じてるの？　そんなのいるわけないじゃない。この世《よ》に科学《かがく》で証《しょう》明出来《めいでき》ないものなんてないよ」

「そうかなあ。じゃああの牙《きば》の痕《あと》はどう説明《せつめい》するの？　ひかるだって見《み》たでしょう？」

「あれはわざとそういう痕《あと》をつけたんだよ。絶対愉快犯《ぜったいゆかいはん》の仕業《しわざ》だと思《おも》う」

鼻息荒《はないきあら》く自説《じせつ》を展開《てんかい》するひかるに、美雪《みゆき》はため息《いき》をつく。

「犯人《はんにん》は学園内《がくえんない》にいるのか。それとも外《そと》から来《き》たのか……。外《そと》から来《き》た場合《ばあい》、警備《けいび》の厳《きび》しい学園《がくえん》にどうやって忍《しの》び込《こ》んだのか……。それから、犯人《はんにん》はどうして彼女《かのじょ》を狙《ねら》ったのか、それとも誰《だれ》でもよかったのか……」

幽霊《ゆうれい》や人外《じんがい》の存在《そんざい》は信《しん》じないひかるだが、ミステリーを読《よ》むのは好《す》きだ。

特《とく》に推理《すいり》小説《しょうせつ》が大好《だいす》きで、ひかるは今《いま》、この学園《がくえん》で起《お》きた事件《じけん》の推理《すいり》に挑戦《ちょうせん》しているところである。だが、単《たん》に好奇心《こうきしん》から挑《いど》んでいるわけではない。

被害者《ひがいしゃ》の第一発見者《だいいちはっけんしゃ》に近《ちか》いひかるは、奈美《なみ》が死《し》んだようにぐったりしている様子《ようす》を見《み》た。

クラスメイトといっても親《した》しくしていたわけではないが、彼女《かのじょ》はひかるを無視《むし》したり蔑《さげす》んだりしなかった。

一日《いちにち》も早《はや》く彼女《かのじょ》が元気《げんき》な姿《すがた》で戻《もど》ってくることを願《ねが》っているし、そのためには、その時《とき》までに事件《じけん》が解決《かいけつ》していなくてはならないと思《おも》う。

犯人《はんにん》が愉快犯《ゆかいはん》だと確信《かくしん》したひかるは、思《おも》い切《き》って生徒会長《せいとかいちょう》である昴《すばる》に自説《じせつ》を話《はな》すことにした。

ＬＩＭＥを交換《こうかん》していたので、ひかるは初《はじ》めて昴《すばる》に電話《でんわ》してみたのだ。

自分《じぶん》の推理《すいり》を話《はな》して協力《きょうりょく》を申《もう》し出《で》てみたのだが、逆《ぎゃく》に昴《すばる》からは、余計《よけい》なことはしないで授業《じゅぎょう》以外《いがい》の時間《じかん》は寮《りょう》の部屋《へや》に籠《こも》っているようにと言《い》われてしまった。

『――ひかるちゃん、生徒会《せいとかい》はあれを事件《じけん》とは捉《とら》えていないんだ。里井《さとい》さんは蜂《はち》に刺《さ》されたショックで気《き》を失《うしな》っていた。そして今《いま》は療養中《りょうようちゅう》。これが真実《しんじつ》だ。無駄《むだ》に騒《さわ》ぎ立《た》てて傷《きず》つくのは彼女《かのじょ》なんだよ? 里井《さとい》さんが学園《がくえん》に帰《かえ》ってきた時《とき》のために僕《ぼく》たちができるのは、心無《こころな》い噂《うわさ》を鎮《しず》めることだと僕《ぼく》は思《おも》うんだ。だから、ひかるちゃんも自重《じちょう》してくれないかな』

推理《すいり》はとりあってくれないし、かえってウロチョロされたら迷惑《めいわく》だとさえ言《い》われてしまったが、ひかるはうなずくしかなかった。

たしかにヴァンパイアに血《ち》を吸《す》われたとか愉快犯《ゆかいはん》に血《ち》を抜《ぬ》かれたとか言《い》われたら、奈美《なみ》はもっと深《ふか》く傷《きず》つくだろう。

ただ、いつもひかるに優《やさ》しい昴《すばる》に、頭《あたま》ごなしに否定《ひてい》されてしまったことがちょっとだけショックだった。

事件《じけん》の日《ひ》から一週間《いちしゅうかん》が過《す》ぎた。

今日《きょう》も、生徒《せいと》たちは言《い》いつけを守《まも》って、放課後《ほうかご》は部活動《ぶかつどう》をやらず、寄《よ》り道《みち》もせずに寮《りょう》へ

帰《かえ》った。

外出禁止令《がいしゅつきんしれい》が出《で》ているため、夕食後《ゆうしょくご》はラウンジでおしゃべりをしたり自室《じしつ》でくつろいだり、皆思《みなおも》い思《おも》いに長《なが》い夜《よる》を過《す》ごしている。

そしてその日《ひ》、ひかるは珍《めずら》しく一人《ひとり》で、寮《りょう》の最上階《さいじょうかい》にある大浴場《だいよくじょう》へ向《む》かった。

美雪《みゆき》は今日《きょう》、自室《じしつ》のシャワーで済《す》ませると言《い》っていた。

寮《りょう》の部屋《へや》には各室豪華《かくしつごうか》なシャワールームがついているが、いわゆる共同《きょうどう》の大浴場《だいよくじょう》がある。

もちろんそれはサウナあり、ジャグジーあり、何種類《なんしゅるい》もの温泉《おんせん》ありの、豪華《ごうか》なものである。隣《となり》には温水《おんすい》プールも併設《へいせつ》してある。

しかし深窓《しんそう》のご令嬢《れいじょう》は人前《ひとまえ》で肌《はだ》をさらすことを良《よ》しとしないらしく、豪華《ごうか》な大浴場《だいよくじょう》は案外《あんがい》いつも閑散《かんさん》としている。

お風呂大好《ふろだいす》きな、ど庶民《しょみん》のひかるからしたら、なんとももったいない話《はなし》だ。

(……犯人《はんにん》がヴァンパイアの犯行《はんこう》に見《み》せる理由《りゆう》ってなんだろう……)

ひかるはお風呂《ふろ》に浸《つ》かりながら、あれこれと頭《あたま》の中《なか》を整理《せいり》していた。

昴《すばる》には首《くび》を突《つ》っ込《こ》まないよう釘《くぎ》を刺《さ》されたが、やはり例《れい》の件《けん》が頭《あたま》から離《はな》れない。

どう考《かんが》えてもあれは事件《じけん》としか思《おも》えないのだ。

結局諦《けっきょくあきら》めることができず、ひかるは自分《じぶん》なりにあの日《ひ》のことを調《しら》べていた。

そして奈美《なみ》の友人《ゆうじん》や、被害《ひがい》にあってから実家《じっか》に帰《かえ》るまでに彼女《かのじょ》と接触《せっしょく》した人《ひと》など、数人《すうにん》から証言《しょうげん》を得《え》ていた。

もちろん、奈美《なみ》の恋人《こいびと》だという男子生徒《だんしせいと》とも話《はなし》をした。

一部《いちぶ》の生徒《せいと》からまるで犯人《はんにん》のように噂《うわさ》されていた男子生徒《だんしせいと》は憔悴《しょうすい》しきっていた。

彼女《かのじょ》のことが心配《しんぱい》なのに、自分《じぶん》まで犯人扱《はんにんあつか》いされて、さぞかしいたたまれなかっただろう。

彼《かれ》は、実家《じっか》に帰《かえ》る彼女《かのじょ》を見送《みおく》り、少《すこ》し話《はなし》もしたと言《い》う。

あの日《ひ》、彼氏《かれし》に送《おく》られて女子寮《じょしりょう》に帰《かえ》った奈美《なみ》は、しかしそのまま寮《りょう》には帰《かえ》らなかった。

彼氏《かれし》に借《か》りたカーディガンを羽織《はお》ったままだったことに気《き》づき、追《お》いかけたらしいのだ。

初夏《しょか》ではあるが日《ひ》が沈《しず》むとまだまだ涼《すず》しいから、恋人《こいびと》をいたわって貸《か》したのだろう。

しかしすぐに追《お》ったのにもかかわらず、彼氏《かれし》と奈美《なみ》が会《あ》うことはなかった。

彼氏《かれし》の方《ほう》も、偶然会《ぐうぜんあ》った同級生《どうきゅうせい》と少《すこ》し脇道《わきみち》にそれて、立《た》ち話《ばなし》をしていたらしい。

いちおうスマホを持《も》っていたが、すぐに追《お》いつくだろうと思《おも》った奈美《なみ》は、彼氏《かれし》に電話《でんわ》をかけることもしなかった。

たった数十《すうじゅう》メートルの距離《きょり》をすれ違《ちが》いながら、お互《たが》い相手《あいて》に気《き》づくことはなかった。

悔《く》やんでも悔《く》やみきれないニアミスである。

その後同級生《ごどうきゅうせい》と一緒《いっしょ》に寮《りょう》に帰《かえ》った彼氏《かれし》は、事件《じけん》が発覚《はっかく》するまでずっと寮《りょう》にいたという。

そして発見《はっけん》された奈美《なみ》は、自分《じぶん》が倒《たお》れる前《まえ》からの記憶《きおく》を失《うしな》っていた。

(彼《かれ》が犯人《はんにん》ではないとしたら、犯人《はんにん》は他《ほか》の生徒《せいと》？　でも、短時間《たんじかん》で血《ち》を抜《ぬ》くなんて芸当《げいとう》、普通《ふつう》の人間《にんげん》にできる？)

そうしてあれこれ考《かんが》えながらお湯《ゆ》に浸《つ》かっていたら、だいぶ時間《じかん》が過《す》ぎていたようだ。

ひかるはお風呂《ふろ》をあがると、出《で》たところにあるドリンクバーに向《む》かった。

実《じつ》は、今日《きょう》は美雪《みゆき》の十六歳《じゅうろくさい》の誕生日《たんじょうび》だ。

クラスメイトがあんな目《め》に遭《あ》った中《なか》なので、大《おお》っぴらには祝《いわ》えないけど、せめて二人《ふたり》でささやかなお祝《いわ》いをしようと話《はな》していた。

だからお風呂《ふろ》からあがったら飲《の》み物《もの》をもらって、このまま美雪《みゆき》の部屋《へや》をたずねる約束《やくそく》だった。

「ごきげんよう、ひかるさん」

声《こえ》をかけられて振《ふ》り返《かえ》ると、そこにいたのは緑山《みどりやま》さおりだった。

「緑山《みどりやま》さん、こんばんは」

ひかるは珍《めずら》しいこともあるものだと思《おも》いながら挨拶《あいさつ》をした。

さおりからひかるに声《こえ》をかけるなど、滅多《めった》にないことだからだ。

昴《すばる》の隣《となり》には大体《だいたい》さおりがいるが、彼女《かのじょ》はひかるのことを無視《むし》していた。

というか、昴《すばる》に構《かま》われているひかるを、憎々《にくにく》しげに見《み》ていたと言《い》う方《ほう》が正《ただ》しい。

多分《たぶん》……と言《い》うか絶対《ぜったい》、さおりは昴《すばる》のことが好《す》きなのだろう。

昴《すばる》がひかるに目《め》をかけているのが気《き》に入《い》らないのだ。

ひかるの方《ほう》から絡《から》んでいるわけでもないのに理不尽《りふじん》で傍迷惑《はためいわく》な話《はなし》だと思《おも》う。

もちろんひかるの方《ほう》も、はとこでありひかるの素性《すじょう》を知《し》る昴《すばる》を頼《たよ》りにしているが、それは決《けっ》して恋愛感情《れんあいかんじょう》ではないし、昴《すばる》の方《ほう》だってひかるに恋愛感情《れんあいかんじょう》などないだろう。

言《い》うなれば、妹《いもうと》のように気《き》にしてくれているという感《かん》じなのに。

「……ちょっと、お時間《じかん》あるかしら。少《すこ》しあなたとお話《はなし》がしたいのだけど」

「……はい」

正直早《しょうじきはや》く戻《もど》りたかったが、ひかるはさおりの言葉《ことば》にうなずいた。

誘《さそ》いを断《ことわ》って、後《あと》でもっと面倒《めんどう》なことになっても嫌《いや》だと思《おも》ったのだ。

あまり人目《ひとめ》につくところで話《はな》したくないと言《い》うさおりに仕方《しかた》なくついていくと、彼女《かのじょ》はひかるを自室《じしつ》に連《つ》れて行《い》った。

さおりの寮《りょう》の部屋《へや》はなんというか、ゴージャスだった。

自分好《じぶんこの》みに改装《かいそう》しているのか、部屋《へや》の大《おお》きさや作《つく》りはひかるのものと同《おな》じはずなのに、内装《ないそう》や雰囲気《ふんいき》が全《まった》く違《ちが》うのだ。

見《み》るからに舶来品《はくらいひん》の飾《かざ》りがあちこちにあり、まるで王宮《おうきゅう》の一室《いっしつ》のようだ。

そういえば、さおりは貿易会社《ぼうえきかいしゃ》の社長令嬢《しゃちょうれいじょう》だと聞《き》いたことがある。

ベッドルームは見《み》えないが、おそらく、お姫様《ひめさま》のように天蓋《てんがい》がついているに違《ちが》いない。

リビングにはこれまたゴージャスなソファがあって、ひかるはさおりにすすめられてそこに腰《こし》かけた。

「あなた、まだあの件《けん》について調《しら》べてるんですってね」

さおりは最初《さいしょ》から批難《ひなん》するような口調《くちょう》でひかるにそうたずねた。

「昴《すばる》から大人《おとな》しくしているよう言《い》われたはずよね？　言《い》いつけはきちんと守《まも》っていただけるかしら」

威圧的《いあつてき》なさおりに、ひかるはちょっとだけ小《ちい》さくなる。

「でも私《わたし》、自分《じぶん》なりに納得《なっとく》したくて調《しら》べているだけで……、生徒会《せいとかい》に迷惑《めいわく》はかけていません」

生徒会《せいとかい》はあれを事件《じけん》だとは認《みと》めていない。事件《じけん》だと信《しん》じて犯人捜《はんにんさが》しをしているひかるとは根本的《こんぽんてき》に違《ちが》う。

「だから……、それが邪魔《じゃま》だって言《い》っているのよ。こちらは鎮静化《ちんせいか》をはかっているのに、あなたがうろちょろしていたらおさまるものもおさまらないでしょう？　昴《すばる》に可愛《かわい》がられているのをいいことに、好《す》き勝手《かって》し過《す》ぎではなくて？」

「そんな……」

返《かえ》す言葉《ことば》もなく、ひかるは口《くち》をつぐんだ。

正直《しょうじき》、生徒会《せいとかい》の決定《けってい》には納得《なっとく》していない。

あれがアナフィラキシーショックだとはどうしても思《おも》えない。

だから協力《きょうりょく》も申《もう》し出《で》たし、昴《すばる》に事件《じけん》として調《しら》べてくれるよう訴《うった》えもした。

「あの件《けん》は私《わたし》たちなりに調査《ちょうさ》したの。これ以上《いじょう》あなたが知《し》ることはないのよ」

さおりは大《おお》きなため息《いき》をついた。

「それにね、あの件《けん》を深掘《ふかほ》りすることで、昴《すばる》が窮地《きゅうち》に立《た》たされる場合《ばあい》だってあるのよ？」

「……どういう意味《いみ》ですか？」

「そのままの意味《いみ》よ。学園《がくえん》の自治《じち》は全《すべ》て生徒会《せいとかい》に任《まか》せられている。何《なに》かあれば、全責任《ぜんせきにん》は会長《かいちょう》である昴《すばる》にかかってくるということよ」

「そんな……」

ひかるは絶句《ぜっく》した。

自分《じぶん》の行動《こうどう》が昴《すばる》の立場《たちば》を追《お》い込《こ》むことになるとは、考《かんが》えもしなかった。

「とにかく、余計《よけい》なことはしないで。あなたは毎日穏便《まいにちおんびん》に過《す》ごしててくればいいの」

「…………」

無言《むごん》のままひかるは立《た》ち上《あ》がった。被害者《ひがいしゃ》の奈美《なみ》の顔《かお》を思《おも》い出《だ》せば、それでもただじっとしてなどいられない。

ところがさおりはひかるを見上《みあ》げると、こう言《い》い放《はな》った。

「誰《だれ》が帰《かえ》っていいって言《い》ったの？　まだ話《はなし》はあるんだけど」

「はあ……」

ひかるは仕方《しかた》なくまた座《すわ》った。

正直《しょうじき》ものすごく帰《かえ》りたいが、逆《さか》らって喧嘩《けんか》になるのも面倒《めんどう》くさい。

「それで……、本当《ほんとう》はあなた、何者《なにもの》なの？」

さおりは探《さぐ》るような視線《しせん》でたずねてきた。

「それは……、どういう意味《いみ》でしょうか」

「ただの遠縁《とおえん》ってだけではないでしょう？　昴《すばる》はあなたが転校《てんこう》してきて初《はじ》めて会《あ》ったって言《い》ってるけど、本当《ほんとう》は昔《むかし》から知《し》ってるんじゃなくて？」

「いいえ、島《しま》に着《つ》いて初《はじ》めて会《あ》いましたけど」

「本当《ほんとう》はあなた、こっち側《がわ》なんじゃなくて？　そうじゃなきゃ、昴《すばる》がこんなに気《き》をつかうはずないもの」

「……それ、どういう意味《いみ》ですか？」

「墨島家《すみじまけ》の縁者《えんじゃ》なら中等部《ちゅうとうぶ》にだっているわ。私《わたし》はずっと昴《すばる》の横《よこ》にいたから全部《ぜんぶ》知《し》ってるの。

でも、昴《すばる》が一人《ひとり》の女《おんな》の子《こ》をこんなに可愛《かわい》がるのは初《はじ》めて」

さおりの目《め》は嫉妬《しっと》にまみれていた。

昴《すばる》がひかるを特別気《とくべつき》づかってくれるのはひかるが墨島剣造《すみじまけんぞう》の孫娘《まごむすめ》だからであって、そこに特別《とくべつ》な感情《かんじょう》はない。

それを今《いま》さおりに伝《つた》えてあげられれば、彼女《かのじょ》から嫉妬《しっと》の思《おも》いは消《き》えるのだろう。

だが、残念《ざんねん》ながらそれはできない。紫野《むらさきの》との約束《やくそく》があるからだ。

しかし、今《いま》ひかるが気《き》になることはそこではない。

「……『こっち側《がわ》』って、どういう意味《いみ》ですか？」

それは、セレブ学生《がくせい》か特待生《とくたいせい》かとかいう単純《たんじゅん》なくくりとは違《ちが》う、何《なに》か特別《とくべつ》な意味《いみ》に聞《き》こえた。

「あなた……、それ、本当《ほんとう》にわからなくて聞《き》いているの？　泉《いずみ》もあなたには何《なに》かあるって言《い》ってたし、だいたい……、」

「泉《いずみ》って……、桃谷先輩《ももやせんぱい》……？」

桃谷《ももや》の名前《なまえ》を聞《き》いて、何《なに》かひっかかるものがあった。

そういえば、彼《かれ》はひかるに会《あ》った時《とき》、『いい匂《にお》い』だと言《い》っていた。

頭《あたま》の片隅《かたすみ》を何《なに》かが横切《よこぎ》る。

あれは、桃谷《ももや》と初《はじ》めて会《あ》った時《とき》……

「……あっ!!」

ひかるは声《こえ》を上《あ》げると、思《おも》い切《き》り立《た》ち上《あ》がった。

「え？　何《なに》？」

「すみません、用事《ようじ》を思《おも》い出《だ》して！　失礼《しつれい》します！」

驚《おどろ》いた顔《かお》のさおりを置《お》き去《ざ》りに、ひかるは急《いそ》いで部屋《へや》を出《で》た。

走《はし》るように廊下《ろうか》を抜《ぬ》けて、自室《じしつ》に戻《もど》る。

(そう！『桃谷《ももや》クラブ』……!!　どうして今《いま》まで忘《わす》れていたんだろう！)

転校《てんこう》してきてすぐ、部活見学《ぶかつけんがく》をした日《ひ》。

あの日《ひ》ひかるは好奇心《こうきしん》から『桃谷《ももや》クラブ』を訪《たず》ねようとして。

そして、彼女《かのじょ》とぶつかったのだ。

『桃谷《ももや》クラブ』から出《で》てきた、目《め》の虚《うつ》ろな女生徒《じょせいと》と。

あの女生徒《じょせいと》の首筋《くびすじ》には赤《あか》い傷痕《きずあと》みたいなものが見《み》えた。

はっきりと見《み》えたわけではないが、今思《いまおも》えば被害者《ひがいしゃ》である奈美《なみ》の傷《きず》と似《に》ていた気《き》がする。

（まさか、桃谷先輩《ももやせんぱい》が……）

あれ以来《いらい》、例《れい》の生徒《せいと》を寮《りょう》や校舎《こうしゃ》で何度《なんど》か見《み》かけたことはある。

しかし突然《とつぜん》ひかるが話《はなし》をしたいと言《い》ったところで、応《おう》じてくれるとは思《おも》えない。

（美雪相手《みゆきあいて》なら話《はな》してもらえるかな……）

ふんわりとしたお嬢様風《じょうさまふう》の美雪《みゆき》には、相手《あいて》を和《なご》ませる雰囲気《ふんいき》がある。

そもそも、お風呂《ふろ》からあがったら美雪《みゆき》の部屋《へや》に行《い》くはずだった。さおりに呼《よ》び止《と》められたせいで行《い》くのが遅《おそ》くなってしまったけど。

置《お》きっぱなしだったドリンクを持《も》って美雪《みゆき》の部屋《へや》をたずねたが、美雪《みゆき》は部屋《へや》にいなかった。

ラウンジにいるかもしれないと思《おも》い向《む》かってみたが、そこにも姿《すがた》はない。

（どこ行《い》っちゃったのかな……。私《わたし》が遅《おそ》いから、誰《だれ》か他《ほか》の友達《ともだち》の部屋《へや》に行《い》っちゃった……？）

生粋《きっすい》のお嬢様《じょうさま》ながら人当《ひとあ》たりの良《よ》い美雪《みゆき》には、当然《とうぜん》ひかる以外《いがい》の友達《ともだち》もいる。

（少《すこ》し待《ま》ってみようかな……、あ、スマホスマホ）

ひかるは美雪《みゆき》に電話《でんわ》をかけてみることにした。

何度《なんど》か鳴《な》らしてみたが、美雪《みゆき》が電話《でんわ》に出《で》ることはない。

そのうち、通《とお》りかかったクラスメイトがひかるに話《はな》しかけてきた。

「黒川《くろかわ》さん、さっき相田《あいだ》さんがあなたのこと探《さが》していたわよ」

「え？　いつ？」

「うーん、十五分《じゅうごふん》くらい前《まえ》かしら。お風呂《ふろ》が長《なが》すぎるから心配《しんぱい》だって見《み》に行《い》ったんだけど、あなた、お風呂《ふろ》にいなかったんでしょ？　のぼせて外《そと》で涼《すず》んでるのかな、なんて言《い》ってたわ」

「え？　外《そと》？」

（まさか……！）

ものすごく嫌《いや》な予感《よかん》がした。

「美雪《みゆき》は外《そと》に行《い》ったの!?」

「うーん、外《そと》に行《い》ったかどうかまでは見《み》ていないわ」

「探《さが》して！　美雪《みゆき》を探《さが》して！　みんなにも声《こえ》をかけて！」

ひかるはそのクラスメイトの腕《うで》をつかんで叫《さけ》んだ。

クラスメイトはわけがわからずびっくりしていたが、ひかるの必死《ひっし》な様子《ようす》に気圧《けお》されたのか、応援《おうえん》を呼《よ》びに行《い》った。

(そうだ、昴《すばる》さん……！)

ひかるは急《いそ》いで昴《すばる》のスマホに電話《でんわ》をかけた。

『……もしもし、ひかるちゃん？　どうし……』

「昴《すばる》さん！　美雪《みゆき》がいないんです！　もしかしたら外《そと》に行《い》ったのかも！」

『え？　何《なに》？　美雪《みゆき》ちゃん？』

「私《わたし》のせいなの！　私《わたし》のせいで美雪《みゆき》……、どうしよう！」

ひかるはスマホを片手《かたて》に外《そと》に飛《と》び出《だ》した。

『ちょっとひかるちゃん、まさか外《そと》？　ダメだよひかるちゃん、戻《もど》って……！』

ひかるは昴《すばる》との電話《でんわ》を切《き》ると、もう一度《いちど》美雪《みゆき》に電話《でんわ》をかけた。

むなしい発信音《はっしんおん》だけが流《なが》れているが、そのままかけ続《つづ》ける。

風呂上《ふろあ》がりのひかるを探《さが》しに出《で》ただけなら、遠《とお》くには行《い》っていないはずだ。

(美雪《みゆき》！　どこにいるの！)

ひかるは美雪《みゆき》の名前《なまえ》を呼《よ》びながら走《はし》った。

寮《りょう》を出《で》て右《みぎ》に左《ひだり》にと行《い》ってみたが、一向《いっこう》に美雪《みゆき》の姿《すがた》は見《み》えない。

寮《りょう》の裏手《うらて》にも回《まわ》ってみた。

そこは小《ちい》さな裏庭《うらにわ》になっているが、生徒《せいと》が訪《おとず》れることはほとんどない場所《ばしょ》だ。

少《すこ》し行《い》くと、かすかに電話《でんわ》の着信音《ちゃくしんおん》が聞《き》こえた気《き》がした。

街灯《がいとう》も少《すく》ない暗闇《くらやみ》の中《なか》、ひかるはかすかな音《おと》を頼《たよ》りに近《ちか》づいていく。

すると、大《おお》きな樫《かし》の木《き》の下《した》に何《なに》か塊《かたまり》のようなものが見《み》えた。

スマホの灯《あか》りをかざして近《ちか》づいていくと……。

「美雪《みゆき》！　美雪《みゆき》!!」

嫌《いや》な勘《かん》は当《あ》たってしまった。

そこに横《よこ》たわっていたのは、美雪《みゆき》だった。

息《いき》を確認《かくにん》すると、呼吸《こきゅう》が乱《みだ》れている様子《ようす》はない。

ただ、体《からだ》がひんやりと冷《ひ》えていて、そしてやはり、首筋《くびすじ》に牙《きば》で噛《か》みつかれたような痕《あと》があった。

「黒川《くろかわ》！」

自分《じぶん》を呼《よ》ぶ声《こえ》に振《ふ》り返《かえ》ると、藍崎煌《あいざきこう》がこちらに向《む》かって駆《か》けてくるところだった。

「藍崎《あいざき》くん、美雪《みゆき》が……!!」

「ああ、ちょっと見《み》せて。黒川《くろかわ》は寮監《りょうかん》に連絡《れんらく》して！」

藍崎《あいざき》は美雪《みゆき》の脈《みゃく》や呼吸《こきゅう》を確認《かくにん》し、体《からだ》に大《おお》きな怪我《けが》などもないことを確認《かくにん》すると彼女《かのじょ》を抱《だ》き上《あ》げた。

「とにかく表《おもて》に回《まわ》ろう」

藍崎《あいざき》は美雪《みゆき》を抱《かか》えたまま、足早《あしばや》に進《すす》んでいく。

ひかるは小走《こばし》りでその後《あと》に続《つづ》いた。

「でも、どうして藍崎《あいざき》くんが……」

「黒川《くろかわ》から電話《でんわ》があった時《とき》、昴《すばる》さんと一緒《いっしょ》にパトロール中《ちゅう》だったんだ」

「そっか、よかった、藍崎《あいざき》くんが来《き》てくれて……」

ひかる一人《ひとり》だったら、取《と》り乱《みだ》して何《なに》もできなかったかもしれない。

藍崎《あいざき》の背中《せなか》が、やたらと頼《たの》もしく見《み》える。

そのうち、向《む》こうから数人《すうにん》の人《ひと》がこちらに向《む》かって走《はし》ってきた。

「ひかるちゃん！」

駆《か》けつけてきたうちの一人《ひとり》は、昴《すばる》だった。

「昴《すばる》さん、美雪《みゆき》が……！」

「うん、今《いま》、救急車《きゅうきゅうしゃ》も呼《よ》んだから」

病院《びょういん》にはこばれた美雪《みゆき》は酷《ひど》い貧血状態《ひんけつじょうたい》で輸血《ゆけつ》を受《う》けることになった。

明《あか》るいところであらためて見《み》ると、美雪《みゆき》はまるで死人《しにん》のように血《ち》の気《け》がなく、青白《あおじろ》い顔《かお》をしていた。

美雪《みゆき》の治療《ちりょう》が行《おこな》われている処置室《しょちしつ》の外《そと》で、ひかるは床《ゆか》を見《み》つめてずっと俯《うつむ》いていた。

「……私《わたし》のせいだ……。美雪《みゆき》は、私《わたし》のせいで……」

ひかるがずっと美雪《みゆき》のそばにいれば、彼女《かのじょ》がひかるを探《さが》して外《そと》に出《で》ることなんてなかったはずだ。

なぜ、一人《ひとり》でお風呂《ふろ》に行《い》ってしまったのだろう。なぜ、さおりの誘《さそ》いに乗《の》ってしまったのだろう。なぜ、もっと早《はや》く戻《もど》らなかったのだろう。

繰《く》り返《かえ》し繰《く》り返《かえ》し、後悔《こうかい》だけが押《お》し寄《よ》せてくる。

「ひかるちゃん、あまり自分《じぶん》を責《せ》めないで……」

泣《な》きじゃくるひかるの頭《あたま》を、昴《すばる》の手《て》が優《やさ》しく撫《な》でる。

「でも、美雪《みゆき》は私《わたし》を探《さが》しに外《そと》に出《で》たから……」

「本人《ほんにん》に聞《き》かなきゃ、本当《ほんとう》の原因《げんいん》はわからないよ」

「でも、私《わたし》を探《さが》してたって……」

美雪《みゆき》は今日《きょう》誕生日《たんじょうび》だ。そんな日《ひ》に、どうしてこんな目《め》に遭《あ》わなきゃならないんだろう。早《はや》く美雪《みゆき》のところに行《い》って、お祝《いわ》いしてあげてさえいれば……

そんなひかるの言葉《ことば》を聞《き》いて、昴《すばる》は困《こま》ったように眉尻《まゆじり》を下《さ》げた。

「目《め》が腫《は》れちゃうよ、ひかるちゃん」

昴《すばる》の指《ゆび》がそっとひかるの瞼《まぶた》に触《ふ》れようとして、そして、躊躇《ためら》いがちに離《はな》れていった。

その後《あと》、処置《しょち》が終《お》わって個室《こしつ》に移《うつ》った美雪《みゆき》に、ひかるは寄《よ》り添《そ》い続《つづ》けた。

見《み》つかった時《とき》は顔《かお》に全《まった》く血《ち》の気《け》がなかったが、今《いま》はほんのりと赤《あか》みも戻《もど》り、状態《じょうたい》も落《お》ち着《つ》いている。

医師《いし》の話《はなし》によると、しばらくすれば目《め》も覚《さ》めるだろうということだ。

先程《さきほど》、高等部長《こうとうぶちょう》と、担任《たんにん》の赤坂先生《あかさかせんせい》が駆《か》け付《つ》けてきて美雪《みゆき》に面会《めんかい》していった。

二人《ふたり》ともひかるに一旦寮《いったんりょう》に戻《もど》るよう言《い》ったが、ひかるはどうしても付《つ》き添《そ》いたいと申《もう》し出《で》、許《ゆる》してもらった。

海外《かいがい》にいる美雪《みゆき》の両親《りょうしん》は駆《か》けつけるまで丸一日《まるいちにち》以上《いじょう》かかるし、美雪《みゆき》がどんなに心細《こころぼそ》い思《おも》いをするだろうかと思《おも》ったら、せめて目《め》を覚《さ》ました時《とき》、そばにいてやりたいと思《おも》ったのだ。

美雪《みゆき》を発見《はっけん》した時《とき》はひかる自身動転《じしんどうてん》していたが、時間《じかん》が経《た》つにつれて頭《あたま》が冷《ひ》えてくる。

そもそも、美雪《みゆき》は何故《なぜ》、寮《りょう》の裏《うら》などに行《い》ったのだろうか。

そうして冷静《れいせい》になって考《かんが》えてみると、おかしなことばかりだ。

美雪《みゆき》は酷《ひど》い貧血状態《ひんけつじょうたい》の上《うえ》、首筋《くびすじ》に噛《か》まれたような痕《あと》があった。

奈美《なみ》と同《おな》じだ。そして。

(今度《こんど》こそ確《たし》かめなくちゃ……)

そして病室《びょうしつ》の外《そと》に出《で》ると、廊下《ろうか》に待機《たいき》していた昴《すばる》にたずねた。

「昴《すばる》さん……、今《いま》、桃谷先輩《ももやせんぱい》は何《なに》してるんですか？」

「泉《いずみ》……？　泉《いずみ》なら生徒会室《せいとかいしつ》にいると思《おも》うけど……」

急《きゅう》に桃谷《ももや》の名前《なまえ》を出《だ》された昴《すばる》は、戸惑《とまど》ったようにひかるを見《み》た。

「桃谷先輩《ももやせんぱい》は、美雪《みゆき》がいなくなった時《とき》、誰《だれ》かと一緒《いっしょ》にいたんでしょうか」

「泉《いずみ》は一人《ひとり》で寮《りょう》の部屋《へや》にいたはずだよ。その後《あと》も、僕《ぼく》らとは別行動《べつこうどう》で相田《あいだ》さんを探《さが》してたはずだ。でも……、なんでひかるちゃんが泉《いずみ》を気《き》にするの？」

昴《すばる》が探《さぐ》るような目《め》で問《と》い返《かえ》す。

「……ちょっと、気《き》になることがあって」

「気《き》になること？　もしかして泉《いずみ》のこと疑《うたが》ってる？」

「それは……」

ひかるは口《くち》ごもった。

これまでの推理《すいり》から、ひかるは桃谷泉《ももやいずみ》を怪《あや》しいと思《おも》っている。

だが、それを昴《すばる》に伝《つた》えてよいのだろうか。桃谷《ももや》は昴《すばる》が選《えら》んだ生徒会《せいとかい》のメンバーなのに。

黙《だま》ってしまったひかるを前《まえ》に、昴《すばる》は軽《かる》くため息《いき》をついた。

「ひかるちゃんが泉《いずみ》の何《なに》に引《ひ》っかかったのかわからない。けど、泉《いずみ》は女《おんな》の子《こ》が好《す》きだから、襲《おそ》ったりはしないよ」

確《たし》かに。いつも女《おんな》の子《こ》に囲《かこ》まれている桃谷《ももや》が、美雪《みゆき》を襲《おそ》う理由《りゆう》はないかもしれない。

でも、美雪《みゆき》の首筋《くびすじ》の痕《あと》は『桃谷《ももや》クラブ』から出《で》てきた女生徒《じょせいと》と酷似《こくじ》していた。

「実《じつ》は……、『桃谷《ももや》クラブ』から出《で》てきた女《おんな》の子《こ》の首筋《くびすじ》に、赤《あか》い痕《あと》があるのを見《み》てしまって……」

一瞬《いっしゅん》、昴《すばる》は驚《おどろ》いたように目《め》を見開《みひら》いたが、すぐに「ああ」と納得《なっとく》するように呟《つぶや》いた。

「ごめんね、ひかるちゃんには刺激《しげき》が強《つよ》かったよね。泉《いずみ》のことは僕《ぼく》がよーく叱《しか》っておくから」

「それってどういう……？」

その時《とき》、廊下《ろうか》の向《む》こうから藍崎煌《あいざきこう》が歩《ある》いてきた。

藍崎《あいざき》はひかるの前《まえ》まで来《く》ると、一言《ひとこと》こう言《い》った。

「相田《あいだ》が寮《りょう》の裏《うら》に行《い》ったのは、黒川《くろかわ》を探《さが》すためじゃなかった」

「……え？」

「煌《こう》、何《なに》かわかったのか？」

昴《すばる》に問《と》われ、藍崎《あいざき》は軽《かる》くうなずいた。

「今《いま》、寮《りょう》の監視《かんし》カメラを確認《かくにん》してきた。多分《たぶん》、相田美雪《あいだみゆき》は、寮《りょう》の裏庭《うらにわ》に回《まわ》るよう誰《だれ》かに仕《し》向《む》けられたんだ」

「……どういうこと？」

ひかるが眉間《みけん》にしわを寄《よ》せ、藍崎《あいざき》にたずねた。

「寮《りょう》のエントランスを出《で》る相田《あいだ》がカメラに映《うつ》っていた。普通《ふつう》、誰《だれ》かを探《さが》しに行《い》くなら、まずは周囲《しゅうい》をきょろきょろ見回《みまわ》すだろ？　でも相田《あいだ》は、エントランスを出《で》て真《ま》っ直《す》ぐ裏庭《うらにわ》に向《む》かっていた」

「たしかに、それはおかしいな」

寮《りょう》の裏庭《うらにわ》といえば、寮《りょう》で働《はたら》く職員《しょくいん》たちが出入《でい》りをするくらいで、生徒《せいと》が行《い》くことはほとんどない。大《おお》きな樫《かし》の木《き》が一本《いちぽん》あるものの、花《はな》も咲《さ》いてはいないし、わざわざ行《い》くような場所《ばしょ》ではないのだ。

人探《ひとさが》しには向《む》いていない場所《ばしょ》に一番最初《いちばんさいしょ》に向《む》かうだろうか？

「美雪《みゆき》は、別《べつ》の用事《ようじ》で寮《りょう》の裏庭《うらにわ》に行《い》ったってこと？　でも、クラスメイトの話《はなし》だと直前《りょくぜん》まで私《わたし》を探《さが》していたって」

「ああ。たしかに監視《かんし》カメラにも誰《だれ》かを探《さが》してる様子《ようす》の相田《あいだ》が映《うつ》ってた。ただ、カメラには映《うつ》ってないが、途中寮監《とちゅうりょうかん》に呼《よ》び止《と》められて手紙《てがみ》を渡《わた》されてる」

「手紙《てがみ》？　まさかそれで美雪《みゆき》を呼《よ》び出《だ》して……？」

「いや、寮監《りょうかん》に確認《かくにん》したところ、手紙《てがみ》は実家《じっか》から届《とど》いたバースデイカードだった。相田《あいだ》は喜《よろこ》んで、寮監《りょうかん》の目《め》の前《まえ》で開《あ》けたらしい」

「バースデーカード……」

今日《きょう》は美雪《みゆき》の誕生日《たんじょうび》だ。だから一緒《いっしょ》に十六歳《じゅうろくさい》になるお祝《いわ》いをしようと約束《やくそく》していた。

「そのカード、本当《ほんとう》に美雪《みゆき》のご実家《じっか》からなの……？」

「海外《かいがい》から届《とど》いたのは確《たし》かだよ。本物《ほんもの》かどうかは、今《いま》、緑山《みどりやま》さんが調《しら》べてる」

「現場《げんば》の様子《ようす》は？」

「桃谷《ももや》さんと貘《ばく》が確《たし》かめに行《い》ってる」

「………」

なんなのだろう。

昴《すばる》と藍崎《あいざき》の会話《かいわ》を聞《き》いていたら、頭《あたま》がもやもやして、ものすごく違和感《いわかん》を感《かん》じた。

そう、どうして……

「どうして警察《けいさつ》が来《こ》ないの？」

世間《せけん》の常識《じょうしき》からいって、こういう時《とき》はすぐに警察《けいさつ》がきて捜査《そうさ》が始《はじ》まるのが普通《ふつう》だと思《おも》う。

なのに、島《しま》に警察《けいさつ》が入《はい》ってくる様子《ようす》は全《まった》くない。

ここは孤島《ことう》だから、もちろん警察《けいさつ》が到着《とうちゃく》するまでに時間《じかん》はかかるだろう。それまでに生《せい》徒会《とかい》が調《しら》べるのもあるだろうが……考《かんが》え込《こ》むひかるに、昴《すばる》はあっけらかんと言《い》い放《はな》った。

「警察《けいさつ》には通報《つうほう》してない。捜査《そうさ》は生徒会《せいとかい》でやるんだ」

「通報《つうほう》してない？」

それはおかしい。ひかるは引《ひ》っかかった。

「まさか、最初《さいしょ》の時《とき》も……？」

「この学園《がくえん》は高等部《こうとうぶ》になるとほぼ外界《がいかい》との接触《せっしょく》が断《た》たれて、生徒《せいと》の自治《じち》に任《まか》されるようになる。高等部長《こうとうぶちょう》も教師《きょうし》も、責任者《せきにんしゃ》というより、施設管理者《しせつかんりしゃ》と塾講師《じゅくこうし》みたいなものなんだよ。それがこの学園《がくえん》の伝統《でんとう》なんだ。代々生徒《だいだいせいと》の、生徒《せいと》による、生徒《せいと》のための学園《がくえん》で成《な》り立《た》ってきた。だから僕《ぼく》たちは、なんとか自分《じぶん》たちで解決《かいけつ》する方法《ほうほう》を考《かんが》える。今回《こんかい》のことだってそうだ」

「だとしても、あれは貧血《ひんけつ》でもアナフィラキシーショックでもない。病気《びょうき》や事故《じこ》じゃなくて事件《じけん》です。ヴァンパイアをよそおった愉快犯《ゆかいはん》の仕業《しわざ》です。今《いま》こうしている間《あいだ》にも、この島《しま》の中《なか》には生徒《せいと》を襲《おそ》う愉快犯《ゆかいはん》がいて、明日《あす》にでも第三《だいさん》の被害者《ひがいしゃ》が出《で》ないとも限《かぎ》らない。すぐに警察《けいさつ》に通報《つうほう》するべきです」

昴《すばる》の考《かんが》えや生徒会《せいとかい》の在《あ》り方《かた》に、到底納得《とうていなっとく》することはできない。

「それができないなら……、せめて私《わたし》も生徒会《せいとかい》に協力《きょうりょく》させてください」

ひかるは昴《すばる》を見上《みあ》げ、真《ま》っ直《す》ぐに見《み》つめた。

「……は？」

「私《わたし》も捜査《そうさ》の一人《ひとり》に加《くわ》えてください。いえ、私《わたし》を囮《おとり》にしてください」

「ダメだ！　何《なに》を言《い》うんだ！」

昴《すばる》は驚愕《きょうがく》に目《め》を見開《みひら》いた。

「言《い》っただろ？　僕《ぼく》は紫野《むらさきの》さんから直接《ちょくせつ》ひかるちゃんのことを頼《たの》まれてるんだ。君《きみ》の学園《がくえん》での安全《あんぜん》に責任《せきにん》があるんだよ。囮《おとり》になんてできるわけないだろ？」

「親友《しんゆう》をこんな目《め》にあわせられて、じっとしていられません！」

「生徒会長《せいとかいちょう》としても、墨島《すみじま》の親族《しんぞく》としても、君《きみ》にみすみす危《あぶ》ない役目《やくめ》なんかさせられないよ」

ひかると昴《すばる》のにらみ合《あ》いを、藍崎《あいざき》は黙《だま》って眺《なが》めている。

そこに、看護師《かんごし》が来《き》て美雪《みゆき》が目覚《めざ》めたと告《つ》げた。

急《いそ》いで病室《びょうしつ》に戻《もど》ると、美雪《みゆき》は虚《うつ》ろな様子《ようす》で天井《てんじょう》を眺《なが》めていた。

「美雪《みゆき》……！」

ひかるが枕元《まくらもと》に駆《か》け寄《よ》ると、美雪《みゆき》はきょとんと視線《しせん》を向《む》ける。

「ひかる……、ここ、どこ？　私《わたし》、どうしたのかしら」

問《と》いかける美雪《みゆき》に、ひかるは一瞬《いっしゅん》どう言《い》ったものか躊躇《ちゅうちょ》した。

「えっと……、美雪《みゆき》ね、酷《ひど》い貧血《ひんけつ》で倒《たお》れたの。それで、ここにはこばれて……」

「私《わたし》が？　私《わたし》、貧血《ひんけつ》になんかなったことないわよ？　これでも健康優良児《けんこうゆうりょうじ》なんだから」

戸惑《とまど》う美雪《みゆき》に、口《くち》をはさんだのは昴《すばる》だった。

「相田《あいだ》さん、倒《たお》れる前《まえ》のこと、何《なに》も覚《おぼ》えてない？」

「え……！　どうして昴様《すばるさま》が？　それに、藍崎《あいざき》くんも、どうして……」

ひかるの背後《はいご》に立《た》っていた二人《ふたり》を見《み》つけ、美雪《みゆき》は目《め》をまんまるに見開《みひら》いた。

「相田《あいだ》さん、君《きみ》ね、寮《りょう》の裏庭《うらにわ》に倒《たお》れていたんだ。どうしてあんな場所《ばしょ》に行《い》ったのか教《おし》えてくれる？」

「裏庭《うらにわ》……そうだ。私《わたし》、電話《でんわ》をかけようと思《おも》って……」

「電話《でんわ》？」

美雪《みゆき》はうなずくと、裏庭《うらにわ》に行《い》った理由《りゆう》を話《はな》し始《はじ》めた。


夕食後《ゆうしょくご》、美雪《みゆき》は大浴場《だいよくじょう》には行《い》かず、自室《じしつ》でシャワーを済《す》ませた。大浴場《だいよくじょう》に行《い》ったひかるは、あがったら美雪《みゆき》の部屋《へや》に来《く》ると約束《やくそく》していた。

しかし、いくら待《ま》っても来《こ》ない。

心配《しんぱい》になった美雪《みゆき》は大浴場《だいよくじょう》やひかるの部屋《へや》を見《み》に行《い》ったのだが、彼女《かのじょ》の姿《すがた》はない。すれ違《ちが》う友人《ゆうじん》にたずねても皆《みな》知《し》らないと言《い》うし、仕方《しかた》なく部屋《へや》に戻《もど》って待《ま》とうかと考《かんが》えたその時《とき》、寮監《りょうかん》から美雪宛《みゆきあて》の手紙《てがみ》を渡《わた》された。

普通《ふつう》、島《しま》に来《く》る郵便《ゆうびん》は一日一回《ついたちいちかい》で、それが寮《りょう》に届《とど》くのは昼間《ひるま》のうちだ。だから個人《こじん》の手紙類《てがみるい》は下校時《げこうじ》までに各々《おのおの》のメールボックスに届《とど》けられているはずなのに、なぜか美雪《みゆき》のカードは漏《も》れていたらしい。

けれどそんなことはあまり気《き》にせず、美雪《みゆき》は手渡《てわた》されたカードをその場《ば》で開《あ》けた。それは、美雪《みゆき》の誕生日《たんじょうひ》を祝《いわ》う、両親《りょうしん》からのバースデイカードだった。

誕生日《たんじょうひ》おめでとうという言葉《ことば》と、生《う》まれてきてくれてありがとうという言葉《ことば》。

プレゼントは直接渡《ちょくせつわた》したいから、夏休《なつやす》みに渡《わた》すとも書《か》いてある。

『誕生日《たんじょうひ》は、生《う》まれたことをおめでとうと言《い》われるだけの日ではなく、生《う》んでくれた両《りょう》親《しん》に感謝《かんしゃ》の気持《きも》ちを伝《つた》える日《ひ》です』

そんな、以前誰《いぜんだれ》かに聞《き》いた言葉《ことば》が美雪《みゆき》の頭《あたま》をよぎった。

両親《りょうしん》の元《もと》を離《はな》れて初《はじ》めての誕生日《たんじょうひ》。

美雪《みゆき》は、両親《りょうしん》の声《こえ》を聞《き》きたくなった。けれど、島《しま》の外《そと》と電話《でんわ》は通《つう》じない。ＳＮＳ経由《けいゆ》の電話《でんわ》だって駄目《だめ》だ。

でも、そう言《い》えば、たしか誰《だれ》かが言《い》っていた。

寮《りょう》の裏手《うらて》に回《まわ》ると、電話《でんわ》の電波《でんぱ》が島外《とうがい》とつながる時《とき》があると。

美雪《みゆき》はスマホを片手《かたて》に寮《りょう》の裏手《うらて》に回《まわ》った。

もしかしてひかるも自分《じぶん》を探《さが》しているかもと思《おも》ったが、でも、ちょっとだけなら……

裏庭《うらにわ》に行《い》くと大《おお》きな樫《かし》の木《き》があった。それが電波《でんぱ》を邪魔《じゃま》してしまうかもしれないと思《おも》った。だから、避《さ》けようと迂回《うかい》した時《とき》。

背後《はいご》に足音《あしおと》を聞《き》いたのだ。

（もしかして、ひかる？）

そう思《おも》って振《ふ》り返《かえ》った美雪《みゆき》が見《み》たものは……

「覚《おぼ》えていないんです」

美雪《みゆき》は、そう昴《すばる》たちに話《はな》した。

振《ふ》り返《かえ》った時《とき》、確《たし》かに知《し》っている顔《かお》を見《み》たような気《き》がした。

しかしそれが、どうしても誰《だれ》だったか思《おも》い出《だ》せないのだ。

「でも、多分男《たぶんおとこ》の人《ひと》だったと思《おも》うんです。それから、赤《あか》い目《め》と……」

そこまで言《い》うと美雪《みゆき》の肩《かた》が震《ふる》えだした。

「美雪《みゆき》……今《いま》は無理《むり》に思《おも》い出《だ》さなくていいよ。ゆっくり休《やす》もう？」

ひかるは美雪《みゆき》の肩《かた》を抱《だ》いてそう言《い》った。

「ううん、わからないの。全部夢《ぜんぶゆめ》の中《なか》の出来事《できごと》だったような気《き》もする。誰《だれ》かはわからないけど目《め》が赤《あか》くて。でも、何《なに》を話《はな》したのかも、何《なに》をされたのかも本当《ほんとう》に覚《おぼ》えてなくて……」

気《き》づいたらこのベッドの上《うえ》だったと言《い》う。

話《はなし》を黙《だま》って聞《き》いていた三人《さんにん》は、つかの間《ま》、黙《だま》り込《こ》んだ。

「……許《ゆる》せない」

ひかるは呟《つぶや》いた。

「ありがとう、ひかる。でも私《わたし》はこうして無事《ぶじ》だったから」

美雪《みゆき》がひかるの手《て》を握《にぎ》る。

その弱弱《よわよわ》しい力《ちから》に、ひかるはさらに涙《なみだ》が出《で》そうになった。


再《ふたた》び眠《ねむ》りについた美雪《みゆき》を看護師《かんごし》に託《たく》し、三人《さんにん》は一旦寮《いったんりょう》へ帰《かえ》ることになった。

「美雪《みゆき》が思《おも》い出《だ》せないのは、ショックを受《う》けたせいでしょうか……」

ひかるは出《で》てきたばかりの病室《びょうしつ》のドアを見《み》ながらそう呟《つぶや》いた。

昴《すばる》はそれに答《こた》えず、ひかるにたずねた。

「ひかるちゃんは、みんなが噂《うわさ》してるみたいに、二人《ふたり》に起《お》きたことがヴァンパイアの仕業《しわざ》だとは思《おも》わないの？」

「え……？」

ひかるは呆《ほう》けたように口《くち》をぽかんと開《あ》けた後《あと》、眉根《まゆね》を寄《よ》せて昴《すばる》を見返《みかえ》した。

「いるわけないじゃないですか、ヴァンパイアなんて。私《わたし》はそういう存在《そんざい》は信《しん》じてません」

「ふうん」

「そういう昴《すばる》さんはどうなんですか？」

「僕《ぼく》？　うーん、どうかな。いても不思議《ふしぎ》じゃない気《き》もするけど。世《よ》の中《なか》にはさ、まだ僕《ぼく》らが知《し》らない不思議《ふしぎ》なことがあるんじゃない？　煌《こう》はどう思《おも》う？」

いきなり話《はなし》を振《ふ》られ、藍崎《あいざき》は不機嫌《ふきげん》そうに首《くび》を傾《かし》げた。

「さあ、いるとかいないとか、俺《おれ》は考《かんが》えたこともない」

「へえ……」

昴《すばる》は意味《いみ》ありげに小《ちい》さく笑《わら》った。しかしすぐに真顔《まがお》になると、「ところでさ、ひかるちゃん」と話《はなし》を変《か》えた。

「ひかるちゃん、噛《か》み痕《あと》の件《けん》は秘密《ひみつ》にしてね」

「……どういう意味《いみ》ですか？」

「相田《あいだ》さんの首《くび》に噛《か》み痕《あと》が付《つ》けられていたことが広《ひろ》がれば、また騒《さわ》ぎになるでしょ？　もし、ひかるちゃんが言《い》う『愉快犯《ゆかいはん》』が実在《じつざい》したら、そんなの、そいつの思《おも》う壺《つぼ》だと思《おも》わない？」

「それは、そうですけど……」

美雪《みゆき》の噛《か》み痕《あと》を実際《じっさい》に見《み》たのは病院関係者以外《びょういんかんけいしゃいがい》にはこの三人《さんにん》と高等部長《こうとうぶちょう》と赤坂先生《あかさかせんせい》だけだ。

不思議《ふしぎ》なことに、治療《ちりょう》を受《う》けて目覚《めざ》めた美雪《みゆき》の首筋《くびすじ》に、もう痕《あと》はなかった。

「犯人《はんにん》が捕《つか》まるまでの話《はなし》だから」

そう言《い》って笑《わら》う昴《すばる》に、ひかるはやはり違和感《いわかん》を抱《いだ》いた。わざわざ釘《くぎ》を刺《さ》すなんて、これはもう愉快犯《ゆかいはん》の仕業《しわざ》だと、昴自身《すばるじしん》が認《みと》めているようなものじゃないか。

昴《すばる》は……、いや、生徒会《せいとかい》は、学園《がくえん》は、何《なに》かを隠《かく》している。

だから、ひかるが生徒会《せいとかい》に協力《きょうりょく》したいと言《い》っても認《みと》めてはくれなかったんだ。

美雪《みゆき》のことを思《おも》い、ひかるは病院《びょういん》を振《ふ》り返《かえ》った。

そして、敷地《しきち》の入《い》り口《ぐち》にある病院《びょういん》の看板《かんばん》を見《み》てふと立《た》ち止《ど》まる。

「藍崎病院《あいざきびょういん》？」

そう呟《つぶや》きながら藍崎《あいざき》の方《ほう》を見《み》ると、彼《かれ》は「ああ」と小《ちい》さくうなずいた。

「もしかしてここ、藍崎《あいざき》くんのおうちだったの……？」

「いや……、俺《おれ》んちではないけど……」

たしかに、病院《びょういん》なのだから家《いえ》ではない。

「ひかるちゃん、知《し》らなかったの？」

「はい、全《まった》く」

昴《すばる》も目《め》を丸《まる》くしていて、ひかるは自分《じぶん》の無関心《むかんしん》さに驚《おどろ》いた。

学園内《がくえんない》にある立派《りっぱ》な病院《びょういん》なのに、今《いま》まで名前《なまえ》さえ知《し》らなかったのだ。

「藍崎製薬《あいざきせいやく》って大《おお》きい会社《かいしゃ》知《し》ってる？」

「ああ、はい、名前《なまえ》は」

「藍崎家《あいざきけ》は製薬業《せいやくぎょう》から始《はじ》まって、今《いま》は病院《びょういん》もいくつか経営《けいえい》してるんだよね。その内《うち》の一《ひと》つが島《しま》の中《なか》にあるこの病院《びょういん》」

「……そうなんですね」

ひかるは呟《つぶや》いた。そして、違和感《いわかん》がまた大《おお》きくなった。

奈美《なみ》も、美雪《みゆき》も、被害《ひがい》にあった後《あと》はここに担《かつ》ぎ込《こ》まれた。

医師《いし》であれば、ただの貧血《ひんけつ》か、アナフィラキシーショックか、それともひかるが疑《うたが》うように血《ち》を抜《ぬ》かれたのかの診断《しんだん》はできるはずだ。

なのに、正確《せいかく》な診断結果《しんだんけっか》には誰一人言及《だれひとりげんきゅう》しない。

美雪《みゆき》への輸血《ゆけつ》の処置《しょち》をしたにもかかわらずだ。

学園《がくえん》は昴《すばる》と、病院《びょういん》は藍崎《あいざき》と、繋《つな》がっている。

(生徒会《せいとかい》の人《ひと》たちを迂闊《うかつ》には信用《しんよう》できない。警察《けいさつ》も来《こ》ないなら、私《わたし》は私《わたし》で調《しら》べ続《つづ》けるだけ……)

ひかるはそう心《こころ》の中《なか》で呟《つぶや》くと、そっと拳《こぶし》を握《にぎ》りしめた。


その後《あと》、美雪《みゆき》は海外《かいがい》から駆《か》けつけてきた両親《りょうしん》に連《つ》れられ、島《しま》から出《で》て行《い》った。

しばらく休学《きゅうがく》して体《からだ》を休《やす》めるという。

学園《がくえん》から美雪《みゆき》の両親《りょうしん》にあった説明《せつめい》は、急性《きゅうせい》の貧血《ひんけつ》ということだけだったらしい。

実際《じっさい》知《し》らないうちに貧血《ひんけつ》になっていることは、思春期《ししゅんき》の子供《こども》には多《おお》いという。美雪《みゆき》は何《なに》かに噛《か》みつかれたと主張《しゅちょう》したが、実際《じっさい》噛《か》み痕《あと》もなく、夢《ゆめ》でも見《み》たのだろうと結論《けつろん》付《つ》けられた。

両親《りょうしん》がそれに納得《なっとく》したかはわからないが、とにかく美雪《みゆき》は去《さ》って行《い》ったのだ。

ひかるに、「少《すこ》し休《やす》んだら必《かなら》ず戻《もど》って来《く》るからね」と言《い》い残《のこ》して。

幕間《まくあい》　生徒会室《せいとかいしつ》にて②

「本当《ほんとう》に、泉《いずみ》じゃないんだよな？」

昴《すばる》の問《と》いに、泉《いずみ》はその美《うつく》しい唇《くちびる》をつんと尖《とが》らせた。

「怒《おこ》るよ、昴《すばる》。いくらなんでも冗談《じょうだん》きついって」

「でも疑《うたが》われても仕方《しかた》ないわよ。泉《いずみ》は日頃《ひごろ》の行《おこな》いがあれだもの」

「さおりまで酷《ひど》いよ。僕《ぼく》は女《おんな》の子《こ》は大好《だいす》きだけど、禁忌《きんき》は犯《おか》さないからね」

言《い》いながら、泉《いずみ》はそのピンクの髪《かみ》を振《ふ》った。

昴《すばる》も、本気《ほんき》で泉《いずみ》を疑《うたが》ったわけではない。

彼《かれ》とは幼稚舎《ようちしゃ》からかれこれ十年以上《じゅうねんいじょう》の付《つ》き合《あ》いで、それこそなんでも知《し》っているのだから。

「……ていうか、危《あぶ》ないねぇ、ひかるちゃん。一人目《ひとりめ》の時《とき》も二人目《ふたりめ》も時《とき》も、何故《なぜ》か現場《げんば》にいたんでしょ？　あの子特別美味《ことくべつおい》しそうだから、襲《おそ》われたら命《いのち》の危険《きけん》もあるんじゃない？」

「変《へん》なこと言《い》うなよ泉《いずみ》」

「だってホントに美味《おい》しそうな匂《にお》いするじゃん。昴《すばる》だってそう思《おも》うでしょ？」

「バカ言《い》え、僕《ぼく》は、」

「ねぇねぇ、煌《こう》もそう思《おも》うでしょ？　煌《こう》なんてひかるちゃんと同《おな》じクラスなんだから、毎《まい》日《にち》あの匂《にお》い嗅《か》がされて大変《たいへん》だねぇ」

煌《こう》は答《こた》えず、ふいっと顔《かお》をそらした。

答《こた》えるのもバカバカしいといった態度《たいど》だ。

「いっそ本当《ほんとう》に囮《おとり》に使《つか》えばいいんじゃないか？　本人《ほんにん》もそうしろと言《い》ってるんだろ？」

と言《い》ったのは青野貘《あおのばく》だ。

「貘《ばく》までおかしなことを言《い》うな。ひかるちゃんを囮《おとり》になんてできるわけないだろ」

昴《すばる》はため息《いき》をついた。

「ところでこの事件《じけん》、やっぱり『はぐれもの』の仕業《しわざ》だよね」

ソファに寝《ね》ころびながら泉《いずみ》が呟《つぶや》いた。泉《いずみ》は高級《こうきゅう》ソファが汚《よご》れるのにも構《かま》わず、お菓子《かし》を食《た》べている。

「……だろうな。島外《とうがい》から入《はい》って来《き》たのか、もしくは学園内《がくえんない》の人間《にんげん》か……」

「珍《めずら》しい。煌《こう》が会話《かいわ》に加《くわ》わるなんて。まぁ、こっちにも火《ひ》の粉《こ》が飛《と》んできそうで厄介《やっかい》だもんね。でも、セキュリティの問題上《もんだいじょう》、外《そと》から入《はい》って来《き》たとは考《かん》えにくいよね」

泉《いずみ》がそう言《い》ってソファから起《お》き上《あ》がった。

学園《がくえん》を囲《かこ》む門《もん》のセキュリティは頑丈《がんじょう》だ。そもそも島《しま》にたどりつくこと自体難《じたいむずか》しいが、万《まん》が一島《いちしま》の外《そと》から来《き》たものが入《はい》ろうとしても、ちょっとやそっとじゃ破《やぶ》られない。

「……まぁでも、内部犯《ないぶはん》とは思《おも》いたくないよね。身内《みうち》を疑《うたが》いたくないし」

泉《いずみ》がそう言《い》うと、煌《こう》は黙《だま》って生徒会室《せいとかいしつ》の窓《まど》を開《あ》けた。

今日《きょう》は梅雨《つゆ》の晴《は》れ間《ま》で、太陽《たいよう》が降《ふ》り注《そそ》いでいる。

「はぐれものの仕業《しわざ》と見《み》せかけて……、実《じつ》は藍崎製薬《あいざきせいやく》が裏《うら》で手《て》を引《ひ》いていたりしないよな」

煌《こう》は振《ふ》り返《かえ》り、発言《はつげん》した獏《ばく》を睨《にら》んだ。けれど、低《ひく》い声《こえ》で彼《かれ》を問《と》いただしたのは、煌《こう》ではなくて昴《すばる》だった。

「……どういう意味《いみ》だ？　獏《ばく》」

いつもは温和《おんわ》な昴《すばる》の怒《いか》りをにじませた声《こえ》に、獏《ばく》は少《すこ》しひるんだ様子《ようす》だった。

「薬《くすり》を作《つく》るために必要《ひつよう》な血液《けつえき》が足《た》りなくなって、集《あつ》めてる可能性《かのうせい》は……、」

「おい、獏《ばく》」

「冗談《じょうだん》だ。真剣《しんけん》にとらえるな」

「だとしても、言《い》っていいことと悪《わる》いことがある」

「たしかに。貘《ばく》、おまえ……、最近性格悪《さいきんせいかくわる》すぎるよ」

普段《ふだん》なら喧嘩《けんか》を面白《おもしろ》がるような泉《いずみ》にまで睨《にら》まれ、貘《ばく》はチッと舌打《したう》ちした。

そしてふいっと踵《きびす》を返《かえ》すと、足早《あしばや》に生徒会室《せいとかいしつ》を出《で》て行《い》ってしまう。

「貘《ばく》にも困《こま》ったもんだな。いつも煌《こう》につっかかって……」

昴《すばる》がそう言《い》って煌《こう》の方《ほう》に目《め》を向《む》けたが、しかし肝心《かんじん》の煌《こう》は、興味《きょうみ》なさそうな顔《かお》で窓《まど》の下《した》を眺《なが》めている。

(こういう煌《こう》の態度《たいど》が、余計《よけい》に貘《ばく》をいらだたせるんだろうな……)

昴《すばる》は煌《こう》の横顔《よこがお》を見《み》ながらふっとため息《いき》をついた。

何《なに》かと煌《こう》をライバル視《し》してつっかかってくる貘《ばく》に対《たい》して、煌《こう》は相手《あいて》にしようともしない。

しかも先日《せんじつ》の考査《こうさ》で貘《ばく》は死守《ししゅ》していた万年二位《まんねんにい》の地位《ちい》を、ぽっと出《で》のひかるに奪《うば》われてしまった。

鬱屈《うっくつ》した思《おも》いが言葉《ことば》や態度《たいど》に出《で》てしまったのだろう。

煌《こう》はカーテンを閉《し》めながら窓《まど》の下《した》を覗《のぞ》き込《こ》んだ。

ちょうど窓《まど》の下《した》を、黒川《くろかわ》ひかるが歩《ある》いている。

「ああ、そう言《い》えば今日《きょう》、相田《あいだ》さんが島《しま》を出《で》るんだったね」

後《うし》ろから覗《のぞ》くようにしてそう言《い》ったのは泉《いずみ》だ。

「うん。僕《ぼく》もさっきさおりと門《もん》まで見送《みおく》りに行《い》ってきた。ひかるちゃんも来《き》てたけど、まだ戻《もど》らないって言《い》うからそこで別《わか》れたんだよね」

昴《すばる》も窓際《まどぎわ》に近《ちか》づくと、二人《ふたり》の間《あいだ》からひかるを見下《みお》ろす。

多分《たぶん》ひかるは、美雪《みゆき》を見送《みおく》った後《あと》しばらく門《もん》にとどまって、ようやく戻《もど》って来《き》たところなのだろう。俯《うつむ》いて、なんだか泣《な》いているようにも見《み》える。

「大丈夫《だいじょうぶ》かな、ひかるちゃん……」

三人《さんにん》はしばらくとぼとぼと歩《ある》くひかるを見下《みお》ろしていたのだが、やがて彼女《かのじょ》が顔《かお》を上《あ》げた。そして空《そら》を見上《みあ》げると、軽《かる》く一《ひと》つ頷《うなず》いた。

それからは、足取《あしど》り軽《かる》く寮《りょう》の方《ほう》へ向《む》かって行《い》く。

「はは、さすがひかるちゃん」

昴《すばる》の呟《つぶや》きに、煌《こう》もホッとしたように頷《うなず》いたのだった。

第三章《だいさんしょう》　第三《だいさん》、そして第四《だいよん》の事件《じけん》

第一《だいいち》、第二《だいに》の事件《じけん》はたしか金曜日《きんようび》だった。

ひかるは今《いま》までの事件《じけん》を思《おも》い起《お》こしながら寮《りょう》からの通学路《つうがくろ》を歩《ある》いていた。

これはたまたまかもしれないし、そうじゃないかもしれない。

(とにかく、次《つぎ》の金曜日《きんようび》は学園内《がくえんない》を一人《ひとり》で歩《ある》いてみよう)

昴《すばる》には断《ことわ》られてしまったけど、ひかるが囮《おとり》になるというのは悪《わる》い案《あん》ではないと思《おも》う。

体育《たいいく》の授業《じゅぎょう》を受《う》けてみて感《かん》じたが、ひかるはこの学園《がくえん》でも足《あし》が速《はや》いし体力《たいりょく》もあるほうだ。

囮作戦《おとりさくせん》の計画《けいかく》を立《た》てながら教室《きょうしつ》に入《はい》ると、数人《すうにん》の女子《じょし》が「おはよう」と声《こえ》をかけてくれた。

そしてその中《なか》の二人《ふたり》が、ひかるの席《せき》に近寄《ちかよ》ってきた。

「相田《あいだ》さん、早《はや》く戻《もど》ってくるといいね」

「相田《あいだ》さんがいない間《あいだ》は、私《わたし》たちと一緒《いっしょ》に実験《じっけん》とかやらない？」

遠慮《えんりょ》がちに話《はな》しかけてきた二人《ふたり》は、特待生《とくたいせい》の竹井奏絵《たけいかなえ》と大山咲子《おおやまさきこ》。

咲子《さきこ》は第一《だいいち》の事件《じけん》の被害者《ひがいしゃ》である里井奈美《さといなみ》の友人《ゆうじん》で、行方不明《ゆくえふめい》の奈美《なみ》について、ひかるに相談《そうだん》してきた子《こ》だ。

二人《ふたり》はとても正直《しょうじき》に、ひかると一緒《いっしょ》に実験《じっけん》や課題《かだい》をやりたいと言《い》ってきた。

「黒川《くろかわ》さん優秀《ゆうしゅう》だから、一緒《いっしょ》にやってもらえると助《たす》かるなあと思《おも》って」

「え？　いいの？　私《わたし》の方《ほう》こそ、入《い》れてもらえると助《たす》かるけど……」

理科《りか》の実験《じっけん》や数学《すうがく》の課題《かだい》などグループでやるものは、ひかるはいつも美雪《みゆき》と組《く》んで授業《じゅぎょう》を受《う》けていた。

竹井奏絵《たけいかなえ》と大山咲子《おおやまさきこ》の二人《ふたり》は特待生《とくたいせい》だけあって優秀《ゆうしゅう》で、実験《じっけん》も課題《かだい》もスムーズだ。

結局《けっきょく》は、一人《ひとり》になってしまったひかるを誘《さそ》ってくれる口実《こうじつ》だったのだろう。

一日《いちにち》を終《お》えて、夕食《ゆうしょく》をとるという二人《ふたり》に連《つ》れて行《い》かれたのは、厨房《ちゅうぼう》の隣《となり》にある簡素《かんそ》な食堂《しょくどう》だった。この学園《がくえん》に来《き》て初《はじ》めて見《み》るカレーライスやラーメンという庶民的《しょみんてき》な料理《りょうり》に驚《おどろ》きながら、二人《ふたり》と一緒《いっしょ》に注文《ちゅうもん》を済《す》ませ、番号札《ばんごうふだ》を持《も》ってテーブルにつく。

待《ま》っていると番号《ばんごう》を呼《よ》ばれ、取《と》りに行《い》くというシステムだ。

「食事代《しょくじだい》も込《こ》みで十分《じゅうぶん》な奨学金《しょうがくきん》をもらってるけど、どうせなら参考書《さんこうしょ》や学用品《がくようひん》に充《あ》てたいでしょ？　だから特待生《とくたいせい》はみんなこっちの食堂《しょくどう》を使《つか》って、食費《しょくひ》を浮《う》かせてるの」

「うわー、ありがとう、こんな素敵《すてき》な食堂《しょくどう》に連《つ》れて来《き》てくれて！　だってこの値段《ねだん》でこのレベルって、すごいコスパいいよね！」

ひかるが注文《ちゅうもん》したのは味噌《みそ》ラーメン。三百五十円《さんびゃくごじゅうえん》で厚《あつ》めのチャーシュー三枚《さんまい》入《い》りとは素晴《すば》らしい。

久々《ひさびさ》にありつくラーメンを前《まえ》に、ひかるは髪《かみ》をきっちり一《ひと》つに結《むす》びなおした。

「え、なんか気合《きあい》入《はい》ってるね、黒川《くろかわ》さん」

「だってラーメン食《た》べる時《とき》、髪《かみ》の毛《け》垂《た》れて来《き》たら邪魔《じゃま》だもん。……………うわあっ、美味《おい》しい！　トロットロ！」

一口《ひとくち》チャーシューを口《くち》に入《い》れたひかるは、目《め》を輝《かがや》かせた。

「よかった、喜《よろこ》んでもらえて。私《わたし》たち、ほんとはちょっと、黒川《くろかわ》さんに憧《あこが》れてたの。墨島《すみじま》家《け》の遠縁《とおえん》だっていうのに威張《いば》らないし、尾野《おの》さんみたいな親衛隊《しんえいたい》につっかかられても冷静《れいせい》だし」

「テストの順位《じゅんい》で言《い》いがかりをつけられた時《とき》も、相手《あいて》にしてなかったものね」

「相田《あいだ》さんと仲良《なかよ》しなのも、微笑《ほほえ》ましく見《み》てたんだよ」

「そうだよね。いつも二人《ふたり》で楽《たの》しそうにしてて……。相田《あいだ》さん、ホントに早《はや》く戻《もど》って来《こ》られるといいね」

「うん、ありがとう」

(そんな風《ふう》に見《み》ててくれたんだ……)

二人《ふたり》の話《はなし》を聞《き》いて、ひかるは胸《むね》の辺《あた》りがほっこりとした。

「あ、ごめん食《た》べて。のびちゃうから」

「うん」

味噌《みそ》ラーメンは、濃厚《のうこう》なスープもちぢれた太麺《ふとめん》も全部《ぜんぶ》美味《おい》しかった。

奏絵《かなえ》と咲子《さきこ》もそれぞれコロッケ定食《ていしょく》やからあげ定食《ていしょく》を注文《ちゅうもん》していたが、どちらもとても美味《おい》しそうだ。

もし美雪《みゆき》が戻《もど》ってきたら、今度《こんど》はひかるが庶民《しょみん》の味《あじ》を彼女《かのじょ》に教《おし》えてあげよう。

美雪《みゆき》なら、きっと嫌《いや》な顔《かお》もせずに付《つ》き合《あ》ってくれることだろう。

「あー、美味《おい》しかった！　ごちそうさまでした！」

スープまでしっかり飲《の》み切《き》ったひかるは、満足《まんぞく》そうに顔《かお》を上《あ》げた。

そこで、ふとあることに気《き》づいて目《め》をとめた。

「奏絵《かなえ》さん、それ、どうしたの？　注射《ちゅうしゃ》でもした？」

学園《がくえん》では衣替《ころもが》えが始《はじ》まっていて、暑《あつ》がりなのかいち早《はや》く夏服《なつふく》に変《か》えた奏絵《かなえ》の肘裏《ひじうら》が、少《すこ》し青《あお》くなっていた。

「え？　ああ、」

奏絵《かなえ》は肘裏《ひじうら》を軽《かる》くさすると、笑顔《えがお》で言《い》った。

「十六歳《じゅうろくさい》になったから、昨日初《きのうはじ》めて献血《けんけつ》してきたの。私《わたし》、すぐ内出血《ないしゅっけつ》しちゃうタイプみたい」

「献血《けんけつ》？」

「うん。昨日《きのう》は古林《こばやし》さんも一緒《いっしょ》だったんだけど、彼女《かのじょ》はたいして痕《あと》になってなかったなぁ」

「あー、私《わたし》も先月《せんげつ》やってきたけど、そこまで青《あお》くならなかったよ。体質《たいしつ》があるのかもねぇ」

「え？　奏絵《かなえ》さんだけじゃなくて、咲子《さきこ》さんも古林《こばやし》さんも献血《けんけつ》してるの？　この学園《がくえん》の人《ひと》たちって、すごくボランティア精神《せいしん》にあふれてるんだね」

ひかるがそう言《い》うと、奏絵《かなえ》はくすくすと笑《わら》いだした。

「やだ黒川《くろかわ》さん、本気《ほんき》で言《い》ってるの？」

「…………え？」

「ああ、もしかして知《し》らなかった？　献血《けんけつ》は、特待生《とくたいせい》の条件《じょうけん》なの」

「条件《じょうけん》？」

ひかるは驚《おどろ》いた。特待生《とくたいせい》の条件《じょうけん》が献血《けんけつ》など聞《き》いたことがない。

「そんなに驚《おどろ》かないで。私《わたし》たちにとってありがたいことなんだから」

名門《めいもん》セレブ校《こう》である墨島学園《すみじまがくえん》の学費《がくひ》、生活《せいかつ》にかかる諸々《もろもろ》の経費《けいひ》は莫大《ばくだい》なものだ。

しかし学園《がくえん》は特待生《とくたいせい》に対《たい》しては、その費用《ひよう》をおぎなって、あまりあるほどの金額《きんがく》を奨学《しょうがく》金《きん》として支給《しきゅう》している。この奨学金《しょうがくきん》は、いくつかの条件《じょうけん》さえ守《まも》れば、卒業《そつぎょう》した後《あと》も一切返《いっさいかえ》す必要《ひつよう》がないという。

その条件《じょうけん》とは、定期考査《ていきこうさ》で常《つね》に学年三十番以内《がくねんさんじゅうばんいない》に入《はい》ること。大学《だいがく》を卒業《そつぎょう》したら墨島《すみじま》グループに就職《しゅうしょく》すること。そして、定期的《ていきてき》に献血《けんけつ》をすること。

特待生《とくたいせい》は各学年十人《かくがくねんじゅうにん》にも満《み》たず、元々優秀《もともとゆうしゅう》な彼《かれ》らが三十番以内《さんじゅうばんいない》に入《はい》るのは、努力《どりょく》さえしていればそう難《むずか》しいことでもなかった。

万《まん》が一《いち》、三十番以下《さんじゅうばんいか》になっても追試《ついし》を受《う》けさせてもらえるので、そこで及第点《きゅうだいてん》をとれば問題《もんだい》ない。だから、今《いま》まで成績不良《せいせきふりょう》で特待生《とくたいせい》を外《はず》された者《もの》はいないらしい。

将来墨島《しょうらいすみじま》グループに就職《しゅうしょく》できることは、特待生《とくたいせい》にとってはかえって魅力的《みりょくてき》な条件《じょうけん》だ。

墨島《すみじま》グループの事業《じぎょう》は多岐《たき》にわたるため、職種《しょくしゅ》だって選《えら》べる。日本有数《にほんゆうすう》の大企業《だいきぎょう》への就《しゅう》職《しょく》。自分《じぶん》の将来《しょうらい》を約束《やくそく》されているに等《ひと》しい。

また、十六歳《じゅうろくさい》になったら定期的《ていきてき》に献血《けんけつ》するという条件《じょうけん》も何《なに》も難《むずか》しいものではない。学園内《がくえんない》の保健室《ほけんしつ》に献血《けんけつ》ルームがあるから、授業《じゅぎょう》の合間《あいま》や放課後《ほうかご》の空《あ》いた時間《じかん》にできる。

これは大学卒業《だいがくそつぎょう》まで続《つづ》くが、名門墨島学園《めいもんすみじまがくえん》で学《まな》べるのだから、特待生《とくたいせい》にとってちっとも苦《く》ではなかったのだ。

「頻度《ひんど》も三《さん》ケ月《かげつ》に一回《いっかい》だしね」

「そうそう。私《わたし》の彼《かれ》なんて、体力有《たいりょくあ》り余《あま》ってるから倍《ばい》の分量《ぶんりょう》にしてくれって言《い》って却下《きゃっか》されたらしいよ」

そう言《い》って笑《わら》ったのは咲子《さきこ》だ。

咲子《さきこ》には、同《おな》じ特待生仲間《とくたいせいなかま》に恋人《こいびと》がいる。

隣《となり》のクラスなのでひかるも時々見《ときどきみ》かけるが、たしかに大柄《おおがら》で元気《げんき》そうな男《おとこ》の子《こ》だった。

「そうなんだ……、献血《けんけつ》……」

ここでも『血《ち》』に関《かん》する話《はなし》が出《で》てきたことに、ひかるはなんとなくひっかかりを覚《おぼ》えた。

ヴァンパイア伝説《でんせつ》に、ヴァンパイアを装《よそお》う愉快犯《ゆかいはん》。

怪《あや》しい傷痕《きずあと》を持《も》つ女生徒《じょせいと》が出《で》てきた『桃谷《ももや》クラブ』と、奈美《なみ》や美雪《みゆき》の首《くび》の傷痕《きずあと》。

そして特待生《とくたいせい》の条件《じょうけん》だという献血《けんけつ》。

保健室《ほけんしつ》に派遣《はけん》されている校医《こうい》や看護師《かんごし》は当然藍崎病院《とうぜんあいざきびょういん》の者《もの》であって、彼《かれ》らが学生《がくせい》たちの献血《けんけつ》を行《おこな》っているのだろう。

そして美雪《みゆき》の治療《ちりょう》を行《おこな》ったのも藍崎病院《あいざきびょういん》。何者《なにもの》かに血《ち》を抜《ぬ》かれた美雪《みゆき》に輸血《ゆけつ》をしておきながら、急性《きゅうせい》の貧血《ひんけつ》だと診断《しんだん》している。

奈美《なみ》だってアナフィラキシーショックだなどと発表《はっぴょう》されているが、美雪《みゆき》と同《おな》じような状態《じょうたい》だったのはひかる自身《じしん》の目《め》で確認《かくにん》している。

人為的《じんいてき》な事件《じけん》を、学園《がくえん》も、生徒会《せいとかい》も、病院《びょういん》も、意図的《いとてき》に隠《かく》しているのだ。

もちろんそこには生徒《せいと》たちを混乱《こんらん》させないためという理由《りゆう》はあるのだろうが、第三《だいさん》の事件《じけん》が起《お》こらないとは限《かぎ》らない今《いま》、頑《かたく》なに隠《かく》す必要《ひつよう》などあるのだろうか?


金曜日《きんようび》。

この日《ひ》も奏絵《かなえ》と咲子《さきこ》と一緒《いっしょ》に夕食《ゆうしょく》を終《お》えたひかるは、二人《ふたり》と別《わか》れて自室《じしつ》に戻《もど》った。

そして、時計《とけい》が二十時《にじゅうじ》を回《まわ》るのを待《ま》った。

あたりがとっぷりと暗《くら》くなった頃《ころ》、ひかるは厨房《ちゅうぼう》の従業員《じゅうぎょういん》たちの目《め》を盗《ぬす》んで、食材《しょくざい》の搬入口《はんにゅうぐち》からそっと外《そと》に出《で》た。そして、寮《りょう》の周辺《しゅうへん》をぶらりと歩《ある》いてみた。

二《ふた》つの事件《じけん》はどちらも金曜日《きんようび》の夜《よる》で、女子寮《じょしりょう》からあまり遠《とお》くない場所《ばしょ》で起《お》きている。

自分《じぶん》の勘《かん》を信《しん》じるなら、加害者《かがいしゃ》は、今夜《こんや》も第三《だいさん》の事件《じけん》を企《たくら》んでいるはずだ。

おまけに女子寮《じょしりょう》には厳《きび》しい外出禁止令《がいしゅつきんしれい》が出《で》ているから、今《いま》こうしてふらふらと歩《ある》いているのは、多分《たぶん》ひかるくらいだろう。

ひかるのポケットにはスマホと防犯《ぼうはん》ブザー、肩《かた》からさげられたポーチには、ハサミ、カッターナイフなど、手近《てぢか》にあった武器《ぶき》になりそうなものが忍《しの》ばせてある。

武道《ぶどう》や護身術《ごしんじゅつ》の心得《こころえ》があるわけではないが、運動神経《うんどうしんけい》と反射神経《はんしゃしんけい》には自信《じしん》がある。

万《まん》が一《いち》被害《ひがい》に遭《あ》ったとしても、二件《にけん》の様子《ようす》から命《いのち》を取《と》られるようなことはないだろう。

(だから、全然《ぜんぜん》怖《こわ》くなんてない)

ひかるはそう、自分《じぶん》に言《い》い聞《き》かせた。

今《いま》ひかるを突《つ》き動《うご》かしているのは、どうしようもない怒《いか》りと正義感《せいぎかん》だ。

青白《あおじろ》い顔《かお》で気《き》を失《うしな》っていた美雪《みゆき》の顔《かお》が忘《わす》れられない。

転校《てんこう》してきたひかるに真《ま》っ先《さき》に声《こえ》をかけてくれ、あんなに仲良《なかよ》くしてくれた美雪《みゆき》を傷《きず》つけた犯人《はんにん》を、ひかるは絶対《ぜったい》に許《ゆる》せない。

今夜《こんや》は新月《しんげつ》で、月《つき》の灯《あか》りは弱《よわ》い。

そんな暗《くら》い中《なか》、ひかるは女子寮《じょしりょう》から男子寮《だんしりょう》へ向《む》かう小道《こみち》を進《すす》んでいた。

(……! 誰《だれ》かいる!)

小道《こみち》から外《はず》れた花壇《かだん》の向《む》こうに、人影《ひとかげ》が見《み》える。

その人物《じんぶつ》はどうやらしゃがみこんでいるようだ。

そしてひかるがさらに目《め》を凝《こ》らしてみると、そのしゃがみこんだ人物《じんぶつ》の前《まえ》に、なにか大《おお》きな塊《かたまり》がある。

(咲子《さきこ》さん……!?)

ひかるはポーチの中《なか》からボールを取《と》り出《だ》すと、しゃがんでいる人物《じんぶつ》の背中《せなか》に狙《ねら》いを定《さだ》めた。

中学時代《ちゅうがくじだい》にソフトボール部《ぶ》にいたひかるは肩《かた》に自信《じしん》がある。

思《おも》いきりボールを投《な》げるのと同時《どうじ》に、全速力《ぜんそくりょく》でその人物《じんぶつ》に向《む》かって走《はし》り出《だ》す。

ゴッと鈍《にぶ》い音《おと》が鳴《な》って、その人物《じんぶつ》が前《まえ》のめりになる。

そして振《ふ》り返《かえ》ったその顔《かお》に向《む》かって、ひかるは思《おも》い切《き》り飛《と》び蹴《げ》りをかました。

しかしそれは完全《かんぜん》には命中《めいちゅう》せず、相手《あいて》が咄嗟《とっさ》に避《よ》けた拍子《ひょうし》に、ひかるはそのまま相手《あいて》の向《む》こう側《がわ》に転《ころ》がった。

足《あし》や手《て》に鈍《にぶ》い痛《いた》みが走《はし》ったが、そんなことに構《かま》ってはいられない。

ひかるは急《いそ》いで立《た》ち上《あ》がると、相手《あいて》に対峙《たいじ》した。

声《こえ》にならない悲鳴《ひめい》を頭《あたま》のなかで叫《さけ》ぶ。

(…………!!)

ひかるの蹴《け》りが掠《かす》ったのだろう、額《ひたい》を抑《おさ》えた男《おとこ》の顔《かお》を見《み》て、ひかるは驚愕《きょうがく》に目《め》を見開《みひら》いた。

とても、そう、とてもよく知《し》っている顔《かお》。

男《おとこ》の手《て》が後《あと》ずさるひかるの二《に》の腕《うで》をつかんだ。

つかまれた腕《うで》がやけに熱《あつ》い。そして抵抗《ていこう》する間《あいだ》もなく、その手首《てくび》に男《おとこ》が唇《くちびる》を寄《よ》せる。

振《ふ》り払《はら》おうにも、二《に》の腕《うで》をがっちりつかまれて逃《に》げられない。叫《さけ》ぼうとしたら、今度《こんど》は口《くち》をおさえられた。

(何《なに》？　なんで……)

暴《あば》れるひかるにかまわず、男《おとこ》はもう片方《かたほう》の手《て》を後頭部《こうとうぶ》に回《まわ》した。

そして……、ひかるの首筋《くびすじ》に向《む》かって、顔《かお》を近《ちか》づけていく。

（いや……！　いや……！）

ひかるは涙目《なみだめ》になって、その男《おとこ》の顔《かお》を見《み》た。

彼《かれ》の瞳《ひとみ》が、赤《あか》く輝《かがや》いているように見《み》える。

（……いやっ……！）

プツリと皮膚《ひふ》の破《やぶ》られる感触《かんしょく》に、ひかるは心《こころ》の中《なか》で小《ちい》さな悲鳴《ひめい》を上《あ》げた。

逃《に》げなくちゃ、大声《おおごえ》で助《たす》けを呼《よ》ばなくちゃと思《おも》っているのに、体《からだ》に力《ちから》が入《はい》らないのだ。

それは今《いま》まで経験《けいけん》したことがないような不思議《ふしぎ》な感覚《かんかく》だった。

首筋《くびすじ》に牙《きば》を突《つ》き立《た》てられ、自分《じぶん》が吸血《きゅうけつ》されているのだということは理解《りかい》している。

でも、痛《いた》くはないし、全身《ぜんしん》から力《ちから》が抜《ぬ》けていく感《かん》じが妙《みょう》に心地《ここち》いい。

（だめ……、もう……、でも、どうして彼《かれ》が……）

意識《いしき》が遠《とお》のいていく。

相手《あいて》を引《ひ》き離《はな》そうともがいていた腕《うで》がだらりと垂《た》れ、膝《ひざ》ががくりとくずおれる。

そして意識《いしき》を手放《てばな》す瞬間《しゅんかん》ひかるが耳《みみ》にしたのは、「ごめん……」という小《ちい》さな呟《つぶや》き

だった。

目《め》を覚《さ》ましてうっすら目《め》を開《あ》けると、そこはひかるの部屋《へや》ではなかった。

でも、この部屋《へや》をひかるは知《し》っている。

美雪《みゆき》が襲《おそ》われた時《とき》、彼女《かのじょ》が療養《りょうよう》していた病室《びょうしつ》と同《おな》じ作《つく》りだったからだ。

「ひかるちゃん、気《き》がついた？」

目《め》の前《まえ》で声《こえ》をかけてきたのは、昴《すばる》だった。

ひかるを見《み》て、心《こころ》から安心《あんしん》したように微笑《ほほえ》んでいる。

「私《わたし》……、なんで……」

昴《すばる》に問《と》うと、彼《かれ》は困《こま》ったように眉尻《まゆじり》を下《さ》げた。

「ひかるちゃん。君《きみ》は、吸血事件《きゅうけつじけん》の被害者《ひがいしゃ》になったんだよ」

「吸血事件《きゅうけつじけん》……？」

「寮《りょう》の近《ちか》くの花壇《かだん》に倒《たお》れてたんだ……。何《なに》か、覚《おぼ》えてることはない？」

昴《すばる》にたずねられ、ひかるは上半身《じょうはんしん》を起《お》こそうとした。

「ああダメだよ、そんな急《きゅう》に起《お》き上《あ》がっちゃ

「……大丈夫《だいじょうぶ》です」

少《すこ》し首《くび》を振《ふ》ってみたが、体《からだ》に異常《いじょう》はなさそうだ。

「被害者《ひがいしゃ》って……。私《わたし》も血《ち》を抜《ぬ》かれたってことですか？」

「うん……、量《りょう》はちょっとだったみたいだけど」

「私《わたし》、どのくらい寝《ね》てたんですか？」

「三時間《さんじかん》くらいかな。日付《ひづけ》も変《か》わってないからね」

「三時間《さんじかん》……」

（でも……、あ……！）

「咲子《さきこ》さんは⁉」

「大山《おおやま》さんはまだ眠《ねむ》ってるけど……、そっちも命《いのち》に別状《べつじょう》はないよ」

「良《よ》かった……」

ホッとして体《からだ》の力《ちから》を抜《ぬ》いたひかるに、昴《すばる》は少《すこ》し言《い》いずらそうにした。

「ひかるちゃんと大山咲子《おおやまさきこ》さんでは、抜《ぬ》かれた血液《けつえき》の量《りょう》がかなり違《ちが》うらしいんだ。大山《おおやま》さんはもう少《すこ》しの間《あいだ》、目《め》を覚《さ》まさないと思《おも》う」

ひかるが吸血《きゅうけつ》された量《りょう》は本当《ほんとう》にわずかだったらしい。

たしかに、体《からだ》にだるさなどは全《まった》くない。

(そういえば、手首《てくび》……)

ひかるは自分《じぶん》の手首《てくび》をじっと見《み》つめた。

そこには、あるはずの傷《きず》がなかった。たしかにあの時擦《ときす》りむいたはずなのに。

ひかるは、咲子《さきこ》とその前《まえ》にしゃがんでいた男《おとこ》を見《み》つけたことまではっきり覚《おぼ》えていた。

男《おとこ》を犯人《はんにん》と思《おも》ってボールを投《な》げつけたことも飛《し》び蹴《げ》りしたことも覚《おぼ》えている。

でも、男《おとこ》の顔《かお》が全《まった》く思《おも》い出《だ》せない。

ただ……

「赤《あか》い……、瞳《ひとみ》……」

「赤《あか》い瞳《ひとみ》？」

昴《すばる》がひかるの呟《つぶや》きを拾《ひろ》って問《と》い返《かえ》した。

ひかるはこくりとうなずいた。

「そいつの……、犯人《はんにん》の、赤《あか》い瞳《ひとみ》だけ、やけに目《め》に焼《や》きついてるんです。信《しん》じてなかったけど……、もしかしたら、本当《ほんとう》にヴァンパイアがいるのかもしれない……」

「ヴァンパイア？」

「信《しん》じられないけど、私《わたし》、もしかしたら本当《ほんとう》に、ヴァンパイアに吸血《きゅうけつ》されたのかもしれません」

「……そのわりには落《お》ち着《つ》いて見《み》えるけど……、どうしてそう思《おも》うの？」

「残念《ざんねん》ながら、相手《あいて》の顔《かお》も姿《すがた》も覚《おぼ》えてません。ただ、自分《じぶん》の血《ち》が吸《す》われた感触《かんしょく》を覚《おぼ》えてるんです。確証《かくしょう》はないけど、あれは本当《ほんとう》にヴァンパイアだったんだと思《おも》う」

ひかるの言葉《ことば》に、昴《すばる》は考《かんが》え込《こ》むように腕《うで》を組《く》んだ。

やはり彼《かれ》は何《なに》か隠《かく》しているのだろうと思《おも》ったが、それについてはたずねなかった。

倒《たお》れているひかるを見《み》つけてくれたのは昴《すばる》と、一緒《いっしょ》にいた藍崎煌《あいざきこう》だそうだ。

さおりを抜《ぬ》いた生徒会《せいとかい》のメンバーは学園内《がくえんない》のパトロールをしていたらしい。

パトロールは毎晩行《まいばんおこな》っていたようだが、ひかる同様《どうよう》、金曜日《きんようび》の夜《よる》が一番危《いちばんあぶ》ないと彼《かれ》らも思《おも》っていて、男子生徒《だんしせいと》の有志《ゆうし》を募《つの》って厳重《げんじゅう》に見回《みまわ》っていたという。

「でも、ひかるちゃん、ホントにこういうのは、もうやめてね。気《き》を失《うしな》ってる君《きみ》を見《み》て、僕《ぼく》がどれほどびっくりしたかわかる？　心臓《しんぞう》が止《と》まるかと思《おも》った」

「……ごめんなさい」

ひかるは素直《すなお》に謝《あやま》った。

生徒会《せいとかい》に思《おも》うところはあるが、ひかるを心配《しんぱい》する昴《すばる》の気持《きも》ちはきっと本物《ほんもの》だと思《おも》う。

「看護師《かんごし》さん呼《よ》んでくるね」と言《い》って出《で》て行《い》った昴《すばる》と入《い》れ替《か》わるように病室《びょうしつ》に入《はい》ってきたのは、祖父《そふ》の秘書《ひしょ》紫野《むらさきの》だった。

ひかるが倒《たお》れたと連絡《れんらく》を受《う》け、すぐに駆《か》けつけてきたという。

乱《みだ》れた髪《かみ》に慌《あわ》てて来《き》た様子《ようす》がうかがえて、ひかるは少《すこ》し嬉《うれ》しくなった。

冷静沈着《れいせいちんちゃく》に見《み》える紫野《むらさきの》だが、彼《かれ》もまたひかるを心配《しんぱい》してくれたのだろう。

しかし。

「お嬢様《じょうさま》、お迎《むか》えにあがりました」

ひかるに有無《うむ》を言《い》わせずパタパタと帰《かえ》り支度《したく》をする紫野《むらさきの》に、ひかるは絶句《ぜっく》した。

「セスナを待《ま》たせております。お祖父様《じいさま》もご心配《しんぱい》されておりますので、私《わたし》と一緒《いっしょ》に墨島邸《すみじまてい》へ帰《かえ》りましょう」

なんと紫野《むらさきの》は、このまま休学《きゅうがく》して島《しま》を出《で》ようと言《い》うのだ。

「寮《りょう》の部屋《へや》は後《あと》で家《いえ》の者《もの》に片《かた》づけさせます。お嬢様《じょうさま》はこのまま真《ま》っ直《す》ぐセスナに乗《の》ってください」

「紫野《むらさきの》さん？　どうしたんですか？」

「お嬢様《じょうさま》をこんな危険《きけん》なところにおいておけません。それに、どちらにしろ学園《がくえん》は休校《きゅうこう》が決《き》まりました。学生《がくせい》たちも順次《じゅんじ》、島《しま》を出《で》て行《い》くでしょう」

「……休校《きゅうこう》？」

ひかるが病院《びょういん》に運《はこ》ばれてすぐ、学園《がくえん》は臨時休校《りんじきゅうこう》に入《はい》ると発表《はっぴょう》したという。

おそらく、これ以上《いじょう》噂《うわさ》が広《ひろ》がって学園中《がくえんちゅう》がパニックに陥《おちい》る前《まえ》に、生徒《せいと》たちを一旦島《いったんしま》から出《だ》してしまおうと考《かんが》えたのだろう。

「お嬢様《じょうさま》にも島《しま》から出《で》ていただきます」

「いやです、私《わたし》行《い》きません」

「いいえ、お帰《かえ》りいただきます。事件《じけん》どころか、お嬢様《じょうさま》が被害者《ひがいしゃ》になられたんですよ？」

「お願《ねが》い紫野《むらさきの》さん。もう少《すこ》しだけ、ここにいさせてもらえませんか？」

ひかるは懇願《こんがん》するように紫野《むらさきの》を見上《みあ》げた。

「……どうして残《のこ》りたいのか、理由《りゆう》をお伺《うかが》いしても？」

「ここで初《はじ》めてできた親友《しんゆう》が被害《ひがい》にあったんです。だから私《わたし》、少《すこ》しでも事件解決《じけんかいけつ》のために生徒会《せいとかい》に協力《きょうりょく》したいんです」

「……ですが、これはお祖父様《じいさま》のご命令《めいれい》ですから」

「お願《ねが》い！　どうしても連《つ》れて帰《かえ》るって言《い》うなら、私《わたし》、元《もと》いた家《いえ》に戻《もど》る！」

「それは……、困《こま》りますね」

紫野《むらさきの》は本当《ほんとう》に困《こま》ったように眉尻《まゆじり》を下《さ》げた。

元《もと》の家《いえ》に戻《もど》るなんて、本当《ほんとう》は紫野《むらさきの》にとって脅《おど》しにもならない台詞《せりふ》のはずだ。

祖母《そぼ》の家《いえ》が残《のこ》っているからといって、十五歳《じゅうごさい》の少女《しょうじょ》が一人《ひとり》で生《い》きていくなんてできっこない。お葬式《そうしき》の日《ひ》の繰《く》り返《かえ》しになるだけ。勝手《かって》なことを言《い》っている自覚《じかく》もある。

紫野《むらさきの》にとっては総裁《そうさい》の命令《めいれい》が絶対《ぜったい》なのだから、ひかるの我儘《わがまま》など無視《むし》して連行《れんこう》してしまえばいいだけだ。

しかし意外《いがい》にも、紫野《むらさきの》は「……仕方《しかた》ないですね」と呟《つぶや》いた。

「やはり貴女《あなた》は墨島剣造《すみじまけんぞう》のお孫《まご》さんだ。頑固《がんこ》で自分《じぶん》の意志《いし》を曲《ま》げないところなんてそっくりですから」

そう言《い》って苦笑《くしょう》すると、紫野《むらさきの》はひかるに二《ふた》つの条件《じょうけん》を出《だ》した。

常《つね》に生徒会《せいとかい》メンバーか女子学生《じょしがくせい》と行動《こうどう》を共《とも》にし、絶対一人《ぜったいひとり》にはならないこと。

日没後《にちぼつご》は絶対《ぜったい》に寮《りょう》から出《で》ないこと。

どちらか一《ひと》つでも破《やぶ》れば強制的《きょうせいてき》に連《つ》れ帰《かえ》ると約束《やくそく》させられた。

無理矢理《むりやり》連《つ》れ帰《かえ》ろうと思《おも》えばできただろうに、一人《ひとり》の大人《おとな》として扱《あつか》ってくれる紫野《むらさきの》に、ひかるの胸《むね》はあたたかくなった。

その日《ひ》の午後《ごご》、眠《ねむ》っていた咲子《さきこ》が目《め》を覚《さ》ましたが、彼女《かのじょ》はひかると違《ちが》ってひどく怯《おび》えていた。

なぜ暗《くら》くなってから寮《りょう》を出《で》たのか聞《き》くと、なくしたペンダントを探《さが》しに行《い》ったとのことだった。

昨日《きのう》の放課後《ほうかご》、咲子《さきこ》は恋人《こいびと》と一緒《いっしょ》に花壇《かだん》の近《ちか》くでしばらく話《はなし》をしていた。

そしておしゃべりを楽《たの》しんだ後《あと》、まだ明《あか》るいこともあってその場《ば》で別《わか》れた二人《ふたり》は、それぞれ寮《りょう》に帰《かえ》った。

ひかると奏絵《かなえ》と共《とも》に夕食《ゆうしょく》をとった咲子《さきこ》は、首元《くびもと》にペンダントが無《な》いことに気《き》づいた。

恋人《こいびと》にプレゼントされてから、いつも身《み》に付《つ》けていたペンダントだ。

もしかしたら、彼《かれ》と話《はな》していた辺《あた》りに落《お》ちているかもしれない。

そう思《おも》ったらじっとしていられなくなった。誰《だれ》かに拾《ひろ》われてしまうかもしれないし、最悪《さいあく》、掃除《そうじ》のゴミと一緒《いっしょ》に捨《す》てられてしまうかもしれない。

外出禁止令《がいしゅつきんしれい》が出《で》てはいるが、ちょっとだけなら……。

咲子《さきこ》は花壇《かだん》に向《む》かった。

そしてスマホの灯《あか》りを頼《たよ》りにペンダントを探《さが》していた彼女《かのじょ》は、背後《はいご》に忍《しの》び寄《よ》る足音《あしおと》になど、全《まった》く気《き》づかなかったのだ。

「誰《だれ》かに、いきなり後《うし》ろから口《くち》を塞《ふさ》がれたの。もがきながら肩越《かたご》しに顔《かお》を見《み》たんだけど、どうしても顔《かお》が思《おも》い出《だ》せなくて。でも、絶対知《ぜったいし》ってる人《ひと》だったと思《おも》う。覚《おぼ》えてるのは、その人《ひと》の瞳《ひとみ》が赤《あか》かったってことだけ」

目覚《めざ》めたと聞《き》いて会《あ》いに行《い》ったひかるに、咲子《さきこ》はそう言《い》った。

翌日《よくじつ》、咲子《さきこ》は迎《むか》えに来《き》た両親《りょうしん》に連《つ》れられて島《しま》を出《で》て行《い》った。

紫野《むらさきの》の言《い》っていた通《とお》り、学園《がくえん》の用意《ようい》したジェット機《き》に乗《の》って、生徒《せいと》たちもそれぞれ実家《じっか》に帰《かえ》ることになった。

一方《いっぽう》で特待生《とくたいせい》の一部《いちぶ》は寮《りょう》に残《のこ》るらしい。彼《かれ》らは学園《がくえん》に残《のこ》った方《ほう》が勉強《べんきょう》ができるし、実家《じっか》に迷惑《めいわく》もかけないからと、帰《かえ》らないことを選《えら》んだのだ。

生徒《せいと》たちにも個々《ここ》の事情《じじょう》があるため、学園《がくえん》が強制《きょうせい》することはできなかったという。

学園《がくえん》は休校《きゅうこう》に入《はい》った。

生徒《せいと》たちや保護者《ほごしゃ》への説明《せつめい》は「原因不明《げんいんふめい》の急性貧血《きゅうせいひんけつ》が多発《たはつ》しているため理由《りゆう》を探《さぐ》る」だ。

もちろん学園《がくえん》はヴァンパイアの存在《そんざい》など一切認《いっさいみと》めていない。ひかるも咲子《さきこ》も、事件《じけん》が解《かい》決《けつ》するまで自分《じぶん》たちの口《くち》から事件《じけん》について語《かた》らないよう念《ねん》を押《お》された。

門《もん》をくぐっても、あれだけうるさかった少女《しょうじょ》たちの黄色《きいろ》い声《こえ》が聞《き》こえない。

美雪《みゆき》が去《さ》り、咲子《さきこ》が去《さ》り、咲子《さきこ》の件《けん》でショックを受《う》けた奏絵《かなえ》も去《さ》り、ひかるは一人《ひとり》になった。

幕間《まくあい》　生徒会室《せいとかいしつ》にて③

キラキラとシャンデリアがきらめく下《した》、生徒会《せいとかい》のメンバーが集《あつ》まっている。

しかし、メンバーの顔《かお》は皆一様《みないちよう》に暗《くら》く、その華《はな》やかな部屋《へや》には似《に》つかわしくない。

それもそのはず、とうとう学園《がくえん》の休校《きゅうこう》が決《き》まってしまったのだから。

四人《よんにん》も被害者《ひがいしゃ》を出《だ》してしまい、これ以上《いじょう》被害《ひがい》を広《ひろ》げるわけにはいかなかった。

「まさか、一番《いちばん》出《で》て行《い》って欲《ほ》しかったひかるちゃんが島《しま》に残《のこ》るなんてね」

昴《すばる》は生徒会《せいとかい》メンバー四人《よんにん》の顔《かお》を見回《みまわ》すとそう切《き》り出《だ》した。

四人《よんにん》は昴《すばる》が何《なに》を言《い》い出《だ》すのかと次《つぎ》の言葉《ことば》を待《ま》っている。

「僕《ぼく》は、ひかるちゃんを守《まも》るために、彼女《かのじょ》を生徒会《せいとかい》に入《い》れようと思《おも》う」

「なんですって？」

声《こえ》を上《あ》げたのは緑山《みどりやま》さおりだ。

「生徒会《せいとかい》に入《い》れるなんて、どうして昴《すばる》はそこまであの子《こ》にこだわるの？」

さおりは座《すわ》っていたソファから立《た》ち上《あ》がった。怒《いか》りに震《ふる》える彼女《かのじょ》を、昴《すばる》は普段《ふだん》からは考《かんが》えられない冷《ひ》ややかさで見返《みかえ》した。

「ひかるちゃんはまた狙《ねら》われる可能性《かのうせい》が高《たか》い」

「狙《ねら》われるって……」

「今《いま》までもこれからも、犯人《はんにん》の一番《いちばん》のターゲットはひかるちゃんだ。今《いま》は多分《たぶん》、彼女《かのじょ》を追《お》い詰《つ》めて楽《たの》しんでる。だから、彼女《かのじょ》の親《した》しい人《ひと》ばかり狙《ねら》うんだ」

たしかに、最初《さいしょ》の事件《じけん》以外《いがい》、被害者《ひがいしゃ》はひかるの友人《ゆうじん》ばかりだった。

「まるで、犯人《はんにん》に検討《けんとう》がついているみたいな言《い》い方《かた》ね」

「いや、全《まった》くわからない。でも、学園内《がくえんない》の人間《にんげん》で、少《すく》なくともひかるちゃんの交友関係《こうゆうかんけい》を把握《はあく》している人物《じんぶつ》であることは間違《まちが》いない。例《たと》えば……、泉《いずみ》とか、煌《こう》とかも、ね」

そう言《い》うと、昴《すばる》は相変《あいか》わらずソファに寝《ね》そべっている泉《いずみ》と、仏頂面《ぶっちょうづら》で窓枠《まどわく》に腰《こし》かけている煌《こう》を交互《こうご》に見《み》た。

「そうかなぁ。僕《ぼく》はひかるちゃんのお友達《ともだち》とかよくわからないけど。だったら、いつもあの子《こ》のこと気《き》にかけてる昴《すばる》とか、同《おな》じクラスの煌《こう》の方《ほう》がよっぽど知《し》ってるよね？」

泉《いずみ》はにこっと笑《わら》うとそう言《い》った。

「うん、そうだね」

昴《すばる》もあっさりと笑《わら》い返《かえ》す。

「だからといって、黒川《くろかわ》を生徒会《せいとかい》に入《い》れる理由《りゆう》にならないだろ？」

そう言《い》って昴《すばる》を睨《にら》んだのは貘《ばく》だ。

生徒会《せいとかい》メンバーに選《えら》ばれるには、厳《きび》しい条件《じょうけん》がある。

容姿端麗《ようしたんれい》、成績優秀《せいせきゆうしゅう》、そして名家《めいか》の子女《しじょ》であること。

――そしてもう一《ひと》つ、絶対《ぜったい》に外《はず》せない条件《じょうけん》が。

しかし、昴《すばる》はそんな貘《ばく》を見《み》て小《ちい》さく笑《わら》った。

「ひかるちゃんは、本当《ほんとう》はここにいる誰《だれ》よりも生徒会《せいとかい》メンバーにふさわしいんだよ」

「それってさぁ、ひかるちゃんがやたらといい匂《にお》いするのと関係《かんけい》あるんでしょ？　そろそろ、隠《かく》してること、教《おし》えてくれない？」

泉《いずみ》がたずねると、他《ほか》の三人《さんにん》は一斉《いっせい》に昴《すばる》の顔《かお》を見《み》た。

第四章《だいよんしょう》　犯人《はんにん》の正体《しょうたい》

寮《りょう》に残《のこ》ることになったひかるは、島《しま》の残留組《ざんりゅうくみ》と一緒《いっしょ》にラウンジでお茶《ちゃ》を飲《の》んでいた。

向《む》かい側《がわ》には古林月子《こばやしつきこ》が座《すわ》っている。

月子《つきこ》は人付《ひとつ》き合《あ》いが苦手《にがて》なタイプらしくクラスでも一人《ひとり》でいることが多《おお》かったが、「なるべく一人《ひとり》にならないで、みんなで一緒《いっしょ》にいよう」とひかるが声《こえ》をかけた。

ノートの一件《いちけん》以来《いらい》なんとなく敬遠《けいえん》されているような気《き》がしていたが、こうして素直《すなお》に応《おう》じてくれたところを見《み》ると、嫌《きら》われているわけではなさそうだ。

ラウンジにいるのは特待生《とくたいせい》を中心《ちゅうしん》に十二人《じゅうににん》。多《おお》くの少女《しょうじょ》たちはおしゃべりに花《はな》を咲《さ》かせている。その内容《ないよう》はほとんどがヴァンパイアの噂《うわさ》についてだ。

実《じつ》は、ひかるが第四《だいよん》の被害者《ひがいしゃ》であることは、皆《みな》知《し》らない。

知《し》っているのは教師陣《きょうしじん》と生徒会《せいとかい》メンバーだけで、他《ほか》の生徒《せいと》たちはひかるが病院《びょういん》に運《はこ》ばれたことにも気《き》づいていない。

隣《となり》のテーブルの会話《かいわ》の中《なか》で、「本当《ほんとう》にヴァンパイアに会《あ》ったらどうするか」などというのが聞《き》こえてきた。

島《しま》に残《のこ》ることにした寮生《りょうせい》たちも、やはり怖《こわ》い気持《きも》ちもあるのだろう。外出《がいしゅつ》はできないし、少女《しょうじょ》たちはほぼ寮《りょう》に軟禁状態《なんきんじょうたい》で暇《ひま》を持《も》て余《あま》している。

だったら……。ひかるは立《た》ち上《あ》がって声《こえ》を張《は》り上《あ》げた。

「ねえ、みんなでヴァンパイア撃退《げきたい》グッズを作《つく》らない？」

「ヴァンパイア撃退《げきたい》グッズ？」

周《まわ》りのみんなが驚《おどろ》きの声《こえ》を上《あ》げる。

「私《わたし》ヴァンパイアの生態《せいたい》を調《しら》べたの！」

ひかるは手元《てもと》にある本《ほん》を頭《あたま》の上《うえ》に掲《かか》げ、皆《みな》に見《み》えるように回《まわ》した。

本《ほん》のタイトルは、『絵《え》で見《み》るヴァンパイア図鑑《ずかん》』だ。

「どうやら奴《やつ》ら、銀細工《ぎんさいく》とか十字架《じゅうじか》が苦手《にがて》らしいの！　あと、にんにくも！」

「あなた……、勉強《べんきょう》はできるのに、考《かんが》えることは幼稚《ようち》なのね」

古林月子《こばやしつきこ》がかなり呆《あき》れたような顔《かお》でそう言《い》った。

「だいたい私《わたし》たち、ヴァンパイアなんて信《しん》じてないし」

「え？　そうなの？　私《わたし》はいると思《おも》うけど」

「いるいる！　私《わたし》もいると思《おも》う！」

皆《みな》が勝手《かって》に発言《はつげん》し始《はじ》めて、ラウンジ全体《ぜんたい》でヴァンパイア談議《だんぎ》になった。

「私《わたし》は昴《すばる》さまになら血《ち》を吸《す》われてもいいな」

「私《わたし》は煌《こう》さま。自分《じぶん》からすすんであげちゃうかも」

わけのわからない言葉《ことば》も聞《き》かれ始《はじ》め、ひかるはあらためて提案《ていあん》した。

「ヴァンパイアなんていないかもしれないし、グッズも効《き》かないかもしれないけど、持《も》ってれば気休《きやす》めくらいにはなるでしょう？　ねぇ、みんなで作《つく》ろうよ！」

「面白《おもしろ》い……かも？」

「そうだね……、どうせ暇《ひま》だし……」

面白《おもしろ》がって賛同《さんどう》してくれる人《ひと》も現《あらわ》れ、ひかるはそんな子《こ》たちと一緒《いっしょ》にグッズを作《つく》り始《はじ》めた。

するとそれを見《み》てまた面白《おもしろ》いと思《おも》った人《ひと》が加《くわ》わり、輪《わ》が広《ひろ》がっていく。

結局《けっきょく》そこにいたほとんどの生徒《せいと》が加《くわ》わり、ラウンジは一種《いっしゅ》の手芸教室《しゅげいきょうしつ》のようになった。

文句《もんく》を言《い》いながらも月子《つきこ》も参加《さんか》していて、ひかるはこっそりうれしくなったのだった。

◆

「黒川《くろかわ》さん、言《い》い出《だ》しっぺのわりには進《すす》んでないよね」

ひかるの手元《てもと》を見《み》ながら月子《つきこ》が呆《あき》れたようにそう言《い》った。

「うん、実《じつ》は私《わたし》、細《こま》かい作業苦手《さぎょうにがて》なんだよね」

「苦手《にがて》なのに提案《ていあん》したの？」

「みんなの気晴《きば》らしにもなるかなぁと思《おも》って」

そう言《い》いながらひかるが月子《つきこ》の方《ほう》を見《み》ると、彼女《かのじょ》の前《まえ》には厚紙《あつがみ》で作《つく》られた十字架《じゅうじか》が綺麗《きれい》に並《なら》んでいる。

「え、すごい月子《つきこ》さん。早《はや》いし綺麗《きれい》！　器用《きよう》なんだね」

「このくらい普通《ふつう》でしょ？」

そうは答《こた》えたが、褒《ほ》められた月子《つきこ》は満更《まんざら》じゃなさそうだ
正直《しょうじき》、ひかるは手芸《しゅげい》や裁縫《さいほう》は苦手《にがて》だ。体《からだ》を動《うご》かす方《かた》ならば得意《とくい》なのだけれど。

感心《かんしん》したように月子《つきこ》を見《み》ていたら、彼女《かのじょ》はひかるの前《まえ》にスッと手《て》を出《だ》した。

「貸《か》して。難《むずか》しいところやってあげる」

「え、いいの？」

「うん。そのかわり、今日《きょう》の課題答《かだいこた》え合《あ》わせしよう。ひかるさん」

月子《つきこ》が恥《は》ずかしげにひかるを名前《なまえ》で呼《よ》んだ。

「うん！」

ひかるは嬉《うれ》しそうに元気《げんき》な声《こえ》で答《こた》えるのだった。


グッズ作《つく》りが一段落《いちだんらく》したところで、ひかるはラウンジを見回《みまわ》した。

「どうしたの？」

訝《いぶか》しげに月子《つきこ》がたずねる。

「うん……、人数《にんずう》が足《た》りないと思《おも》って。島《しま》に残《のこ》る子《こ》って、もっといた気《き》がして」

「ああ、『桃谷《ももや》ガールズ』の人達《ひとたち》じゃない？　泉《いずみ》さまに会《あ》いに行《い》ってるんでしょう。こんな時《とき》なのに」

「『桃谷《ももや》ガールズ』……」

ひかるは呟《つぶや》いた。

調《しら》べるタイミングを逃《のが》してしまったが、やはり一番怪《いちばんあや》しいのは桃谷《ももや》だと思《おも》う。

昴《すばる》にはごまかされてしまった、あの首筋《くびすじ》の痕《あと》。

あの痕《あと》が、どうしても引《ひ》っかかる。

ひかるは「ちょっと忘《わす》れ物《もの》とってくる！」と言《い》うとラウンジを飛《と》び出《だ》した。

「ちょっとひかるさん、一人《ひとり》になっちゃだめだよ！」

「まだ明《あか》るいから大丈夫《だいじょうぶ》！」

呼《よ》び止《と》めようとした月子《つきこ》に、ひかるはそう言《い》って手《て》を振《ふ》り返《かえ》した。


ひかるが向《む》かったのは『桃谷《ももや》クラブ』だ。

昴《すばる》はああ言《い》っていたけれど、もう、本人《ほんにん》に聞《き》くしかないと思《おも》った。

向《む》かう途中《とちゅう》、あきらかに『桃谷《ももや》クラブ』の子《こ》だろうと思《おも》われる女生徒《じょせいと》とすれ違《ちが》ったが、彼女《かのじょ》は何《なに》やら顔《かお》を上気《じょうき》させていて、ひかるの方《ほう》に目《め》もくれずに歩《ある》いている。

部室棟《ぶしつとう》の校舎《こうしゃ》に入《はい》ると、ひかるは真《ま》っ直《す》ぐに『桃谷《ももや》クラブ』に向《む》かった。

そしてドアの前《まえ》まで来《く》ると一《ひと》つ深呼吸《しんこきゅう》をして、ノックもせずにドアを開《あ》ける。

もしかして鍵《かぎ》がかかっているかと思《おも》ったが、簡単《かんたん》に押《お》し開《あ》けることができた。開《ひら》いた先《さき》にはもう一枚《いちまい》ドアがあって、ひかるはそれも思《おも》い切《き》り開《あ》けた。

「…………!!」

ドアの向《む》こうには、驚《おどろ》くような光景《こうけい》が広《ひろ》がっていた。

部屋《へや》の一番奥《いちばんおく》にピンク頭《あたま》の男《おとこ》が座《すわ》っていて、その膝《ひざ》にまるで抱《だ》き合《あ》うように女《おんな》の子《こ》が座《すわ》っている。

そして、女《おんな》の子《こ》の襟元《えりもと》は露《あら》わになっていて……

彼はその首筋《くびすじ》に顔《かお》を埋《う》めていた。

言葉《ことば》もなくして呆然《ぼうぜん》と立《た》っているひかるの方《ほう》へ、その彼《かれ》……桃谷《ももや》が目《め》を向《む》けた。

その瞳《ひとみ》は、赤《あか》く輝《かがや》いている。

桃谷《ももや》の元《もと》の瞳《ひとみ》の色《いろ》は空色《そらいろ》のはずだ。その赤《あか》い瞳《ひとみ》を見《み》た瞬間《しゅんかん》、ひかるの頭《あたま》にある光景《こうけい》がフラッシュバックするように蘇《よみがえ》った。

あの日《ひ》、こんな風《ふう》に、赤《あか》い瞳《ひとみ》の男《おとこ》がひかるの首筋《くびすじ》に牙《きば》を立《た》てていた。

そう、黒《くろ》い髪《かみ》が近《ちか》づいてきて、目《め》が赤《あか》く光《ひか》って……

黒《くろ》い髪《かみ》……？　桃色《ももいろ》ではなくて……？

（じゃああれは、桃谷《ももや》さんではない？　でも闇《やみ》の中《なか》だったたから黒《くろ》っぽくみえたのかも。で

も……？　いや、そんなはず……）

混乱《こんらん》するひかるを尻目《しりめ》に、桃谷《ももや》はゆっくりと女《おんな》の子《こ》の首筋《くびすじ》から顔《かお》を上《あ》げた。

「あーあ、見《み》られちゃった。野暮《やぼ》だねぇ、ひかるちゃん」

その言《い》い方《かた》があまりにものんびりとしていて、ひかるの背筋《せすじ》に冷《つめ》たいものが走《はし》った。

桃谷《ももや》の口《くち》からは牙《きば》のような鋭《するど》い歯《は》がのぞいていて、少《すこ》し血《ち》が付《つ》いているようにも見《み》える。

「……行《い》っていいよ。バイバイ、気《き》をつけてお帰《かえ》り」

桃谷《ももや》が女《おんな》の子《こ》に声《こえ》をかけると、女《おんな》の子《こ》は熱《ねっ》に浮《う》かされたようなほわほわとした足取《あしど》りでドアの方《ほう》へ向《む》かった。

ひかるはその女《おんな》の子《こ》の背中《せなか》を見送《みおく》った。そ

して桃谷《ももや》の方《ほう》へ視線《しせん》を戻《もど》す。

「……桃谷《ももや》さんは、ヴァンパイアなんですか？」

「うん、そう。僕《ぼく》、ヴァンパイアなの」

ひかるの問《と》いに、桃谷《ももや》は素直《すなお》にうなずいた。

あまりにもあっけらかんとしていて、まるで昨日《さのう》の天気《てんき》でも聞《き》いたみたいだ。

「それにしてもひかるちゃんは勇気《ゆうき》があるんだねぇ。こんなところに、一人《ひとり》で入《はい》って来《き》て」

立《た》ち上《あ》がった桃谷《ももや》がひかるに近《ちか》づいてくる。

ひかるは後《あと》ずさりながら、さらにたずねた。

「連続吸血犯《れんぞくきゅうけつはん》の犯人《はんにん》は、桃谷《ももや》さんなんですか？」

「んー、ひかるちゃんはどう思《おも》う？」

わからない。ひかるを襲《おそ》ったのは桃谷《ももや》ではないのだろうか。

一歩《いっぽ》下《さ》がったひかるとの間《あいだ》を、桃谷《ももや》が詰《つ》める。

きらりと桃谷《ももや》の赤《あか》い瞳《ひとみ》が光《ひか》って、口元《くちもと》から牙《きば》が見《み》えた。

（やばい……！）

「悪霊退散《あくりょうたいさん》！」

ひかるはポケットに手《て》を突《つ》っ込《こ》むと、取《と》り出《だ》したものを桃谷《ももや》に向《む》けた。

さっき段《だん》ボールとアルミホイルで手作《てづく》りした十字架《じゅうじか》だ。

「何《なに》それ、面白《おもしろ》いもの持《も》ってるねえ。でもそういうの、僕《ぼく》には効《き》かないんだよね」

桃谷《ももや》はさらに距離《きょり》を詰《つ》めてくる。

ひかるは今度《こんど》は小《ちい》さな守《まも》り袋《ぶくろ》のようなものを出《だ》した。

「うわ、臭《くさ》い。何《なに》それ、にんにく？」

桃谷《ももや》は嫌《いや》そうに眉《まゆ》をひそめたが、特《とく》に怖《こわ》がっている様子《ようす》はなさそうだ。

（図鑑《ずかん》の嘘《うそ》つき！）

ひかるは後《あと》ずさる。このまま走《はし》って逃《に》げようと考《かんが》えたところで、桃谷《ももや》の手《て》が上《あ》がって、ひかるの頬《ほお》に近《ちか》づいてくる。

（もう、だめ！）

振《ふ》り向《む》いて逃《に》げようとした瞬間《しゅんかん》、ドンッと額《ひたい》に何《なに》かがぶつかった。

（何《なに》？）

見《み》ると、誰《だれ》かの胸《むね》が目《め》の前《まえ》にある。

顔《かお》を上《あ》げると、そこにいたのは墨島昴《すみじますばる》だった。

「昴《すばる》さん……！」

「ひかるちゃん」

ひかるは昴《すばる》の腕《うで》を掴《つか》んで声《こえ》を張《は》り上《あ》げた。

「昴《すばる》さん！　桃谷《ももや》さんがヴァンパイアです！」

「何《なん》だって？」

昴《すばる》はそう呟《つぶや》くとキッと桃谷《ももや》を睨《にら》みつけた。

「しょうがないじゃん、不可抗力《ふかこうりょく》、不可抗力《ふかこうりょく》」

桃谷《ももや》が唇《くちびる》を尖《とが》らせる。そのまま、昴《すばる》はとんでもないことを口《くち》にした。

「だから、もっと気《き》をつけろって言《い》っただろ。鍵《かぎ》もかけずに……」

「ごめんってば～」

二人《ふたり》の会話《かいわ》に、ひかるは衝撃《しょうげき》を受《う》けた。

だってまるで、昴《すばる》は最初《さいしょ》から桃谷《ももや》がヴァンパイアだと知《し》っていたかのようだ。

「昴《すばる》さんも……、グルだったんですか？」

「ひかるちゃん……」

昴《すばる》はしゅんと眉尻《まゆじり》を下《さ》げ、ひかるを見《み》つめた。

(やっぱりグルなんだ)

桃谷《ももや》はヴァンパイアで、昴《すばる》はそれを隠《かく》していた。二人《ふたり》の秘密《ひみつ》を、ひかるは知《し》ってしまった。

じゃあ、秘密《ひみつ》を知《し》ったひかるにこの後起《あとお》こることは？

後《あと》ずさると、昴《すばる》がひかるの腕《うで》を掴《つか》もうとした。その手《て》を、ひかるが振《ふ》り払《はら》う。

「ひかるちゃん……、待《ま》って、聞《き》いて」

振《ふ》り払《はら》われた手《て》を目《め》で追《お》って、昴《すばる》は懇願《こんがん》するようにそう言《い》った。

ひかるは大《おお》きく首《くび》を横《よこ》に振《ふ》った。

目《め》の前《まえ》にいるのはいつもの昴《すばる》だけど、彼《かれ》は連続吸血犯《れんぞくきゅうけつはん》の仲間《なかま》なのだ。

「ひかるちゃんには、もう少《すこ》し隠《かく》しておきたかったんだけど」

「隠《かく》す？　あんなに被害者《ひがいしゃ》が出《で》てるのに？」

「違《ちが》う、そうじゃなくて、」

「最低《さいてい》です昴《すばる》さん！　みんなを傷《きず》つけた犯人《はんにん》を庇《かば》うなんて！」

「いやだから、聞《き》いてひかるちゃん」

「自首《じしゅ》してください、桃谷先輩《ももやせんぱい》。今《いま》ならまだ間《ま》に合《あ》います！」

興奮《こうふん》するひかるを、桃谷《ももや》は面白《おもしろ》そうに眺《なが》めている。昴《すばる》はそんなひかるを必死《ひっし》でなだめようとしていたが、ついにあきらめたようだった。

「もう、隠《かく》してはおけないな」

昴《すばる》は自嘲《じちょう》気味《きみ》に小《ちい》さく笑《わら》うと、ひかるから少《すこ》し距離《きょり》をとった。

「ひかるちゃん、誓《ちか》って君《きみ》に危害《きがい》を加《くわ》えたりしないから、僕《ぼく》の話《はなし》を聞《き》いてほしい」

そう言《い》うと昴《すばる》は両手《りょうて》を頭《あたま》の上《うえ》に挙《あ》げた。

絶対《ぜったい》に何《なに》もしないという意思《いし》表示《ひょうじ》なのだろう。

「僕《ぼく》も、それから泉《いずみ》もヴァンパイアなんだ」

「え……？」

その言葉《ことば》が呑《の》み込《こ》めなくて、ひかるは呆然《ぼうぜん》と昴《すばる》を見《み》つめた
「でも、誓《ちか》って、事件《じけん》の犯人《はんにん》なんかじゃない」

そう言《い》うと昴《すばる》は少《すこ》し口《くち》を開《あ》けて見《み》せた。

今《いま》まで見《み》えなかったのに、昴《すばる》の上唇《うわくちびる》から鋭《するど》い牙《きば》が二本《にぽん》見《み》える。

「……それ！」

「うん。便利《べんり》なものでね、普段《ふだん》は普通《ふつう》の人間《にんげん》と同《おな》じに見《み》えるんだ」

驚愕《きょうがく》に目《め》を見開《みひら》いたひかるに、昴《すばる》は寂《さび》しそうに小《ち》さく笑《わら》う。

「誤解《ごかい》しないで欲《ほ》しいんだけど、僕《ぼく》たちは人《ひと》を襲《おそ》って殺《ころ》したりしないよ。ヴァンパイアって種族《しゅぞく》なだけで、ちゃんと、人間社会《にんげんしゃかい》に溶《と》け込《こ》んで人間《にんげん》として生活《せいかつ》してるんだから」

「昴《すばる》さんが、ヴァンパイア……」

たしかに、昴《すばる》が自分《じぶん》に何《なに》か隠《かく》しているのはずっと感《かん》じていた。

でもこれでは、美雪《みゆき》たちを襲《おそ》った犯人《はんにん》を、昴《すばる》は庇《かば》っていたということになってしまう。

彼《かれ》も事件解決《じけんかいけつ》のために一生懸命《いっしょうけんめい》動《うご》いていると信《しん》じていたのに。

ひかるをいつも気《き》にかけてくれて、優《やさ》しく声《こえ》をかけてくれたのも、とびきりの笑顔《えがお》も、全部嘘《ぜんぶうそ》だったと言《い》うのだろうか。

「吸血《きゅうけつ》だって、むやみやたらになんかしないよ。ほとんどのヴァンパイアは善良《ぜんりょう》で誠実《せいじつ》な、人間《にんげん》と変《か》わらない生《い》き物《もの》なんだから」

昴《すばる》はそう言《い》って微笑《ほほえ》んだが、頭《あたま》の中《なか》が真《ま》っ白《しろ》で、言葉《ことば》がうまく入《はい》ってこない。

この学園《がくえん》で一番頼《いちばんたよ》りにしていたはずの昴《すばる》。成績《せいせき》も優秀《ゆうしゅう》で、悪《わる》い冗談《じょうだん》を言《い》うような性格《せいかく》じゃないことはひかるもよくわかっている。そんな彼《かれ》が、ヴァンパイアなんて非科学的《ひかがくてき》なことを言《い》い出《だ》すなんて。

(でも)

桃谷《ももや》がヴァンパイアであることはたしかだ。白分《じぶん》の目《め》ではっきりと見《み》たのだから。

それに。

ひかるはあの夜《よる》のことを思《おも》い出《だ》していた。自分《じぶん》の首筋《くびすじ》に牙《きば》が触《ふ》れた確《たし》かな感覚《かんかく》を。

「ほとんどのヴァンパイアって……。まさか、お二人《ふたり》以外《いがい》にもいるってことですか?」

「あー……。実《じつ》は」

昴《すばる》は言《い》いにくそうに、けれど最後《さいご》にはあっさりと口《くち》にした。

「生徒会《せいとかい》のメンバーは全員《ぜんいん》ヴァンパイアなんだ。獏《ばく》とさおりは混血《こんけつ》なんだけどね」

(生徒会《せいとかい》、全員《ぜんいん》?)

衝撃《しょうげき》の言葉《ことば》に、ひかるは再度《さいど》固《かた》まった。

ここにいる昴《すばる》と桃谷《ももや》だけではなく、藍崎煌《あいざきこう》も青野獏《あおのばく》も緑川《みどりかわ》さおりも。

(全員《ぜんいん》ヴァンパイア!?)

一瞬《いっしゅん》気《き》が遠《とお》くなりそうになったが、なんとか踏《ふ》ん張《ば》る。

「えっと……、冗談《じょうだん》言《い》ってるんですよね? みんながヴァンパイアだなんて。だってヴァンパイアなんているわけないし。そう、いるわけない……」

認《みと》めつつあったヴァンパイアの存在《そんざい》を否定《ひてい》することで、ひかるは平常心《へいじょうしん》を保《たも》とうとした。

「だって昴《すばる》さんと私《わたし》は、はとこなんだから、昴《すばる》さんがヴァンパイアなんておかしいよね……」

「そうなんだ。だから、ひかるちゃんにもヴァンパイアの血《ち》が流《なが》れてるんだよね」

「……………え？」

「ひかるちゃんはヴァンパイアと人間《にんげん》の混血《こんけつ》なんだ」

「………………」

ひかるは今度《こんど》こそぶっ倒《たお》れた。

もうキャパオーバーで、オーバーヒートしたのだ。

幕間《まくあい》　生徒会室《せいとかいしつ》にて④

「かわいそうに……よっぽどショックだったんだね……」

目《め》の前《まえ》ですやすや眠《ねむ》るひかるを見《み》て、昴《すばる》はそう呟《つぶや》いた。

『桃谷《ももや》クラブ』で倒《たお》れたひかるは今《いま》、生徒会室《せいとかいしつ》のソファに寝《ね》かされている。

（まあ……、そうなるよな……）

目《め》の前《まえ》で吸血《きゅうけつ》シーンを見《み》たうえ、君《きみ》もヴァンパイアの混血《こんけつ》だなんて言《い》われたのだ。

いくら気丈《きじょう》でしっかりしているひかるでも、ものすごくショックだっただろう。

『桃谷《ももや》クラブ』で倒《たお》れたひかるをどうしようかと話《はな》している時《とき》、煌《こう》が部室《ぶしつ》に飛《と》び込《こ》んできた。

そして煌《こう》は彼女《かのじょ》を見《み》るなり、自分《じぶん》がはこぶと言《い》い出《だ》したのだ。

まあ、たしかに三人《さんにん》の中《なか》で一番力《いちばんちから》が強《つよ》いのは煌《こう》だ。

煌《こう》は軽々《かるがる》と彼女《かのじょ》を抱《だ》き上《あ》げると、お姫様抱《ひめさまだ》っこで生徒会室《せいとかいしつ》まではこんだ。

学園《がくえん》が休校《きゅうこう》で良《よ》かった。煌《こう》のファンたちが見《み》たら、きっと卒倒《そっとう》したことだろう。

（いい加減《かげん》起《お》こさないとな……）

もう空《そら》も薄暗《うすぐら》くなってきた。

寮《りょう》に連絡《れんらく》は入《い》れてあるが、それでもひかるの学友《がくゆう》たちは心配《しんぱい》することだろう。

昴《すばる》はひかるの傍《かたわ》らに置《お》かれている十字架《じゅうじか》と袋《ふくろ》を見《み》て苦笑《くしょう》した。桃谷《ももや》の話《はなし》では、手作《てづく》りのヴァンパイア撃退《げきたい》グッズらしい。

（僕《ぼく》たちには全然効《ぜんぜんき》かないんだけどね……）

煌《こう》などは、さっきまで十字架《じゅうじか》を手《て》にとって眺《なが》めていた。

それで、「下手《へた》くそ」なんて呟《つぶや》いていたが。

部屋《へや》も薄暗《うすぐら》くなってきたので灯《あか》りをつけると、ひかるが眩《まぶ》しそうに目《め》をあけた。

「あれ……、私《わたし》……！」

ひかるは寝《ね》た姿勢《しせい》のままぐるりと目《め》を回《まわ》すと、そのまま勢《いきお》いよく起《お》き上《あ》がった。

「ダメよ、急《きゅう》に起《お》き上《あ》がっちゃ」

そうたしなめるように言《い》ったのはさおりだ。あれほどひかるを目《め》の敵《かたき》にしていたさおりだったが、倒《たお》れた少女《しょうじょ》を気遣《きづか》う優《やさ》しさはあるらしい。昴《すばる》に彼女《かのじょ》の血筋《ちすじ》について聞《き》いたのも理由《りゆう》だろう。

いつの間《あいだ》にかペットボトルの水《みず》を用意《ようい》していた煌《こう》が黙《だま》ってそれをひかるに渡《わた》した。

煌《こう》はなんというか、ひかるには優《やさ》しい気《き》がする。

それはもしかしたら、ひかるが持《も》つ、彼女《かのじょ》もまだ知《し》らないもう一《ひと》つの血筋《ちすじ》のせいかもしれない。

水《みず》を飲《の》んでだんだん意識《いしき》がはっきりしてきたらしいひかるが、昴《すばる》と目《め》を合《あ》わせた。

瞳《ひとみ》に、あきらかに戸惑《とまど》いの色《いろ》が浮《う》かんでいる。

はとこの昴《すばる》がヴァンパイアで、彼女自身《かのじょじしん》にもヴァンパイアの血《ち》が流《なが》れていると言《い》われたことを思《おも》い出《だ》したのだろう。

しかし彼女《かのじょ》はもう先程《さきほど》のように取《と》り乱《みだ》したりはしなかった。

普通《ふつう》の女《おんな》の子《こ》なら、そんなことを言《い》われてすぐに冷静《れいせい》にはなれないだろう。

昴《すばる》だって、本当《ほんとう》はこんな風《ふう》に打《う》ち明《あ》けるつもりはなかった。

時間《じかん》をかけて墨島家《すみじまけ》のことや、彼女《かのじょ》のもう一《ひと》つの血筋《ちすじ》のことを教《おし》え、それから彼女自身《かのじょじしん》がヴァンパイアの混血《こんけつ》であることを伝《つた》えるつもりだった。

ひかるは水《みず》を一口《ひとくち》飲《の》むと、周囲《しゅうい》を見回《みまわ》した。

ひかるを囲《かこ》むように、昴《すばる》、煌《こう》、さおりがいて、その後《うし》ろに泉《いずみ》、そして少《すこ》し離《はな》れた椅子《いす》に貘《ばく》が座《すわ》っている。

「……ここにいる全員《ぜんいん》ヴァンパイアって、本当《ほんとう》なんですか？」

「そうよ」

さおりはそう言《い》うとそっとひかるの手《て》を握《にぎ》った。

「昴《すばる》、煌《こう》、泉《いずみ》はヴァンパイアの純血種《じゅんけつしゅ》で、貘《ばく》と私《わたし》は混血種《こんけつしゅ》。でも昴《すばる》が言《い》ったように、絶対《ぜったい》にあなたに危害《きがい》は加《くわ》えないわ」

心配《しんぱい》そうに見《み》つめるさおり。その態度《たいど》の変化《へんか》に戸惑《とまど》った様子《ようす》だったが、ひかるはやがて小《ちい》さく頷《うなず》いた。

外《そと》はだいぶ暗《くら》くなった。

「今日《きょう》はもう遅《おそ》いから、また明日《あすは》話《はな》そうか」

昴《すばる》はそう言《い》ったのだが、ひかるは頭《あたま》を振《ふ》った。

「今話《いまはな》してください。このまま帰《かえ》っても今晩《こんばん》眠《ねむ》れそうにありませんから。それに、今夜《こんや》だって、事件《じけん》が起《お》きるかもしれないでしょう？」

ひかるはもう起《お》き上《あ》がっていて、生徒会室《せいとかいしつ》の豪華《ごうか》なソファに座《すわ》っていた。

先程《さきほど》暴露《ばくろ》して全員《ぜんいん》がヴァンパイアだと承知《しょうち》しているだろうに、怯《おび》えた顔《かお》も見《み》せず、ただ

真《ま》っ直《す》ぐに昴《すばる》の目《め》を見《み》つめている。

（ほんと、気丈《きじょう》な子《こ》だな、ひかるちゃんは）

絶対《ぜったい》に怖《こわ》くて仕方《しかた》ないだろうに、それでも真実《しんじつ》を知《し》りたくてここにいる。

「そうか。じゃあ、話《はな》そうか。まずは、ヴァンパイアについて……」

昴《すばる》はそう言《い》うと、少《すこ》しだけ微笑《ほほえ》んだ。

◆

どのくらい昔《むかし》からなのかわからないが、遥《はる》か昔《むかし》から、ヴァンパイアは日本《にほん》に住《す》みついていた。

彼《かれ》らは人間《にんげん》を襲《おそ》って吸血《きゅうけつ》し、最後《さいご》には殺《ころ》してしまう怪物《かいぶつ》のように思《おも》われているが、実際《じっさい》はそうではない。

そういう輩《やから》は一部《いちぶ》であって、大多数《だいたすう》のヴァンパイアは理性《りせい》と知性《ちせい》を兼《か》ね備《そな》え、自分《じぶん》が生《い》きていくうえで足《た》りるだけの血液《けつえき》を人間《にんげん》からいただき、感謝《かんしゃ》しながら生《い》きてきた。

怪物《かいぶつ》として恐《おそ》れられ、迫害《はくがい》されるよりも、人間社会《にんげんしゃかい》に溶《と》け込《こ》み、表向《おもてむ》きは普通《ふつう》の人間《にんげん》として生活《せいかつ》することを選《えら》んだのだ。

人間《にんげん》よりはるかに高《たか》い知能《ちのう》と身体能力《しんたいのうりょく》を有《ゆう》するヴァンパイアは当然《とうぜん》のように人間社会《にんげんしゃかい》でも成功《せいこう》し、巨万《きょまん》の富《とみ》を築《きず》いてきた。

そして、この国《くに》でヴァンパイア界《かい》のトップにいるのが、墨島家《すみじまけ》だ。

墨島家《すみじまけ》はかつては国内有数《こくないゆうすう》の財閥《ざいばつ》で、今《いま》も大企業《だいきぎょう》として巨大《きょだい》グループを形成《けいせい》しあらゆる分野《ぶんや》で日本経済《にほんけいざい》を牽引《けんいん》している。

そんな墨島家《すみじまけ》が作《つく》ったのが、この墨島学園《すみじまがくえん》だった。


「――学園《がくえん》はヴァンパイア・コミュニティの一《ひと》つなんだよね」

昴《すばる》の言葉《ことば》に、ひかるは「コミュニティ？」と繰《く》り返《かえ》した。

「墨島家《すみじまけ》がヴァンパイアのために作《つく》ったものだよ。日本《にっぽん》にいるヴァンパイアの子供《こども》は、みんなこの学園《がくえん》に入学《にゅうがく》して、ここで守《まも》られて、人間社会《にんげんしゃかい》で暮《く》らしていく方法《ほうほう》を学《まな》ぶ」

「じゃあ、私《わたし》が知《し》らないだけでこの島《しま》にはたくさんのヴァンパイアがいるの？」

「たくさんっていうほどじゃないかな。ヴァンパイアって増《ふ》えづらいんだよね。特《とく》に純血種《じゅんけつしゅ》は生《う》まれにくいから」

何気《なにげ》なく語《かた》る昴《すばる》の言葉《ことば》を、実《じつ》はひかるはあまり飲《の》みこめていなかった。

自分自身吸血《じぶんじしんきゅうけつ》までされたというのに、まだどうしてもおとぎ話《ばなし》にしか思《おも》えなくて、ついていけなかったのだ。

それに牙《きば》を見《み》ても、昴《すばる》たちのことをどうしてもヴァンパイアだとは思《おも》えない。

今《いま》まで関《かか》わってきて、優秀《ゆうしゅう》で容姿端麗《ようしたんれい》であること以外《いがい》、自分《じぶん》とそれほど変《か》わらないように感《かん》じていたから。

「それに、吸血《きゅうけつ》が必要《ひつよう》なヴァンパイアは純血種《じゅんけつしゅ》だけなんだ」

「……その純血種《じゅんけつしゅ》ってなんですか？」

「両親《りょうしん》ともがヴァンパイアなこと。例《たと》えば、泉《いずみ》、煌《こう》、僕《ぼく》。それに対《たい》して、ヴァンパイアと人間《にんげん》の間《あいだ》に生《う》まれた者《もの》は混血種《こんけつしゅ》って呼《よ》ばれてる。生徒会《せいとかい》ではさおりと獏《ばく》。ひかるちゃんも、お母《かあ》さんが純血種《じゅんけつしゅ》でお父《とう》さんは人間《にんげん》だから、混血種《こんけつしゅ》だよ」

「私《わたし》のお母《かあ》さんは……、ヴァンパイアだったの？」

驚愕《きょうがく》の事実《じじつ》に、愕然《がくぜん》とするが、昴《すばる》はなんともあっけらかんと言《い》い放《はな》った。

「だってひかるちゃんのお母《かあ》さんは墨島家《すみじまけ》の直系《ちょっけい》だからね。墨島家《すみじまけ》の血統《けっとう》を守《まも》るためにヴァンパイア同士《どうし》で結婚《けっこん》させる予定《よてい》だったのに、使用人《しようにん》だったひかるちゃんのお父《とう》さんと駆《か》け落《お》ちしちゃったんだ。だから、おじいさんは怒《おこ》って勘当《かんどう》しちゃったって聞《き》いてるよ」

「お父《とう》さんは、墨島家《すみじまけ》の使用人《しようにん》……」

それも初耳《はつみみ》だ。

「ひかるちゃんのお父《とう》さんは人間《にんげん》だけど、来守《くるす》一族《いちぞく》っていう、これまたヴァンパイアに関《かん》係《けい》の深《ふか》い一族《いちぞく》の末裔《まつえい》なんだ」

昴《すばる》はそう言《い》うと、ヴァンパイアについての話《はなし》を続《つづ》けた。

「ヴァンパイア……と言《い》っても純血種《じゅんけつしゅ》だけだけど、僕《ぼく》らが吸血《きゅうけつ》するのは、生《い》きるのに必要《ひつよう》だからなんだ。定期的《ていきてき》に一定量《いっていりょう》の血液《けつえき》を摂取《せっしゅ》しないと、僕《ぼく》たちは極度《きょくど》の貧血《ひんけつ》と栄養《えいよう》失調《しっちょう》で動《うご》けなくなってしまう。それで昔《むかし》、血《ち》を供給《きょうきゅう》してくれていたのが来守《くるす》一族《いちぞく》だったんだ」

来守《くるす》一族《いちぞく》は、昔《むかし》、ある地方《ちほう》の山奥《やまおく》の村《むら》に固《かた》まって生活《せいかつ》していた一族《いちぞく》である。

そのころから来守《くるす》一族《いちぞく》の血《ち》は『極上《ごくじょう》の血《ち》』としてヴァンパイアに好《この》まれてきた。

その匂《にお》いはヴァンパイアを惹《ひ》きつけ、その味《あじ》は美味《びみ》で、少量《しょうりょう》の摂取《せっしゅ》でも事足《ことた》りた。『極《ごく》上《じょう》の血《ち》』を巡《めぐ》って、ヴァンパイア同士《どうし》で対立《たいりつ》することさえあった。

多《おお》くは共存《きょうぞん》を望《のぞ》むヴァンパイアだが、中《なか》には本能《ほんのう》のおもむくままに吸血《きゅうけつ》しようという考《かんが》え方《かた》の者《もの》もいる。人間《にんげん》はあくまで自分《じぶん》たちの餌《えさ》であり、吸血《きゅうけつ》し過《す》ぎて相手《あいて》が死《し》んでしまおうと構《かま》うことなく貪《むさぼ》り尽《つ》くす。そんな彼《かれ》らにとって来守一族《くるすいちぞく》は好物《こうぶつ》であり、絶好《ぜっこう》のおもちゃだった。

見《み》つけては追《お》いかけて狩《か》り、残虐《ざんぎゃく》に貪《むさぼ》り、殺《ころ》す。

その『はぐれもの』から来守一族《くるすいちぞく》を守《まも》る代価《たいか》として、墨島家《すみじまけ》をはじめとするヴァンパイアは来守一族《くるすいちぞく》と共存《きょうぞん》してきた。

ひかるの父《ちち》は墨島家《すみじまけ》に保護《ほご》され、仕《つか》えてきた『来守一族《くるすいちぞく》』の末裔《まつえい》だった。

「だからひかるちゃんて、たまらなくいい匂《にお》いするんだよね」

桃谷泉《ももやいずみ》がそう言《い》った。

可愛《かわい》らしく小首《こくび》を傾《かし》げてにっこり笑《わら》っているが、言《い》ってる内容《ないよう》は可愛《かわい》くない。

「じゃあ……、桃谷《ももや》さんだけじゃなくて、昴《すばる》さんも、藍崎《あいざき》くんも？」

さっき昴《すばる》は、吸血《きゅうけつ》するのは純血種《じゅんけつしゅ》だけで、そして純血種《じゅんけつしゅ》はこの三人《さんにん》だと言《い》っていた。

だったら……、この三人《さんにん》の中《なか》に連続吸血事件《れんぞくきゅうけつじけん》の犯人《はんにん》がいるのかもしれない。

「ひかるちゃん……僕《ぼく》たちはね、吸血行為《きゅうけつこうい》を薬《くすり》を飲《の》むことで代替《だいたい》しているんだ」

「薬《くすり》、ですか？」

「さっき話《はな》したように、僕《ぼく》たちは血《ち》をもらわないと生《い》きていけない。それで、藍崎製《あいざきせい》薬《やく》……煌《こう》の家《いえ》なんだけど、そこで、吸血《きゅうけつ》しなくても同等《どうとう》の栄養《えいよう》と満足《まんぞく》が得《え》られる薬《くすり》を開発《かいはつ》したんだ。僕《ぼく》たちはそれを『サプリ』って呼《よ》んでるんだけどね」

「それって、人間《にんげん》の血液《けつえき》から……？　もしかして……、特待生《とくたいせい》の献血《けんけつ》ってそのため？」

「うん……」

ひかるが煌《こう》の方《ほう》を見《み》ると、彼《かれ》は心底嫌《しんそこいや》そうに顔《かお》を歪《ゆが》めている。そんな煌《こう》を見《み》て、昴《すばる》は苦《く》笑《しょう》した。

「煌本人《こうほんにん》はさ、そういう、人間《にんげん》の血液《けつえき》から薬《くすり》を作《つく》る自分《じぶん》の家《いえ》の家業《かぎょう》が嫌《きら》いみたいだけど、僕《ぼく》たちが現代社会《げんだいしゃかい》で生《い》きるのにはどうしても必要《ひつよう》なんだ」

「でも……、桃谷《ももや》さんは吸血《きゅうけつ》するんですよね？」

ひかるが桃谷《ももや》の方《ほう》を見《み》ると、彼《かれ》はにっこり笑《わら》った。

「うん、僕《ぼく》は吸血《きゅうけつ》するよ。ヴァンパイアの本能《ほんのう》だからねぇ」

全《まった》く邪気《じゃき》のない、可愛《かわい》らしい笑顔《えがお》だ。

「ああ、もちろん襲《おそ》って吸血《きゅうけつ》したり、傷《きず》つけたりはしないよ？　僕《ぼく》はね、桃谷《ももや》クラブの女《おんな》の子《こ》たちから血《ち》をもらってるんだ」

「桃谷《ももや》クラブの……？　じゃあ、彼女《かのじょ》たちは桃谷《ももや》さんがヴァンパイアだって承知《しょうち》の上《うえ》で？」

「いや、彼女《かのじょ》たちは知《し》らないよ。ただ僕《ぼく》にマーキングされてると思《おも》ってるんじゃないかな」

「マ……、マーキング？」

なんとなく恥《は》ずかしい言葉《ことば》に、ひかるが赤《あか》くなる。

「ヴァンパイアの吸血行為《きゅうけつこうい》にはさ、治癒効果《ちゆこうか》とか、催眠効果《さいみんこうか》とかがあるんだよ。事件《じけん》にあった女《おんな》の子《こ》たちが、吸血《きゅうけつ》された前後《ぜんご》のことも犯人《はんにん》の顔《かお》も覚《おぼ》えていないのはそのせいなんだ。ひかるちゃんだって、襲《おそ》われた時《とき》の記憶《きおく》、曖昧《あいまい》なんでしょ？」

「……それは」

「だからさ、クラブの女《おんな》の子《こ》とは、僕的《ぼくてき》に言《い》えばギブ＆テイクなんだ。僕《ぼく》はマーキングと称《しょう》して彼女《かのじょ》たちからちょっとだけ吸血《きゅうけつ》させてもらう。彼女《かのじょ》たちは僕《ぼく》にマーキングされたって喜《よろこ》んでる。人間《にんげん》はほどよく吸血《きゅうけつ》されると新陳代謝《しんちんたいしゃ》が促進《そくしん》されるし、みんな、マーキングの後《あと》はお肌《はだ》つるつるだって言《い》ってたよ。僕《ぼく》もみんなも幸《しあわ》せになって、こんないいクラブないでしょ？」

（……何《なに》それ）

ひかるは胡乱《うろん》な目《め》を桃谷《ももや》に向《む》けたが、彼《かれ》は嬉《うれ》しそうにさらに笑《わら》った。

何気《なにげ》なく視線《しせん》を動《うご》かせば、緑山《みどりやま》さおりもひかると全《まった》く同《おな》じ目《め》で桃谷《ももや》を見《み》ている。

(でも、まあ………)

これで、桃谷《ももや》が犯人《はんにん》じゃないと昴《すばる》が断言《だんげん》していた意味《いみ》がなんとなくわかった。

たしかに、いつでも吸血《きゅうけつ》できる桃谷《ももや》が犯人《はんにん》とは思《おも》えない。

「わかってくれた？　ひかるちゃん。僕《ぼく》たちが犯人《はんにん》じゃないってこと」

昴《すばる》がひかるの顔《かお》をのぞきこむようにしてそう言《い》った。

でも、ひかるはそれにはうなずかなかった。

ひかるの中《なか》で犯人候補《はんにんこうほ》から外《はず》れたのは桃谷《ももや》だけだ。昴《すばる》や煌《こう》への疑惑《ぎわく》は残《のこ》るが、それはまだ胸《むね》にしまっておくことにして話《はなし》を続《つづ》ける。

「昴《すばる》さんの話《はなし》が本当《ほんとう》なら、この島《しま》にいる、生徒会以外《せいとかいいがい》の純血種《じゅんけつしゅ》のヴァンパイアが犯人《はんにん》だってことですよね？」

島《しま》は厳重《げんじゅう》に警備《けいび》されていて、見《み》つからずに外《そと》から入《はい》ってくるのは至難《しなん》の業《わざ》だ。島内《とうない》に犯《はん》人《にん》がいると考《かんが》えるのが妥当《だとう》だろう。

「そうだね。さっきも言《い》った通《とお》り、そこまで数《かず》が多《おお》いわけじゃないけど僕《ぼく》たち以外《いがい》の生徒《せいと》の他《ほか》、経営陣《けいえいじん》や教師《きょうし》なんかの大人《おとな》の中《なか》にも、純血種《じゅんけつしゅ》はいる。僕《ぼく》たちは、彼《かれ》らの中《なか》に『はぐれもの』がいると睨《にら》んでるんだ」

「はぐれもの……」

人間《にんげん》を狩《か》り、殺《ころ》すことをためらわないヴァンパイア。

「うん。僕《ぼく》たち墨島家傘下《すみじまけさんか》のヴァンパイアは、ヴァンパイアでありながら、異端《いたん》を捕《つか》まえるヴァンパイアハンターの仕事《しごと》も担《にな》っているからね」

「ヴァンパイアハンター？」

聞《き》きなれない言葉《ことば》に、ひかるは首《くび》を傾《かし》げた。

「そう。多《おお》くの善良《ぜんりょう》なヴァンパイアのために、そして僕《ぼく》たちが親愛《しんあい》の情《じょう》を抱《いだ》く人間《にんげん》の安全《あんぜん》を守《まも》るために、悪《わる》いヴァンパイアは排除《はいじょ》するんだ」

「排除《はいじょ》……」

これで、学園《がくえん》が、生徒会《せいとかい》が、頑《かたく》なに島《しま》に警察《けいさつ》を入《い》れないわけがわかった。

警察《けいさつ》が入《はい》ってきたらヴァンパイアの存在《そんざい》や墨島学園《すみじまがくえん》の秘密《ひみつ》が暴《あば》かれてしまう。

彼《かれ》らはなんとしても自分《じぶん》たちの手《て》で犯人《はんにん》を捕《つか》まえ、裁《さば》かなくてはならないのだ。

「……ここまでの話《はなし》、理解《りかい》してくれた？」

「あの、私《わたし》には本当《ほんとう》にヴァンパイアの血《ち》が流《なが》れてるんですか？」

これまで、自覚《じかく》できるような何《なに》かを感《かん》じたことはない。だから信《しん》じられなかった。

「そうだよ。それに、ひかるちゃんはもう、ヴァンパイアを見分《みわ》けてるはず」

「……私《わたし》が？　見分《みわ》けてる……？」

「うん、例《たと》えばさ、これとか……」

昴《すばる》はひかるの手《て》を取《と》ると軽《かる》く握手《あくしゅ》した。最初《さいしょ》ひんやり感《かん》じたのに、すぐにじわじわと熱《ねつ》が伝《つた》わって、まるで電気《でんき》が流《なが》れこんできたかのように熱《あつ》く感《かん》じる。

（そういえば、初《はじ》めて昴《すばる》さんと会《あ》った時《とき》も……）

ひかるは昴《すばる》との出会《であ》いを思《おも》い出《だ》した。

握手《あくしゅ》した昴《すばる》の手《て》から熱《ねつ》を感《かん》じ、慌《あわ》てて離《はな》したことがあった。

「僕《ぼく》たちは低体温気味《ていたいおんきみ》なんだけど、同族《どうぞく》で触《ふ》れ合《あ》うと熱《ねつ》を感《かん》じるというか……。特《とく》に混血《こんけつ》種《しゅ》は純血種《じゅんけつしゅ》と触《ふ》れ合《あ》うと熱《あつ》く感《かん》じるみたいだね」

たしかに桃谷《ももや》泉《いずみ》と握手《あくしゅ》した時《とき》も犯人《はんにん》に吸血《きゅうけつ》された時《とき》も熱《あつ》く感《かん》じた。

それは、ひかるの中《なか》のヴァンパイアの血《ち》が反応《はんのう》したということだったのだろう。

（私《わたし》、本当《ほんとう》にヴァンパイアなんだ……）

「わかりました」

ひかるはぐいっと顔《かお》を上《あ》げると、昴《すばる》を、獏《ばく》を、泉《いずみ》を、さおりを、そして煌《こう》を見回《みまわ》した。

「つまり私《わたし》は……、昴《すばる》さんたちの仲間《なかま》ってことですよね？」

「ああ、そうだね」

昴《すばる》が微笑《ほほえ》んでうなずく。

「じゃあ、私《わたし》も犯人探《はんにんさが》しに加《くわ》えてください」

「……っ！　それはダメだ！　危《あぶ》ない！」

「だって私《わたし》のお父《とう》さんの方《ほう》の血《ち》はヴァンパイアをおびき寄《よ》せるのに最適《さいてき》なんでしょう？　それに、混血種《こんけつしゅ》だからヴァンパイアを見抜《みぬ》く力《ちから》もある。だったら、私《わたし》を囮《おとり》に使《つか》った方《ほう》がいいじゃないですか」

「それは絶対《ぜったい》ダメだ。今《いま》までの被害者《ひがいしゃ》の状態《じょうたい》を見《み》ても、相手《あいて》は多分《たぶん》『はぐれもの』だ。もし襲《おそ》われたら、きっと際限《さいげん》なく吸血《きゅうけつ》されてしまうよ」

「でも昴《すばる》さん忘《わす》れてませんか？　私《わたし》だって既《すで》に被害者《ひがいしゃ》なんですよ？　でもあの時《とき》、私《わたし》は少《すこ》ししか吸血《きゅうけつ》されなかった。それって、私《わたし》の血《ち》は思《おも》ったほど好《この》みじゃなかったってことじゃないですか？」

「違《ちが》う、それは君《きみ》から吸血《きゅうけつ》したヤツが……！」

「昴《すばる》！」

昴《すばる》が何《なに》か訴《うった》えようとしたのをさおりが止《と》めた。

それが不自然《ふしぜん》で、ひかるは不思議《ふしぎ》に思《おも》った。

「私《わたし》から吸血《きゅうけつ》した……、何《なん》ですか？　昴《すばる》さん。もしかして、犯人《はんにん》について何《なに》か知《し》ってるんですか？」

「いや……」

昴《すばる》は口《くち》をつぐんでしまった。

何《なに》かをひかるに伝《つた》えるか伝《つた》えないか躊躇《ちゅうちょ》しているようだ。

（やっぱり何《なに》か隠《かく》してるんだ）

生徒会《せいとかい》はまだひかるに全《すべ》てを伝《つた》えてはいないのだ。

もしかしたら生徒会《せいとかい》もしくは近《ちか》しい人物《じんぶつ》に犯人《はんにん》の見当《けんとう》をつけているのかもしれない。

「黒川《くろかわ》……」

名前《なまえ》を呼《よ》ばれて顔《かお》を上《あ》げると、煌《こう》が難《むずか》しい顔《かお》でひかるを見《み》ていた。

「これはあくまで俺《おれ》たちの推測《すいそく》だけど、犯人《はんにん》の本当《ほんとう》の狙《ねら》いは黒川《くろかわ》なんじゃないかって思《おも》ってるんだ」

「……え？　どういう意味《いみ》？」

「おい、煌《こう》！　それは……！」

「昴《すばる》さんは黒川《くろかわ》を安全《あんぜん》な場所《ばしょ》において守《まも》りたいんだろうけど、黒川《くろかわ》は自分《じぶん》が一番狙《いちばんねら》われてるってことを知《し》るべきだ。そうじゃないと、こいつはまた危険《きけん》なことを繰《く》り返《かえ》す」

「それは、そうだけど……」

「黒川《くろかわ》が墨島総裁《すみじまそうさい》の直系《ちょっけい》の孫《まご》だということが漏《も》れている可能性《かのうせい》がある。『はぐれもの』にとって、正統派《せいとうは》ヴァンパイアの頂点《ちょうてん》にある墨島家《すみじまけ》は、いわば敵《てき》でもあるんだ。それにもしかしたら敵《てき》も、黒川《くろかわ》が来守一族《くるすいちぞく》の末裔《まつえい》であることに、ヴァンパイアの本能《ほんのう》で勘《かん》づいてるのかもしれない」

「でも……、だったら美雪《みゆき》や咲子《さきこ》さんは……」

「そう。一人目《ひとりめ》の子《こ》はともかく、二人目《ふたりめ》と三人目《さんにんめ》は黒川《くろかわ》の友人《ゆうじん》だろう？　敵《てき》は君《きみ》の周《まわ》りから攻《せ》めて、君《きみ》が怯《おび》えるのを楽《たの》しんでいるのかもしれない」

「そんなバカな……」

「そもそもこんな事件《じけん》を引《ひ》き起《お》こすような奴《やつ》なんだから、どんなおかしな目的《もくてき》があっても変《へん》じゃないだろ？」

（だったら、美雪《みゆき》と咲子《さきこ》さんが被害《ひがい》に遭《あ》ったのは私《わたし》のせいだ……）

ひかるはその事実《じじつ》にひどく落《お》ち込《こ》んだ。ひかると仲良《なかよ》くなりさえしなければ、二人《ふたり》が傷《きず》つくことはなかったかもしれないのだから。

そして、ひかるが追《お》い込《こ》まれれば追《お》い込《こ》まれるほど相手《あいて》を喜《よろこ》ばせ、さらに被害者《ひがいしゃ》を増《ふ》やす可能性《かのうせい》がある。

「……わかりました。囮《おとり》になるのはあきらめます」

そう言《い》うと、煌《こう》も昴《すばる》もほっとしたように息《いき》を吐《は》いた。

彼《かれ》らは極力《きょくりょく》ひかるを関《かか》わらせたくないのだ。

純粋《じゅんすい》にひかるの身《み》を案《あん》じて、守《まも》ろうとしてくれているのだろう。

「でも、私《わたし》も守《まも》られるだけなんて嫌《いや》なんです。美雪《みゆき》たちの仇《かたき》だってとりたい。だからお願《ねが》いです。私《わたし》にも協力《きょうりょく》させてください」

「……うん、わかった」

昴《すばる》は仕方《しかた》がないな、というように苦笑《くしょう》した。

「ひかるちゃんがそこまで言《い》うなら、一緒《いっしょ》に犯人《はんにん》を捕《つか》まえよう。ただ、夜《よる》のパトロールは僕《ぼく》たちに任《まか》せて。何《なに》かお願《ねが》いすることがあったら必《かなら》ず声《こえ》をかけるから」

翌日《よくじつ》、ひかるは補講《ほこう》のプリントをとりに、社会科資料室《しゃかいかしりょうしつ》に向《む》かっていた。

島《しま》に残《のこ》った生徒《せいと》のために、補講《ほこう》が行《おこな》われることになったのだ。

そしてひかるの隣《となり》には、何故《なぜ》か藍崎煌《あいざきこう》が並《なら》んで歩《ある》いている。

「プリントくらい、一人《ひとり》で持《も》てるのに」

「絶対一人《ぜったいひとり》になるなって言《い》われたただろ？」

「過保護《かほご》だね、昴《すばる》さんも、藍崎《あいざき》くんも」

藍崎煌《あいざきこう》は言《い》い方《かた》はぶっきらぼうだが、根《ね》は優《やさ》しい人《ひと》なのだと思《おも》う。

今《いま》だって、こんなに明《あか》るい昼間《ひるま》だというのにわざわざ付《つ》き合《あ》ってくれているのだから。

「黒川《くろかわ》……、昨夜《ゆうべ》は寝《ね》られたのか？」

煌《こう》にそう聞《き》かれ、ひかるは曖昧《あいまい》にうなずいた。

自分《じぶん》にヴァンパイアの血《ち》が流《なが》れている話《はなし》は当然《とうぜん》ショックだったし、受《う》け止《と》め切《き》れていない。

でもそれよりさらにショックだったことは、自分《じぶん》のせいで友人《ゆうじん》たちを巻《ま》き込《こ》んでしまったことの方《ほう》だろう。

ただ、今《いま》それを言《い》ってしまったら、ひかるの注意《ちゅうい》を促《うなが》すために打《う》ち明《あ》けてくれた煌《こう》を責《せ》めることになってしまう。

気持《きも》ちの良《い》い風《かぜ》が廊下《ろうか》の窓《まど》から差《さ》し込《こ》んできて、二人《ふたり》の間《あいだ》を吹《ふ》き抜《ぬ》けた。

風《かぜ》が、ふわりと煌《こう》の前髪《まえがみ》を持《も》ち上《あ》げる。

（あれ……？）

ひかるは、煌《こう》の左《ひだり》の眉《まゆ》の上《うえ》に、治《なお》りかけの擦《す》り傷《きず》を見《み》つけた。

普段前髪《ふだんまえがみ》をおろしているから気《き》づかなかったが、せっかく綺麗《きれい》な顔《かお》なのだからもっと大事《だいじ》にすればいいのにと思《おも》う。

「藍崎《あいざき》くん、そのおでこどこかにぶつけたの？」

何気《なにげ》なくそう聞《き》いたのだが、藍崎《あいざき》はハッとしたように額《ひたい》に手《て》をやった。

「ああ、ちょっと数日前《すうじつまえ》に……」

「ふうん、意外《いがい》とそそっかしいんだね」

そう言《い》って笑《わら》った瞬間《しゅんかん》、ひかるは「あっ」と小《ちい》さな声《こえ》をあげた。

指先《ゆびさき》から、少《すこ》し血《ち》が滲《にじ》んでいた。どうやらプリントの端《はし》で切《き》ってしまったらしい。

「大変《たいへん》。プリントに血《ち》がついちゃう」

ひかるはそう言《い》うとぺろりと指先《ゆびさき》を舐《な》めた。

顔《かお》を上《あ》げると、煌《こう》が黙《だま》って見下《みお》ろしている。光の加減《かげん》か、その瞳《ひとみ》が赤味《あかみ》がかって見《み》える。

「藍崎《あいざき》くん……？」

声《こえ》をかけると、煌《こう》は我《われ》に返《かえ》ったようにひかるの持《も》っていた分《ぶん》のプリントを取《と》り上《あ》げた。

「どっちがそそっかしいんだか。黒川《くろかわ》は、不用意《ふようい》に血《ち》を流《なが》してはだめだ。……来守《くるす》の血《ち》は、ヴァンパイアをおびき寄《よ》せる」

そう言《い》うと煌《こう》は、スタスタと教室《きょうしつ》に向《む》かって歩《ある》き出《だ》した。


その夜《よる》も、ひかるはベッドに横《よこ》になったまま なかなか寝付《ねつ》けないでいた。

昨夜《さくや》より、さらにもやもやが増《ふ》えてしまった気《き》がする。

（あの、おでこの傷《きず》……）

藍崎煌《あいざきこう》が額《ひたい》に手《て》をやった時《とき》の仕草《しぐさ》に、何故《なぜ》か既視感《きしかん》があった。

彼《かれ》の額《ひたい》に傷《きず》があることを、ひかるは以前《いぜん》から知《し》っていたような気《き》がする。

何《なに》か、大事《だいじ》なことを忘《わす》れているような感覚《かんかく》だった。

思《おも》い出《だ》せそうで、思《おも》い出《だ》せない。

煌《こう》の瞳《ひとみ》が赤《あか》く見《み》えたのは、ひかるが不用意《ふようい》に血《ち》を見《み》せたことでヴァンパイアの本能《ほんのう》を呼《よ》び起《お》こしてしまったせいだろうか。

(藍崎《あいざき》くん、本当《ほんとう》にヴァンパイアなんだ……)

あらためて現実《げんじつ》を突《つ》き付《つ》けられたような感覚《かんかく》に愕然《がくぜん》とした。

説明《せつめい》を受《う》けて頭《あたま》では理解《りかい》したつもりだったけれど、心《こころ》は全然《ぜんぜん》追《お》いついてなかったのだ。

やっとうつらうつらまどろんできたところで、ひかるは夢《ゆめ》を見《み》た。

それは、あの、自分《じぶん》が吸血《きゅうけつ》された夜《よる》の夢《ゆめ》。

あの夜《よる》、裏庭《うらにわ》で犯人《はんにん》を見《み》つけたひかるは、ボールをぶつけて、飛《と》び蹴《げ》りして、そして転《ころ》んで。

蹴《け》られた額《ひたい》を手《て》で押《お》さえた男《おとこ》の顔《かお》は、すごくよく知《し》っている顔《かお》で。

驚《おどろ》くひかるに彼《かれ》は、自分《じぶん》は犯人《はんにん》じゃないって言《い》って、ひかるはそれを信《しん》じて。

それなのに……

(なんで……?)

彼《かれ》は、ひかるの手首《てくび》から流《なが》れる血《ち》を見《み》て、急《きゅう》に態度《たいど》を変《か》えたのだ。

そう、彼《かれ》の目《め》が赤《あか》く光《ひか》って……

目《め》を覚《さ》ますと、ぐっしょり汗《あせ》をかいていた。

心臓《しんぞう》がばくばくと早《はや》く鳴《な》って、喉《のど》がからからになる。

夢《ゆめ》の中《なか》の犯人《はんにん》の顔《かお》は、ひかるがよく知《し》っている男《おとこ》の顔《かお》だった。


そう、あの顔《かお》は。——藍崎煌《あいざきこう》だ！

◆

（……わかんない……）

ひかるは混乱《こんらん》していた。

昨夜《さくや》は自分《じぶん》がヴァンパイアの混血種《こんけつしゅ》だと聞《き》かされ、そして今朝《けさ》はおかしな夢《ゆめ》を見《み》た
目覚《めざ》めた時《とき》には、あの夜《よる》の男《おとこ》は藍崎煌《あいざきこう》だと確信《かくしん》していた。

飛《と》び蹴《げ》りをしたときに振《ふ》り返《かえ》った顔《かお》も、ひかるの後頭部《こうとうぶ》を引《ひ》き寄《よ》せて近《ちか》づいてきた顔《かお》も、

煌《こう》のそれだ。

でもこれが本当《ほんとう》にひかるの記憶《きおく》なのか、夢《ゆめ》と現実《げんじつ》が錯綜《さくそう》しているのか、はっきりしない。

情報《じょうほう》が整理《せいり》しきれなくて、頭《あたま》の中《なか》も心《こころ》の中《なか》もぐちゃぐちゃだ。

彼《かれ》は……、藍崎煌《あいざきこう》は、ひかるを含《ふく》む四人《よにん》もの生徒《せいと》を襲《おそ》った吸血犯《きゅうけつはん》なのだろうか。

いや、違《ちが》う。煌《こう》を疑《うたが》いたくなんかない。

煌《こう》はひかるを心配《しんぱい》して、一人《ひとり》にならないようにと気《き》をつかってくれた。

カンニングしたと疑《うたが》われた時《とき》も、真《ま》っ先《さき》に声《こえ》をあげて庇《かば》ってくれたのは煌《こう》だ。

ぶっきらぼうだけど、正義感《せいぎかん》が強《つよ》くて優《やさ》しい煌《こう》を信《しん》じたい。

でも……、まるきりただの夢《ゆめ》だと流《なが》してしまうには、あまりにもリアルな感触《かんしょく》がある。

（もし藍崎《あいざき》くんが犯人《はんにん》だったら、放《ほう》っておくわけにはいかない。昴《すばる》さんに、相談《そうだん》する……？）

でも昴《すばる》や生徒会《せいとかい》メンバーに伝《つた》えるのが正《ただ》しいことなのかわからない。

彼《かれ》らは煌《こう》の仲間《なかま》なのだから、知《し》っていて庇《かば》っている可能性《かのうせい》がある。

また、それとは逆《ぎゃく》に、本当《ほんとう》に煌《こう》が犯人《はんにん》で、昴《すばる》たちが彼《かれ》の犯行《はんこう》を知《し》らなかったとしたら……

昴《すばる》たちは人間《にんげん》を襲《おそ》って吸血《きゅうけつ》するヴァンパイアを『はぐれもの』と呼《よ》んで、排除《はいじょ》されるべき対象《たいしょう》なのだと言《い》っていた。

確証《かくしょう》もないのに、煌《こう》をそんな『はぐれもの』扱《あつか》いするわけにはいかない。

混乱《こんらん》しながらも、ひかるは今日《きょう》も補講《ほこう》に行《い》く準備《じゅんび》をして部屋《へや》を出《で》た。

最近《さいきん》は教室《きょうしつ》まで一緒《いっしょ》に行《い》く月子《つきこ》がエントランスで待《ま》っている。

「……なんだか酷《ひど》い顔《かお》ね。寝不足《ねぶそく》？」

一目《ひとめ》見《み》るなり、月子《つきこ》はそう言《い》って心配《しんぱい》そうにひかるの顔《かお》を見《み》た。

「推理小説《すいりしょうせつ》を読《よ》み始《はじ》めたら止《と》まらなくなっちゃって……。気《き》が付《つ》いたら明《あ》け方《がた》だったの」

ひかるはできるだけ明《あか》るくそう答《こた》えた。

「え、そんなに面白《おもしろ》かったの？　今度私《こんどわたし》にも貸《か》して」

「もちろん！　月子《つきこ》さんも、おすすめがあったら見《み》せて」

教室《きょうしつ》に入《はい》ると青野貘《あおのばく》が来《き》ていて、ひかるの方《ほう》をちらりと見《み》た。

昨夜《さくや》の話《はなし》だと彼《かれ》とひかるは同《おな》じ混血種《こんけつしゅ》という仲間《なかま》らしい。

「おはよう、青野《あおの》くん」

「ああ、おはよう、黒川《くろかわ》」

そして藍崎煌《あいざきこう》は、補講《ほこう》が始《はじ》まるギリギリになって教室《きょうしつ》に入《はい》ってきた。

煌《こう》の視線《しせん》を感《かん》じたが、ひかるは彼《かれ》の方《ほう》に視線《しせん》をやれない。

どうしても夢《ゆめ》の中《なか》で煌《こう》に吸血《きゅうけつ》されていた場面《ばめん》が思《おも》い起《お》こされて、彼《かれ》と目《め》を合《あ》わせられないのだ。

それに、確証《かくしょう》もないのにずっと彼《かれ》を疑《うたが》っている自分《じぶん》も嫌《いや》だった。

(全部私《ぜんぶわたし》の思《おも》い過《す》ごしで、本当《ほんとう》にただの夢《ゆめ》だったらいいのに……)

勉強《べんきょう》には全《まった》く集中《しゅうちゅう》できず、胃《い》の辺《あた》りがキリキリ痛《いた》む。

限界《げんかい》を感《かん》じて、ひかるは赤坂先生《あかさかせんせい》に「帰《かえ》りたい」と訴《うった》えた。

いつも元気《げんき》で積極的《せっきょくてき》なひかるの調子《ちょうし》が悪《わる》そうな様子《ようす》を見《み》て赤坂先生《あかさかせんせい》も驚《おどろ》いていたが、すぐに帰《かえ》って横《よこ》になるようにと言《い》ってくれた。

ひかるが帰《かえ》る用意《ようい》をしていると、突然影《とつぜんかげ》がさした。

「……送《おく》る」

頭《あたま》の上《うえ》から声《こえ》がして、それが煌《こう》の言葉《ことば》だとわかる。

そして彼《かれ》は、ひかるのカバンを持《も》とうと手《て》を出《だ》した。

「……いい」

ぽつりと答《こた》えると、それでも煌《こう》が手《て》を差《さ》し出《だ》してくる。

しかしひかるは、反射的《はんしゃてき》にその手《て》を払《はら》いのけてしまった。

「……っ！」

意図《いと》せず叩《たた》いてしまったような形《かたち》になり、ひかるはとうとう煌《こう》を見上《みあ》げた。

彼《かれ》はなぜか、とても傷《きず》ついたような顔《かお》をしている。

いたたまれなくなってしまったひかるは、カバンを胸《むね》に抱《かか》え込《こ》むと走《はし》って教室《きょうしつ》を出《で》て行《い》った。

煌《こう》が「黒川《くろかわ》！」と呼《よ》ぶ声《こえ》を背中《せなか》に聞《き》いたが、ひかるは振《ふ》り返《かえ》らなかった。

寮《りょう》の部屋《へや》に帰《かえ》ると、ベッドに突《つ》っ伏《ぷ》して泣《な》いた。枕《まくら》に顔《かお》を押《お》し付《つ》け、声《こえ》を殺《ころ》して。

なぜこんなに悲《かな》しいのかわからない。でも、悲《かな》しくて悲《かな》しくてしょうがない。

こんなに泣《な》くのは、祖母《そぼ》が亡《な》くなった日以来《ひいらい》だった。

(そうか、私《わたし》……。藍崎君《あいざきくん》が犯人《はんにん》だったらすごく嫌《いや》なんだ……)

どのくらい時間《じかん》が経《た》っただろうか。

ひかるはいつの間《あいだ》にか眠《ねむ》ってしまっていたらしく、部屋《へや》の扉《とびら》をノックする音《おと》で目《め》が覚《さ》めた。

閉《し》まり切《き》っていないカーテンから覗《のぞ》く外《そと》も、もうかなり暗《くら》くなっている。

扉《とびら》を開《あ》けるとそこに立《た》っていたのは月子《つきこ》で、彼女《かのじょ》はひかるの顔《かお》を見《み》ると、「酷《ひど》い顔《かお》ね」

と朝《あさ》と同《おな》じ台詞《せりふ》を言《い》って笑《わら》った。

「ほら、お腹《なか》すいたでしょう?」

月子《つきこ》は持《も》っていたビニール袋《ふくろ》をひかるに手渡《てわた》してきた。

「そういえば……、昼食《ちゅうしょく》も夕食《ゆうしょく》も食《た》べてなかった……」

「あなたの取柄《とりえ》は元気《げんき》なところなんだから、食《た》べないとダメじゃない」

受《う》け取《と》った袋《ふくろ》を覗《のぞ》いてみると、中《なか》にはおにぎりとゼリードリンクが入《はい》っていた。

「……ありがとう」

「買《か》ってきたのは私《わたし》じゃないの。藍崎《あいざき》くんに頼《たの》まれたんだ。あなたに渡《わた》すようにって」

「藍崎《あいざき》くんが…………？」

さっきの教室《きょうしつ》で見《み》た、やけに傷《きず》ついたような煌《こう》の顔《かお》を思《おも》い出《だ》す。

「何《なに》があったか知《し》らないけど。ほら、ヴァンパイア捕《つか》まえるんでしょう？　しっかりしてよ」

そう言《い》って鼻《はな》を鳴《な》らすと、月子《つきこ》は踵《きびす》を返《かえ》した。

態度《たいど》はそっけないが、彼女《かのじょ》なりの励《はげ》ましなのだろう。

ひかるは部屋《へや》に戻《もど》ると、もらったおにぎりを頬張《ほおば》った。

中身《なかみ》は梅干《うめぼ》しやおかかの庶民的《しょみんてき》な味《あじ》がして、なんだかほっとする。

（そうだよね……、くよくよしてるとか、私《わたし》らしくないや）

おにぎりを食《た》べきったら、なんだか力《ちから》が湧《わ》いてきたような気《き》がした。

明日《あす》はまた金曜日《きんようび》。

ひかるの勘《かん》が正《ただ》しければ、きっとまた吸血犯《きゅうけつはん》が現《あらわ》れる。

翌朝《よくあさ》、たっぷり睡眠《すいみん》をとったひかるは、すっきりとした気分《きぶん》で目《め》を覚《さ》ました。

「おはよう」

元気《げんき》に挨拶《あいさつ》しながら食堂《しょくどう》に入《はい》っていくと、先《さき》に来《き》ていた月子《つきこ》や他《ほか》の女生徒《じょせいと》たちも顔《かお》を上《あ》げた。

「おはよう。今日《きょう》は無駄《むだ》に元気《げんき》そうね」

相変《あいか》わらず口《くち》の悪《わる》い月子《つきこ》だが、口《くち》の端《はし》がちょっとだけ上《あ》がっていた。

さおりや他《ほか》の生徒《せいと》たちも、安心《あんしん》したように表情《ひょうじょう》を緩《ゆる》めている。

そして皆《みな》は朝食《ちょうしょく》をとると、その後《あと》は思《おも》い思《おも》いに時《とき》を過《す》ごした。

そのままラウンジに残《のこ》っておしゃべりに興《きょう》じる者《もの》、寮《りょう》の図書室《としょしつ》で自習《じしゅう》する者《もの》、そして自《じ》室《しつ》に戻《もど》った者《もの》。

過去三度《かこさんど》の事件《じけん》が金曜日《きんようび》の夜《よる》に起《お》きていることから、金曜日《きんようび》の補講《ほこう》は休講《きゅうこう》になっている。

特《とく》に女生徒《じょせいと》は、一日中寮《いちにちじゅうりょう》から出《で》ないよう学園《がくえん》からも言《い》われている。

「ひかるさんは特《とく》に、絶対《ぜったい》に寮《りょう》から出《で》ちゃダメよ。犯人捜《はんにんさが》しを一緒《いっしょ》にしようという話《はなし》はしたけど、それでも今日《きょう》は絶対《ぜったい》ダメ。協力《きょうりょく》は、これから色々《いろいろ》な形《かたち》でお願《ねが》いするから」

食堂《しょくどう》を出《で》る時《とき》さおりにそう声《こえ》をかけられ、ひかるは小《ちい》さく首《くび》をすくめた。

ひかるが囮《おとり》になりたいなどと言《い》ったから、さおりも警戒《けいかい》しているのだろう。

「わかりました。今日《きょう》は私《わたし》も図書室《としょしつ》で自習《じしゅう》します」

「本当《ほんとう》におとなしくしているのよ？」

「はーい」

疑《うたが》いの目《め》を向《む》けるさおりに小《ちい》さく返事《へんじ》をして、ひかるは食堂《しょくどう》を出《で》て行《い》った。


「……思《おも》ったより高《たか》かったかな」

バルコニーからこっそりと下《した》を伺《うかが》ったひかるは、小《ちい》さくそう呟《つぶや》いた。

消灯前《しょうとうまえ》の点呼《てんこ》を終《お》えた今《いま》、ここから降《お》りて外《そと》に出《で》ようというのだ。

エントランスには監視《かんし》カメラが付《つ》いているし、厳重《げんじゅう》に施錠《せじょう》されている。

でもまさか、女《おんな》の子《こ》が三階《さんかい》のバルコニーから外《そと》に出《で》るなんて、さすがの昴《すばる》たちも思《おも》わないだろう。

教師《きょうし》や男子生徒《だんしせいと》の一部《いちぶ》が交代《こうたい》でパトロールをしているが、ほんの少《すこ》し前《まえ》にこの下《した》を通《とお》ったのも確認《かくにん》している。

(よし、降《お》りるなら今《いま》だ!)

ひかるは荷造《にづく》り用《よう》のロープをバルコニーの手《て》すりに結《むす》び付《つ》けると、それを伝《つた》って器用《きよう》に降《お》りていった。

ひかるには持《も》ち前《まえ》の運動神経《うんどうしんけい》と度胸《どきょう》があるのだ。

すとんと地面《じめん》に着地《ちゃくち》すると、ひかるは周《まわ》りを伺《うかが》った。

今夜《こんや》は月《つき》も出《で》ていない暗《くら》い夜《よる》で、少《すこ》し遠《とお》くにある街灯《がいとう》もひかるの姿《すがた》を照《て》らせやしない。

(ごめんなさい、さおりさん。でも私《わたし》、どうしてもじっとしてなんかいられない)

心配《しんぱい》してくれている昴《すばる》やさおりたちに対《たい》する罪悪感《ざいあくかん》はものすごくある。

でもひかるは、もうこれ以上《いじょう》、自分《じぶん》のせいで友人《ゆうじん》を傷《きず》つけられるなんて耐《た》えられなかった。

犯人《はんにん》の狙《ねら》いがひかるだと言《い》うなら、ひかるだけを狙《ねら》えばいい。

それに、本物《ほんもの》の犯人《はんにん》を見《み》つけることが、藍崎《あいざき》に対《たい》する疑惑《ぎわく》を晴《は》らすことにもつながる。

もし万《まん》が一《いち》……、そう万《まん》が一煌《いちこう》が犯人《はんにん》だったとしたら、きっとどうしようもない理由《りゆう》があるに違《ちが》いない。

その時《とき》は彼《かれ》を説得《せっとく》して、彼《かれ》に自首《じしゅ》をすすめるのだ。
（今夜《こんや》、犯人《はんにん》は絶対《ぜったい》くる）
ひかるはそう確信《かくしん》していた。
女子寮《じょしりょう》から少《すこ》し歩《ある》いた辺《あた》りで耳《みみ》をすますと、背後《はいご》でカサッと草《くさ》を踏《ふ》むような音《おと》がした。
（来《き》た！）
ひかるは振《ふ》り返《かえ》ると、暗闇《くらやみ》に目《め》を凝《こ》らした。
ぼんやりと浮《う》かんだシルエットで、それが背《せ》の高《たか》い男性《だんせい》だろうと推測《すいそく》できた。
そしてその男《おとこ》がまるでマントのような外套《がいとう》を羽織《はお》っているのも確認《かくにん》できた。
ひかるは素早《すばや》くポケットの中《なか》を探《さぐ》り、スマホの通話《つうわ》ボタンを押《お》した。
犯人《はんにん》と会《あ》ったらすぐに押《お》せるようセットしておいたのだ。
そしてそのままスマホを掲《かか》げ、こちらに近《ちか》づいてくる男《おとこ》にライトを向《む》けた。
もう片方《かたほう》の手《て》で逆《ぎゃく》のポケットに入《はい》っていた銀製《ぎんせい》のナイフを握《にぎ》る。
これも眉唾《まゆつば》な伝説《でんせつ》の一《ひと》つではあるが、ヴァンパイアは銀製《ぎんせい》の凶器《きょうき》に弱《よわ》いと聞《き》く。
ひかるだって、無防備《むぼうび》に来《き》たわけではないのだ。

首《くび》だって、すぐには吸血《きゅうけつ》されないようにとスカーフを何重《なんじゅう》にも巻《ま》いてきたのだから。

近《ちか》づいてくる男《おとこ》の顔《かお》が街灯《がいとう》の灯《あか》りでだんだんはっきりと見《み》えてくる。

「やっぱり、あなただったんだね、藍崎君《あいざきくん》」

ひかるはその男《おとこ》……藍崎煌《あいざきこう》をライトで照《て》らすと、きっぱりとそう言《い》った。

「黒川《くろかわ》！　こんなところで何《なに》してるんだ！」

煌《こう》はそう叫《さけ》びながら、まるで焦《あせ》ったように駆《か》け寄《よ》ってきた。

すぐそばまで来《き》た煌《こう》を警戒《けいかい》してひかるが一歩後《いっぽあと》ずさると、ハッとしたように立《た》ち止《と》まる。

「……こっちに来《こ》ないで」

ひかるにそう言《い》われ、煌《こう》は上《あ》げかけた手《て》をおろし、そして悲《かな》しそうな目《め》で彼女《かのじょ》を見《み》た。

あの、昨日《きのう》、教室《きょうしつ》で手《て》を振《ふ》り払《はら》った時《とき》に見《み》た彼《かれ》の表情《ひょうじょう》だ。

（ずるい、こんな表情《ひょうじょう》……）

ひかるは真《ま》っ直《す》ぐに煌《こう》を見上《みあ》げた。

昴《すばる》と人気《にんき》を二分《にぶん》するだけあって、煌《こう》は本当《ほんとう》に綺麗《きれい》な顔《かお》をしている。

切《き》れ長《なが》の目《め》は冷《つめ》たくも見《み》えるが、今不安《いまふあん》げに揺《ゆ》れる彼《かれ》の瞳《ひとみ》は、憂《うれ》いを帯《お》びていっそう艶《つや》っぽく見《み》える。

黒《くろ》いマントを羽織《はお》って立《た》っているその姿《すがた》はやけに美《うつく》しく、いつか見《み》たことがある西洋《せいよう》のヴァンパイアそのものだ。

「……私《わたし》から吸血《きゅうけつ》したのって、藍崎《あいざき》くんだよね」

煌《こう》が息《いき》をのんでひかるを見《み》つめる。

「答《こた》えて藍崎《あいざき》くん。その、おでこにある傷《きず》、私《わたし》がつけた痕《あと》だよね」

「…………！」

ひかるに言《い》われ、煌《こう》は額《ひたい》に手《て》をやった。

ひかるは、はっきりと思《おも》い出《だ》していた。

寮《りょう》のそばの花壇《かだん》で咲子《さきこ》を見《み》つけた時《とき》、傍《かたわ》らにいたのは煌《こう》だったと。

あの時《とき》ひかるは煌《こう》の背中《せなか》に向《む》かってボールを投《な》げた。

振《ふ》り返《かえ》った煌《こう》の顔《かお》めがけて、飛《と》び蹴《げ》りをした。

そして、彼《かれ》の額《ひたい》に傷《きず》を作《つく》ったのだ。

「やっぱり……、あれは藍崎《あいざき》くんだったんだね……」

煌《こう》じゃないといいな、とずっと思《おも》っていた。

でもあの赤《あか》い瞳《ひとみ》は、やはり彼《かれ》だったのだ。

ひかるの首筋《くびすじ》に牙《きば》を突《つ》き立《た》てたのも、まるでくちづけるように顔《かお》を埋《うず》めたのも、藍崎煌《あいざきこう》だったのだ。

あの時《とき》のことを思《おも》い出《だ》すと、思《おも》わずぞくりと体《からだ》が震《ふる》える。

「そのマント……、本当《ほんとう》にヴァンパイアそのものだよね。でもなんで……、どうして藍崎《あいざき》くんが……。だってあなたは、ヴァンパイアハンターの方《ほう》じゃなかったの？」

「黒川《くろかわ》……、ごめん……」

煌《こう》が深々《ふかぶか》と頭《あたま》を下《さ》げる。

「ごめんって……、どうして……」

ひかるは頭《あたま》を下《さ》げ続《つづ》ける煌《こう》の姿《すがた》を見《み》て呟《つぶや》いた。

不思議《ふしぎ》と、怖《こわ》いと言《い》う感情《かんじょう》はなかった。

あの夜《よる》に出会《であ》ったのが煌《こう》だと確信《かくしん》はしたが、でも今《いま》の彼《かれ》からは、ひかるに対《たい》して危害《きがい》を加《くわ》えようという様子《ようす》は微塵《みじん》も感《かん》じられない。

「藍崎《あいざき》くん。どうして美雪《みゆき》や咲子《さきこ》さんも襲《おそ》ったの？　私《わたし》の友達《ともだち》だから？」

「違《ちが》う。それは俺《おれ》じゃない」

煌《こう》はやっと顔《かお》を上《あ》げると、ひかるの目《め》を見《み》つめて首《くび》を横《よこ》に振《ふ》った。

「でもあの時藍崎《ときあいざき》くん、咲子《さきこ》さんの前《まえ》でしゃがんでたよね？」

「パトロール中《ちゅう》に、倒《たお》れている大山《おおやま》を見《み》つけたんだ。昴《すばる》さんに連絡《れんらく》しようとしてたところに黒川《くろかわ》が来《き》て……」

「……私《わたし》を吸血《きゅうけつ》した？」

「たしかに、黒川《くろかわ》から吸血《きゅうけつ》したのは俺《おれ》だ。本当《ほんとう》に、けだものにも劣《おと》る行為《こうい》だと思《おも》う。でも、他《ほか》の三人《さんにん》を襲《おそ》ったのは、本当《ほんとう》に俺《おれ》じゃないんだ」

そう訴《うった》えてくる煌《こう》の目《め》は真剣《しんけん》そのものだった。

たしかに他《ほか》の三人《さんにん》とひかるの状態《じょうたい》は明《あき》らかに違《ちが》っている。

三人《さんにん》は命《いのち》に別状《べつじょう》こそなかったが、かなり危険《きけん》な状態《じょうたい》で発見《はっけん》され、それに比《くら》べてひかるはごく僅《わず》かな吸血《きゅうけつ》だったらしい。

「藍崎《あいざき》くんが吸血《きゅうけつ》したのが私《わたし》だけだとしたら、どうして私《わたし》の血《ち》を吸《す》ったの？　それは、やっぱり私《わたし》の血《ち》が特別《とくべつ》だからなの？」

ひかるが警戒《けいかい》を解《と》かないままそうたずねると、煌《こう》は目《め》を伏《ふ》せ、唇《くちびる》を噛《か》んだ。

「………………」

「言《い》えないの？」

黙《だま》ってしまった煌《こう》を見《み》つめ、ひかるはため息《いき》をついた。

その時《とき》、誰《だれ》かが近《ちか》づいてくる気配《けはい》を感《かん》じた。

二人《ふたり》が一斉《いっせい》に振《ふ》り返《かえ》ると、こちらに向《む》かって背《せ》の高《たか》い男《おとこ》が走《はし》って来《く》る。

どうやら昴《すばる》のようだ。

そして、昴《すばる》も黒《くろ》いマントを羽織《はお》っている。

「ひかるちゃん！」

昴《すばる》は近《ちか》くまで来《く》ると、対峙《たいじ》する二人《ふたり》の異様《いよう》な様子《ようす》を見《み》て目《め》を瞬《またた》かせた。

「……昴《すばる》さん」

ひかるの声音《こわね》に、昴《すばる》はびくりと肩《かた》を揺《ゆ》らした。

「ひかるちゃん……、思《おも》い出《だ》しちゃったんだね……」

昴《すばる》が一歩《いっぽ》踏《ふ》み出《だ》すと、ひかるは昴《すばる》に目《め》を向《む》けた。

「やっぱり昴《すばる》さんも知《し》ってたんですね。私《わたし》から吸血《きゅうけつ》したのが藍崎《あいざき》くんだって」

ひかるのポケットの中《なか》のスマホは、昴《すばる》に繋《つな》がるように準備《じゅんび》していた。

つまり昴《すばる》は、ひかると煌《こう》との会話《かいわ》を全《すべ》て聞《き》いていたということだ。

「煌《こう》も僕《ぼく》も、君《きみ》を騙《だま》すつもりなんてなかった。真犯人《しんはんにん》が捕《つか》まって状況《じょうきょう》が落《お》ち着《つ》いたら、ちゃんと打《う》ち明《あ》けようと思《おも》ってたんだよ。信《しん》じて、ひかるちゃん」

そう言《い》うと昴《すばる》は申《もう》し訳《わけ》なさそうに眉尻《まゆじり》を下《さ》げた。

「そのマント姿《すがた》……、今《いま》までどこか半信半疑《はんしんはんぎ》だったけど、本当《ほんとう》にヴァンパイアだったんですね、二人《ふたり》とも……」

「このマントは闇《やみ》に紛《まぎ》れて捜索《そうさく》するのに便利《べんり》なんだ。それに跳躍力《ちょうやくりょく》も格段《かくだん》によくなるから。……ひかるちゃん、連続吸血犯《れんぞくきゅうけつはん》は、本当《ほんとう》に煌《こう》じゃない。言《い》い訳《わけ》になるけど、人間《にんげん》からの吸血行為《きゅうけつこうい》を誰《だれ》よりも嫌《きら》ってるのは、煌《こう》なんだ。煌《こう》は今《いま》まで、誰《だれ》からも吸血《きゅうけつ》したことがない。家業《かぎょう》のサプリだって、なんとか人間《にんげん》の血液《けつえき》に頼《たよ》らなくても作《つく》れるようにならないかって考《かんが》えてて……」

「でも、じゃあどうして私《わたし》を？」

「あの時《とき》、黒川《くろかわ》の手首《てくび》から血《ち》が出《で》てて、その匂《にお》いを嗅《か》いだ途端《とたん》何《なに》も考《かんが》えられなくなったんだ」

「匂《にお》い……？」

「いつも禁欲的《きんよくてき》な煌《こう》が衝動《しょうどう》にかられて吸血《きゅうけつ》するくらい、本当《ほんとう》に、どうしようもなくヴァンパイアを『惹《ひ》きつける香《かお》り』がひかるちゃんの血《ち》にはあるんだよ。それが、君《きみ》の持《も》つもう一《ひと》つの血《ち》、来守《くるす》一族《いちぞく》の血《ち》なんだよ」

「来守《くるす》一族《いちぞく》……」

「君《きみ》の血《ち》は誠実《せいじつ》なヴァンパイアさえ狂《くる》わせる。相手《あいて》が『はぐれもの』だったら、どれだけ危険《きけん》なものかわかるだろう？」

「ヴァンパイアを狂《くる》わせる血《ち》……」

「そう、本当《ほんとう》に危険《きけん》なんだよ。だから、頼《たの》むから寮《りょう》に戻《もど》って。送《おく》るから」

昴《すばる》に促《うなが》され、ひかるは仕方《しかた》なく女子寮《じょしりょう》のエントランスの方《ほう》へ足《あし》を向《む》けた。

ヴァンパイア姿《すがた》の昴《すばる》と煌《こう》は明《あか》るい場所《ばしょ》に出《で》るわけにいかないため、物陰《ものかげ》からひかるを見《み》送《おく》ってくれている。

しかしエントランスに入《はい》ったところで、何《なに》やら女生徒《じょせいと》たちが慌《あわ》ただしく走《はし》り回《まわ》っている様子《ようす》が目《め》に入《はい》った。

嫌《いや》な予感《よかん》に、胸《むね》が大《おお》きくどくんと鳴《な》る。

「どうしたんですか？　まさか、何《なに》かあった？」

女生徒《じょせいと》の一人《ひとり》を呼《よ》び止《と》めてたずねると、彼女《かのじょ》は焦《あせ》ったように答《こた》えた。

「点呼《てんこ》の時《とき》、古林《こばやし》さんが部屋《へや》にいなかったらしいのよ。そういえば昼食《ちゅうしょく》の後《あと》から見《み》かけてないって、誰《だれ》かが言《い》い出《だ》して！」

「月子《つきこ》さんが⁉」

「今《いま》みんなで手分《てわ》けして探《さが》したけど、寮内《りょうない》にはいないみたいなの」

「そんな……！」

たしかに、ひかるも午後《ごご》は月子《つきこ》の姿《すがた》を見《み》ていなかった。

午前中《ごぜんちゅう》は図書室《としょしつ》で一緒《いっしょ》に自習《じしゅう》をしたが、午後《ごご》は月子《つきこ》が自室《じしつ》で勉強《べんきょう》すると言《い》ったのだ。

夕食時《ゆうしょくじ》にも食堂《しょくどう》に姿《すがた》を現《あらわ》さなかったが、彼女《かのじょ》は勉強《べんきょう》し始《はじ》めると集中《しゅうちゅう》するタイプなので、無理《むり》に誘《さそ》うこともしなかった。

(まさか、午後《ごご》からずっと寮《りょう》を出《で》たまま？　……そうだ、昴《すばる》さん！　まだその辺《へん》にいるかも！)

ひかるはエントランスの外《そと》に飛《と》び出《だ》して、昴《すばる》に電話《でんわ》をかけた。

『もしもし？　ひかるちゃん？』

昴《すばる》がすぐに応答《おうとう》する。

「昴《すばる》さん大変《たいへん》です！　月子《つきこ》さんがいなくなったって……！」

『ああ、今《いま》ちょうどさおりから連絡《れんらく》があった。古林《こばやし》さんは夕方《ゆうがた》、調《しら》べものがあってまた図《と》書館《しょかん》に行《い》きたいと言《い》ってたらしい。だから今《いま》から煌《こう》と図《と》書館《しょかん》を探《さが》してくる。それから、監《かん》視《し》カメラも確認《かくにん》してるよ』

「じゃあ、私《わたし》も！」

『ダメだ。ひかるちゃんは寮《りょう》にいて。何《なに》かわかったら連絡《れんらく》するから』

昴《すばる》はそう言《い》って電話《でんわ》を切《き》った。

学園《がくえん》の図《と》書館《しょかん》はその外観《がいかん》こそまるで白亜《はくあ》の宮殿《きゅうでん》のようだが、中《なか》は何万点《なんまんてん》もの、世界中《せかいちゅう》の蔵書《ぞうしょ》があふれている。

勉強好《べんきょうず》きな月子《つきこ》が寮《りょう》の図書室《としょしつ》では物足《ものた》りなくて、昼《ひる》のまだ明《あか》るいうちなら大丈夫《だいじょうぶ》と、監視《かんし》の目《め》を盗《ぬす》んで図書館《としょかん》に行《い》くのは十分《じゅうぶん》に考《かんが》えられることだ。

(でも、もしそうだとしても、どうしてこんな時間《じかん》まで?)

彼女《かのじょ》の性格《せいかく》からして、きちんと帰宅時間《きたくじかん》まで考《かんが》えているはずだ。

おそらく、図書館《としょかん》で、もしくは図書館《としょかん》を出《で》た後《あと》で、月子《つきこ》に何《なに》かがあったのだ。

(……私《わたし》のせいだ)

ひかるは悔《くや》しさに目《め》をぎゅっと瞑《つぶ》った。

ここのところ、ひかると月子《つきこ》はぐっと仲良《なかよ》くなっていた。

そんな二人《ふたり》の姿《すがた》を、犯人《はんにん》は見《み》ていたに違《ちが》いない。

(犯人《はんにん》は月子《つきこ》さんと私《わたし》の仲《なか》さえ気《き》づくような、そんな近《ちか》くにいる人《ひと》……)

ひかるはさっき月子《つきこ》のことを聞《き》いて飛《と》び出《だ》したまま、まだエントランスの外《そと》にいた。

月子《つきこ》を探《さが》しに行《い》きたい。でもひかるを心配《しんぱい》して寮《りょう》にいるようにと言《い》った昴《すばる》たちの気持《きも》ちもわかる。

(月子《つきこ》さん……)

何故《なぜ》犯人《はんにん》は、ひかるの親《した》しくなった人《ひと》ばかりを狙《ねら》うのだろう。

墨島《すみじま》に恨《うら》みがあるなら、直接《ちょくせつ》ひかるを襲《おそ》えばいいではないか。
ひかるの血《ち》が特別《とくべつ》だというなら、ひかるの血《ち》だけを吸《す》えばいい。
『ヴァンパイアを惹《ひ》きつける香《かお》り』……昴《すばる》が言《い》っていた言葉《ことば》だ。
(そう言《い》えば)
泉《いずみ》は、ひかるがいい匂《にお》いだと何度《なんど》も言《い》っていた。
逆《ぎゃく》に、煌《こう》はひかるに何《なに》か匂《にお》うと顔《かお》をしかめていた。
でも、匂《にお》うと言《い》えば、もう一人《ひとり》……
ひかるは、煌《こう》と泉以外《いずみいがい》で、ひかるの匂《にお》いに言及《げんきゅう》した人物《じんぶつ》を思《おも》い出《だ》した。
(たしかあの人《ひと》も、私《わたし》からいい匂《にお》いがするって言《い》ってた……!)
そう思《おも》った瞬間《しゅんかん》、ひかるは駆《か》け出《だ》していた。
あの人《ひと》が犯人《はんにん》かどうかはわからない。
ただの思《おも》い過《す》ごしかもしれない。
でも……!

◆

その頃《ころ》、昴《すばる》は、煌《こう》、泉《いずみ》と手分《てわ》けして、古林月子《こばやしつきこ》の行方《ゆくえ》を追《お》っていた。

獏《ばく》には監視《かんし》カメラの解析《かいせき》を頼《たの》んである。

月子《つきこ》はやはり図書館《としょかん》に行《い》っていたが、午後六時《ごごろくじ》には出《で》ていた。その足《あし》でD棟《とう》の校舎《こうしゃ》に向《む》かった彼女《かのじょ》の姿《すがた》が、監視《かんし》カメラに写《うつ》っている。

D棟《とう》はE棟《とう》、F棟《とう》と中《なか》で繋《つな》がっていて、それぞれエントランスを持《も》っている。

しかしそのどのエントランスでも月子《つきこ》を見《み》た者《もの》がおらず、監視《かんし》カメラにも写《うつ》っていないようだ。

昴《すばる》はまず、D棟《とう》に向《む》かった。そして、煌《こう》はE棟《とう》へ、泉《いずみ》はF棟《とう》へ向《む》かうよう指示《しじ》を出《だ》す。

月子《つきこ》がどれかの棟《とう》にいることは間違《まちが》いないように思《おも》うのだ。

D棟《とう》は理科室《りかしつ》などの特別教室《とくべつきょうしつ》がある棟《とう》で、E棟《むね》は教師《きょうし》たち個々《ここ》の研究室《けんきゅうしつ》がある棟《とう》、そしてF棟《とう》は部室《ぶしつ》がある棟《とう》……

D棟《とう》に着《つ》いた時《とき》、昴《すばる》のスマホが鳴《な》った。

ディスプレイを確認《かくにん》するとひかるからの着信《ちゃくしん》で、昴《すばる》は声《こえ》をひそめて電話《でんわ》に出《で》た。

「もしもし？　ひかるちゃん？」

『もしもし、昴《すばる》さん？』

弾《はず》む息《いき》から、ひかるが焦《あせ》っているようだとわかる。

「ひかるちゃん、どこ⁉　まさか外《そと》にいるの……⁉」

あのお転婆《てんば》なはとこは、また勝手《かって》に寮《りょう》を飛《と》び出《だ》したらしい。

「E棟《とう》です！　E棟《とう》の……！」

「もしもし⁉　ひかるちゃん⁉　ひかるちゃん⁉」

呼《よ》びかけてもひかるからの応答《おうとう》はなく、電話《でんわ》はプツリと切《き》れてしまった。

その後《あと》はかけなおしてもむなしく呼《よ》び出《だ》し音《おと》が鳴《な》るだけ。

（E棟《とう》……？）

E棟《とう》に向《む》かったのは煌《こう》だ。

昴《すばる》はマントを翻《ひるがえ》し、急《いそ》いでE棟《とう》に向《む》かったのだった。

◆

昴《すばる》に電話《でんわ》をかける少《すこ》し前《まえ》。

匂《にお》いに言及《げんきゅう》したもう一人《ひとり》の人物《じんぶつ》の存在《そんざい》を思《おも》い出《だ》したひかるは、真《ま》っ直《す》ぐE棟《とう》の校舎《こうしゃ》に向《む》かっていた。

ひかるの憶測《おくそく》が正《ただ》しければ、犯人《はんにん》はいつもE棟《とう》にいる人物《じんぶつ》だと思《おも》う。

（……よし！）

ひかるはポケットのスマホと銀製《ぎんせい》のナイフを確認《かくにん》すると、軽《かる》くうなずいた。

そして足音《あしおと》を忍《しの》ばせ、校舎内《こうしゃない》に入《はい》って行《い》く。

（そうだ、昴《すばる》さんに連絡《れんらく》しなきゃ……）

思《おも》わず飛《と》び出《だ》してきてしまったが、昴《すばる》は今度《こんど》こそこんなひかるに呆《あき》れているかもしれない。

（一人《ひとり》で行《い》ったらダメだ。ここで昴《すばる》さんたちを待《ま》とう）

もしかしたらひかるの考《かんが》えは間違《まちが》いで、昴《すばる》たちの邪魔《じゃま》をしてしまうかもしれないでも……

校舎内《こうしゃない》は薄暗《うすぐら》く、非常灯《ひじょうとう》の灯《あか》りだけが辺《あた》りをぼんやりと照《て》らしている。

初夏《しょか》とはいえ夜《よる》の学園《がくえん》はかなり肌寒《はださむ》く、ひかるは寒《さむ》さなのか怖《こわ》さなのかわからない震《ふる》えを抑《おさ》えながらスマホを手《て》に取《と》った。

すると、廊下《ろうか》の先《さき》で何《なに》か大《おお》きな障害物《しょうがいぶつ》が非常灯《ひじょうとう》に照《て》らされていた。

(まさか……!)

駆《か》け寄《よ》って障害物《しょうがいぶつ》の前《まえ》にしゃがみ込《こ》むと、予想《よそう》していた通《とお》り、それは古林月子《こばやしつきこ》だった。

「月子《つきこ》さん!」

頬《ほお》に触《ふ》れるとひんやりしていて、首筋《くびすじ》にはやはり噛《か》み痕《あと》がある。

ひかるは急《いそ》いで昴《すばる》に電話《でんわ》をかけた。

ほぼ呼《よ》び出《だ》し音《おと》を聞《き》かないまま、昴《すばる》とすぐに繋《つな》がる。

「もしもし、昴《すばる》さん?」

『ひかるちゃん、どこっ!? まさか外《そと》にいるの……!?』

「E棟《とう》です! E棟《とう》の……っ!!」

『もしもし、ひかるちゃん!? ひかるちゃん!?』

スマホから、昴《すばる》の声《こえ》が聞《き》こえる。

しかしひかるの鼻《はな》と口《くち》は背後《はいご》から伸《の》びてきた手《て》によってふさがれ、応《こた》えることができない。

ハンカチにしみ込《こ》んだ薬品《やくひん》のせいで、だんだんと視界《しかい》がぼやけてくる。

やがてひかるの意識《いしき》は、完全《かんぜん》に沈《しず》んでいった。


薄暗《うすぐら》い部屋《へや》の中《なか》で、ひかるは目《め》を覚《さ》ました。

薄《う》っすらと目《め》を開《あ》けると、どうやらベッドらしきものの上《うえ》に寝《ね》かされているらしい。

ぼんやりする頭《あたま》を押《お》さえ、ひかるはなんとか体《からだ》を起《お》こした。

「ああ、……もう起《お》きたの？」

斜《なな》め後《うし》ろから優《やさ》しい声《こえ》が聞《き》こえて振《ふ》り返《かえ》ると、そこにはひかるをこんな目《め》にあわせた犯《はん》人《にん》が椅子《いす》に座《すわ》っていた。

ハッとしてポケットに手《て》をやったが、そこにはスマホもナイフも入《はい》っていない。

「ああ、物騒《ぶっそう》な物《もの》は回収《かいしゅう》させてもらったよ」

「あなただったんですね……、赤坂先生《あかさかせんせい》」

ひかるが睨《にら》みつけると、赤坂《あかさか》はへらりと笑《わら》った。

「いつ僕《ぼく》だってわかっちゃった？」

「確信《かくしん》したのはついさっきです。それより……、月子《つきこ》さんは？　月子《つきこ》さんは大丈夫《だいじょうぶ》なの!?」

「ああ、古林《こばやし》さんなら大丈夫《だいじょうぶ》、生《い》きてるから。それにしてもずいぶん優《やさ》しいんだねえ、黒川《くろかわ》さん。自分《じぶん》の心配《しんぱい》より友達《ともだち》の心配《しんぱい》？」

そう言《い》うと赤坂《あかさか》は立《た》ち上《あ》がってひかるの方《ほう》へ近《ちか》づいてきた。

起《お》き上《あ》がって逃《に》げようとしたが、ひかるの足《あし》は鎖《くさり》でベッドに繋《つな》がれている。

「無理《むり》だよ、黒川《くろかわ》さん。もう君《きみ》は逃《に》げられないし、誰《だれ》も助《たす》けに来《こ》ない」

ひかるはそれでもベッドの上《うえ》でずるずると後《あと》ずさり、壁《かべ》に背中《せなか》を押《お》し付《つ》けた。

どうしようもなく体《からだ》が震《ふる》えるが、それでもありったけの勇気《ゆうき》をかき集《あつ》めて赤坂《あかさか》を睨《にら》みつける。

「ふふっ、いいねぇ。気《き》の強《つよ》い女《おんな》の子《こ》は好《す》きだよ」

再《ふたた》びへらりと笑《わら》った赤坂《あかさか》の犬歯《けんし》がちらりとのぞいたが、尖《とが》っていて、まるで牙《きば》のように見《み》える。

昴《すばる》や煌《こう》が着《き》ていたようなマントも羽織《はお》っていて、彼《かれ》もヴァンパイアなのだと一目瞭然《いちもくりょうぜん》でわかった。

「それにしても不思議《ふしぎ》でしょ、どうして誰《だれ》も見《み》つけてくれないのかって。君《きみ》、小一時間《こいちじかん》は眠《ねむ》ってたからね」

「小一時間《こいちじかん》……？」

おそらく昴《すばる》たちは校舎内《こうしゃない》を隈《くま》なく探《さが》しているはずで、赤坂《あかさか》の研究室《けんきゅうしつ》だって来《き》ているはずだ。

ひかるが一時間《いちじかん》も眠《ねむ》っていたなら、すでに発見《はっけん》されていてもいいようなものなのに。

「ここはE棟《とう》はE棟《とう》なんだけどさ、地下室《ちかしつ》なの。二階《にかい》の僕《ぼく》の研究室《けんきゅうしつ》と繋《つな》がってるんだけど、ここの存在《そんざい》は誰《だれ》も知《し》らないし、入《い》り口《ぐち》だって見《み》つけられやしないよ」

「……そんな」

「この島《しま》は昔《むかし》からヴァンパイアが住《す》み着《つ》いてた島《しま》だからね。この校舎《こうしゃ》だって、ヴァンパイアの屋敷《やしき》を潰《つぶ》して建《た》てられたものなんだ。ヴァンパイアはここでひっそり暮《く》らしていたけどさ、まあ、何《なに》かの時《とき》にすぐに逃《に》げられるよう地下室《ちかしつ》とか通路《つうろ》とか作《つく》っておいたんだろうね」

「それで……、先生《せんせい》は私《わたし》をこんなところに連《つ》れてきてどうするつもりなの？」

「どうしようねえ、黒川《くろかわ》さん」

赤坂《あかさか》はそう言《い》うと愉快《ゆかい》そうに笑《わら》った。

あの、いつも優《やさ》しくて穏《おだ》やかな赤坂先生《あかさかせんせい》の口調《くちょう》はそのままに。

「先生《せんせい》も……純血種《じゅんけつしゅ》のヴァンパイアなんでしょ？　どうして私《わたし》を襲《おそ》うの？　私《わたし》の血筋《ちすじ》は、きっと先生《せんせい》だって知《し》っているんでしょう？」

ひかるはできるだけ冷静《れいせい》に、そうたずねた。

多分自分《たぶんじぶん》はこれから赤坂《あかさか》に吸血《きゅうけつ》されるのだろう。

だから逃《に》げられないひかるに今《いま》できることは、昴《すばる》たちが見《み》つけてくれることを祈《いの》って時《じ》間《かん》を稼《かせ》ぐことだけだ。

「ははっ、質問《しつもん》かい？　いいだろう、時間《じかん》はたっぷりあるからね。僕《ぼく》はさ、人間《にんげん》と仲良《なかよ》く共存《きょうぞん》しようとかいうヴァンパイアの奴《やつ》らが嫌《きら》いで、反吐《へど》が出《で》るんだよね。生《い》きるために極最小限《ごくさいしょうげん》の吸血《きゅうけつ》で我慢《がまん》しようとか言《い》う奴《やつ》、虫唾《むしず》が走《はし》るんだよ。サプリだってさ、何《なに》あれ、くそ不味《まず》いんだよ？　だって吸血鬼《きゅうけつき》って、人間《にんげん》を襲《おそ》って吸血《きゅうけつ》してなんぼでしょ？　人間《にんげん》は僕《ぼく》らの餌《えさ》なんだからさ、餌《えさ》！」

「……餌《えさ》」

ひかるは赤坂《あかさか》の主張《しゅちょう》を聞《き》いて愕然《がくぜん》とした。

昴《すばる》から聞《き》いてはいたが、本当《ほんとう》に人間《にんげん》を餌扱《えさあつか》いする存在《そんざい》がいるなんて。

「そんなヴァンパイアの風上《かざかみ》にもおけないような奴《やつ》らが、ヴァンパイア界《かい》の頂点《ちょうてん》に君臨《くんりん》してるんだもん、笑《わら》っちゃうだろ？　人間《にんげん》の政財界《せいざいかい》まで牛耳《ぎゅうじ》ってさ。僕《ぼく》たち正統《せいとう》なヴァンパイアを『はぐれもの』扱《あつか》いして疎外《そがい》してさ。それが、君《きみ》のおじいちゃん、墨島剣造《すみじまけんぞう》なんだよ」

「だから……、おじいさんを恨《うら》んでるから、私《わたし》を、私《わたし》の周《まわ》りの人《ひと》を傷《きず》つけたの？」

「うん、そう。それに里井《さとい》さんも相田《あいだ》さんも大山《おおやま》さんも古林《こばやし》さんも、みんなまだ十五歳《じゅうごさい》！　やっぱり若《わか》い子《こ》の方《ほう》が肌《はだ》も柔《やわ》らかいし血《ち》も美味《おい》しいんだよね。美味《おい》しいし、君《きみ》の友達《ともだち》だし、一石二鳥《いちこくにちょう》ってやつ？　でも褒《ほ》めてほしいな。みんな命《いのち》まではとってないでしょ？　まあ、加減《かげん》が難《むずか》しかったんだけどねぇ」

ざわりと背筋《せすじ》に冷《つめ》たいものが走《はし》る。

彼女《かのじょ》たちが命《いのち》まで取《と》られなかったのは、もしかしたらたまたまだったのかもしれない。

「それで……、私《わたし》をどうする気《き》なの？」

「うーん、本当《ほんとう》は体中《からだじゅう》の血液全部《けつえきぜんぶ》吸《す》っちゃおうと思《おも》ってたんだけどさ、気《き》が変《か》わっちゃった。だって君《きみ》の血《ち》、一回《いちかい》で終《お》わらせちゃうのはもったいないもん」

「それって、どういう……」

たずねながら、ひかるは体《からだ》の震《ふる》えが止《と》まらなかった。

本当《ほんとう》は赤坂《あかさか》は、ひかるをこのまま殺《ころ》してしまうつもりだったのだ。

ただ、墨島剣造《すみじまけんぞう》に対《たい》する見《み》せしめだけのために。

「君《きみ》は知《し》らなかっただろうけどさ、あの、墨島昴《すみじますばる》？　表向《おもてむ》き生徒会長《せいとかいちょう》だけど、あれは墨《すみ》島剣造《じまけんぞう》が君《きみ》を守《まも》るために直接命令《ちょくせつめいれい》を下《くだ》しているヴァンパイアハンターだよ」

「それは……」

知《し》っている。ひかるを守《まも》るためというのはともかく、生徒会《せいとかい》が『はぐれもの』を狩《か》るヴァンパイアハンターだということは昴《すばる》から聞《き》いていた。

「へえ、知《し》ってたんだ。じゃあ、その『本来《ほんらい》ヴァンパイアハンターである藍崎煌《あいざきこう》』に自分《じぶん》が吸血《きゅうけつ》されたことも？」

赤坂《あかさか》が面白《おもしろ》そうにたずねる。

ひかるが黙《だま》っていると、また赤坂《あかさか》はにこにこしながら語《かた》りだした。

「何《なに》が『ヴァンパイアハンター』だよね。自分《じぶん》の本能《ほんのう》を制御《せいぎょ》することもできない子供《こども》のくせに」

「子供《こども》……？」

「ヴァンパイアって、思春期《ししゅんき》を過《す》ぎると本能《ほんのう》に目覚《めざ》めるんだけど、奴《やつ》らはそれをサプリを使《つか》って抑《おさ》え込《こ》む。でも藍崎《あいざき》は薬《くすり》も嫌《いや》だったんだろうな。生《い》きてく上《うえ》で最低限《さいていげん》の薬《くすり》しか摂取《せっしゅ》してないらしい。ほらあいつ、いつも青《あお》っ白《ちろ》い顔《かお》して低血圧《ていけつあつ》だっただろ？」

（そうだったんだ……。藍崎《あいざき》くんは純血種《じゅんけつしゅ》である自分《じぶん》の本能《ほんのう》に抗《あらが》って……。それなのに私《わたし》は……）

たしかに、昴《すばる》は煌《こう》について、吸血《きゅうけつ》するのも、人間《にんげん》の血液《けつえき》から薬《くすり》を作《つく》るのも嫌《いや》がっているのだと言《い》っていた。

きっと煌《こう》の中《なか》には、ひかるのわからない、ものすごい葛藤《かっとう》があるのだろう。

ひかるに謝罪《しゃざい》していた煌《こう》の辛《つら》そうな顔《かお》を思《おも》い出《だ》す。

今更《いまさら》ながら、煌《こう》を疑《うたが》ってしまった自分《じぶん》にも腹《はら》が立《た》つ。

昴《すばる》だって、ヴァンパイア界《かい》を守《まも》るためとは言《い》え、同族《どうぞく》である『はぐれもの』を狩《か》ることが辛《つら》くないわけない。

それなのに、こいつは。大人《おとな》で、教師《きょうし》という職《しょく》に就《つ》いていながら、人間《にんげん》に誠実《せいじつ》でいようとするヴァンパイアを欺《あざむ》くようなことをするなんて。

「……謝《あやま》って。昴《すばる》さんにも藍崎《あいざき》くんにも。二人とも、理想《りそう》を持《も》つ立派《りっぱ》なヴァンパイアなんだから。」

「人《ひと》の生《い》き血《ち》を吸《す》って生《い》きるヴァンパイアに理想《りそう》も何《なに》もないだろう？　精神論《せいしんろん》で抑《おさ》え込《こ》んで我慢《がまん》できるほどヴァンパイアの本能《ほんのう》は生易《なまやさ》しくないさ。藍崎《あいざき》も、黒川《くろかわ》さんの来守《くるす》一族《いちぞく》の血《ち》に、抗《あらが》えなかっただろう」

「精神論《せいしんろん》……」

「……さて、おしゃべりはもういいかな？」

赤坂《あかさか》はそう言《い》うと、ひかるの方《ほう》へ近《ちか》づいてきた。

後《うし》ろが壁《かべ》でもう下《さ》がれないひかるの目《め》の前《まえ》まで来《き》て、息《いき》がかかるくらいの距離《きょり》でにやりと笑《わら》う。

その瞬間瞳《しゅんかんひとみ》が赤《あか》く光《ひか》り、犬歯《けんし》が牙《きば》のように尖《とが》った。

「ああ、美味《おい》しそうな匂《にお》いだ」

手《て》を伸《の》ばしてひかるの襟《えり》をぐいっと下《さ》げると、顔《かお》を近《ちか》づけて来《く》る。

恐怖《きょうふ》と嫌悪感《けんおかん》で体《からだ》が震《ふる》え、目《め》には涙《なみだ》が浮《う》かんでくる。

「ふふっ、大丈夫《だいじょうぶ》だよ、怖《こわ》がらなくても。殺《ころ》しはしないって言《い》ったでしょ？　黒川《くろかわ》さんはこれからここで一生《いっしょう》、僕《ぼく》の餌《えさ》として生《い》きるんだ」

「やだ！　触《さわ》らないで！」

「やだって言《い》ってもなぁ、泣《な》き叫《さけ》んだって誰《だれ》も来《こ》ないし」

「嫌《いや》っ！　助《たす》けて！　誰《だれ》か、助《たす》けて！」

叫《さけ》ぶひかるを押《お》さえつけ、首筋《くびすじ》に牙《きば》を突《つ》き立《た》てようとした正《まさ》にその時《とき》。


グワッシャーン！

大《おお》きな爆発音《ばくはつおん》が響《ひび》いて、突然天井《とつぜんてんじょう》に大《おお》きな穴《あな》が空《あ》いた。

驚《おどろ》いて見上《みあ》げると、黒《くろ》いマントを大《おお》きく広《ひろ》げた藍崎煌《あいざきこう》が舞《ま》い降《お》りて来《く》る。

（……綺麗《きれい》）

この状況《じょうきょう》に似《に》つかわしくない感想《かんそう》だが、ひかるはこの光景《こうけい》をとても綺麗《きれい》だと思《おも》った。

音《おと》もなく降《お》り立《た》った煌《こう》は、その足《あし》で目《め》の前《まえ》にいる赤坂《あかさか》の頭《あたま》を蹴《け》り上《あ》げた。

「うっ！」

赤坂《あかさか》がうなり声《ごえ》を上《あ》げながら床《ゆか》の上《うえ》に蹲《うずくま》る。

そして、立《た》ち上《あ》がろうとするところにもう一度《いちど》蹴《け》りを入《い》れた。

「黒川《くろかわ》！」

煌《こう》はひかるの方《ほう》を振《ふ》り返《かえ》ると、その姿《すがた》を見《み》て眉根《まゆね》を寄《よ》せた。

ひかるはベッドの上《うえ》に座《すわ》らされていて、その足《あし》は鎖《くさり》で繋《つな》がれているのだから。

「藍崎《あいざき》くん、後《うし》ろ！」

煌《こう》がひかるに気《き》をとられているうち、赤坂《あかさか》はなんとか立《た》ち上《あ》がったようだ。

煌《こう》はひかるを背中《せなか》に庇《かば》う様《よう》に前《まえ》に立《た》つと、赤坂《あかさか》と対峙《たいじ》した。

しかし赤坂《あかさか》は煌《こう》に向《む》かってこようとはせず、マントをばさりと広《ひろ》げた。

まるで羽《は》ばたくように扇《あお》ぐと、一気《いっき》に天井《てんじょう》まで飛《と》び上《あ》がる。

しかしゴンッと大《おお》きな音《おと》がして、赤坂《あかさか》はそのまま落《お》ちてきた。

鈍《にぶ》い音《おと》が鳴《な》って倒《たお》れこんだ赤坂《あかさか》の前《まえ》に、ひらりと昴《すばる》が舞《ま》い降《お》りてくる。

「無駄《むだ》だ。もうここからは逃《に》げられない」

昴《すばる》がそう言《い》って天井《てんじょう》の穴《あな》を指《ゆび》さすと、そこには泉《いずみ》が立《た》っていて、赤坂《あかさか》に向《む》かって親指《おやゆび》を立《た》てた。

煌《こう》と昴《すばる》が、赤坂《あかさか》を間《あいだ》に挟《はさ》むようにして対峙《たいじ》する。

「……くそっ!!」

今度《こんど》は赤坂《あかさか》は軽《かる》く飛《と》び上《あ》がると、煌《こう》の後《うし》ろにいるひかるに向《む》かってこようとした。

どこに隠《かく》し持《も》っていたのか、右手《みぎて》には短《みじか》い剣《けん》が握《にぎ》られている。

煌《こう》はひかるを背中《せなか》に庇《かば》ったまま、両手《りょうて》で赤坂《あかさか》の右手《みぎて》をつかんだ。

「くそっ！　離《はな》せ！」

赤坂《あかさか》が闇雲《やみくも》に短剣《たんけん》を振《ふ》り回《まわ》そうとするのを、煌《こう》は抑《おさ》え込《こ》み、昴《すばる》は後《うし》ろから足《あし》を払《はら》って尻《しり》もちをつかせた。

短剣《たんけん》を奪《うば》った煌《こう》が赤坂《あかさか》の腹《はら》めがけて蹴《け》りを入《い》れ、彼《かれ》がどうっと後《うし》ろに倒《たお》れる。

それでもまだ蹴《け》りを入《い》れようとする煌《こう》を、昴《すばる》は笑《わら》いながら止《と》めた。

「もうやめろ、煌《こう》。死《し》んじゃうから」

「……でも」

「あとは上《うえ》に任《まか》せよう。ほら、ひかるちゃん怯《おび》えてるから」

昴《すばる》に言《い》われて、煌《こう》はハッとしたように後《うし》ろを振《ふ》り返《かえ》った。

しかしひかるはしっかりとベッドの横《よこ》に立《た》っている。

「怪我《けが》はないか？」

そう煌《こう》にたずねられ、ひかるは大《おお》きくうなずいた。

「そうか、よかった」

煌《こう》がホッとしたように優《やさ》しく笑《わら》う。

（うわ……）

イケメンの笑顔《えがお》は破壊力《はかいりょく》がある。

しかも、滅多《めった》に笑《わら》わない相手《あいて》ならなおさらだ。

思《おも》わず顔《かお》が火照《ほて》るのを感《かん》じ手《しゅ》で顔《かお》を仰《あお》いでいると、突然《とつぜん》煌《こう》がひかるの足首《あしくび》を持《も》った。

（ええ?!）

驚《おどろ》いて足《あし》を引《ひ》っ込《こ》めようとしたのだが、煌《こう》の視線《しせん》はひかるの足首《あしくび》に繋《つな》がれた鎖《くさり》を凝視《ぎょうし》していた。

「ちょっと待《ま》ってろ」

そう言《い》うと煌《こう》は自分《じぶん》の懐《ふところ》から短剣《たんけん》を取《と》り出《だ》す。それから、短剣《たんけん》の柄部分《えぶぶん》から小《ちい》さな小刀《こがたな》を抜《ぬ》き出《だ》すと、鎖《くさり》の鍵部分《かぎぶぶん》に差《さ》し込《こ》んだ。

指《ゆび》を起用《きよう》に回《まわ》していると、カチャリと音《おと》が鳴《な》って、鎖《くさり》が外《はず》れた。

「大丈夫《だいじょうぶ》か？　痛《いた》かっただろう」

足首《あしくび》には鎖《くさり》の痕《あと》がくっきりとついていて、擦《す》れて傷《きず》ができたのか血《ち》が滲《にじ》んでいる。

「っ！　煌《こう》、すぐにひかるちゃんから離《はな》れろ！」

赤坂《あかさか》を縛《しば》り上《あ》げていた昴《すばる》が飛《と》び込《こ》んできて、煌《こう》をひかるから引《ひ》きはがそうとした。

（え？　まさか、もしかして？）

そう言《い》えば、煌《こう》がひかるから吸血《きゅうけつ》したのはひかるが手首《てくび》を怪我《けが》して血《ち》が滲《にじ》んでいたのがきっかけだった。

煌《こう》がひかるの足首《あしくび》から目線《めせん》を外《はず》し、ゆっくりと顔《かお》を上《あ》げる。

ひかるは息《いき》をのんで彼《かれ》の顔《かお》を見《み》つめた。

（あ……）

ひかると視線《しせん》を合《あ》わせた彼《かれ》の瞳《ひとみ》は元《もと》のままで、赤《あか》くなってはいなかった。

煌《こう》の唇《くちびる》が緩《ゆる》やかに弧《こ》を描《えが》く。

「もう二度《にど》と、あんな目《め》には合《あ》わせないから」

にっこり微笑《ほほえ》む煌《こう》に、ひかるの体温《たいおん》が上昇《じょうしょう》した。

「とりあえず上《うえ》に戻《もど》ろう」

昴《すばる》がそう言《い》うのを聞《き》いて、ひかるは一歩前《いちほまえ》に進《すす》み出《で》た。

目《め》の前《まえ》には、縛《しば》られて、両脇《りょうわき》を昴《すばる》と泉《いずみ》に押《お》さえられた赤坂《あかさか》がいる。

「待《ま》って、私《わたし》にも殴《なぐ》らせて」

「え……？」

昴《すばる》が返事《へんじ》をする間《ま》もなく、ひかるの拳《こぶし》は赤坂《あかさか》の左《ひだり》の頬《ほお》を直撃《ちょくげき》していた。

どうっと赤坂《あかさか》の体《からだ》が飛《と》んでいく。

「これは、美雪《みゆき》の分《ぶん》。次《つぎ》は、咲子《さきこ》さんの……！」

「待《ま》って待《ま》ってひかるちゃん！　こいつホントに死《し》んじゃうから！」

昴《すばる》に止《と》められて、ひかるは仕方《しかた》なく拳《こぶし》をおろした。

本当《ほんとう》は、被害《ひがい》に遭《あ》った友人全員《ゆうじんぜんいん》分殴《ぶんなぐ》ってやりたい。

でもすでに散々煌《さんざんこう》に蹴《け》られた赤坂《あかさか》は、床《ゆか》にぐったり横《よこ》たわったまま立《た》ち上《あ》がる気力《きりょく》もないようだ。

「大丈夫《だいじょうぶ》だよ、ひかるちゃん。こいつにはきちんと罪《つみ》を償《つぐな》わせるから」

昴《すばる》はそう言《い》って笑《わら》うと、赤坂《あかさか》の体《からだ》を引《ひ》いて無理矢理立《むりやりた》たせた。

「さ、戻《もど》ろう。みんな心配《しんぱい》してるから」

「はい」

返事《へんじ》をして歩《ある》き出《だ》そうとしたひかるの体《からだ》が、突然《とつぜん》ふわりと浮《う》いた。

「ひえっ！」

あろうことか、煌《こう》に抱《だ》き上《あ》げられている。

「ちょっと何《なに》してるの藍崎《あいざき》くん、おろして！」

「でも黒川《くろかわ》、足怪我《あしけが》してるから」

「こんなの怪我《けが》のうちに入《はい》らないよ……って、ちょっと！」

「ひかるちゃん、おとなしく抱《だ》っこされてて。ホントは僕《ぼく》が抱《だ》っこしてあげたいんだけど、残念《ざんねん》ながら僕《ぼく》たちの中《なか》で一番力持《いちばんちからも》ちなの、煌《こう》なんだよね」

「そういうこと」

間近《まぢか》で煌《こう》の笑顔《えがお》が輝《かがや》いて、ひかるは気絶《きぜつ》しそうになった。

やはり、イケメンの笑顔《えがお》の破壊力《はかいりょく》はすごい。色々《いろいろ》、いっぱいいっぱいでぐったりしたひかるを抱《だ》いたまま、煌《こう》はマントを翻《ひるがえ》してふわりと舞《ま》い上《あ》がった。

(え!?　飛《と》んだ!?)

一瞬《いっしゅん》のうちに、ひかるの体《からだ》は地上《ちじょう》にあった。

ほんの数《すう》メートルだったけど、たしかに宙《ちゅう》に浮《う》いたのだ。

ちなみにひかるは以前《いぜん》にも煌《こう》に抱《だ》き上《あ》げられたことがあるのだけれど、彼女《かのじょ》がそれを知《し》るのはまだ先《さき》のことだ。

第五章《だいごしょう》　戻《もど》ってきた平穏《へいおん》

墨島学園高等部《すみじまがくえんこうとうぶ》で起《お》きた連続吸血事件《れんぞくきゅうけつじけん》は解決《かいけつ》した。

四人《よにん》もの女子生徒《じょしせいと》を傷《きず》つけ、学園《がくえん》を恐怖《きょうふ》の渦《うず》に巻《ま》き込《こ》んだ吸血犯《きゅうけつはん》は生徒会《せいとかい》によって捕縛《ほばく》され、警察《けいさつ》に突《つ》き出《だ》されたのだ。

生徒《せいと》と保護者《ほごしゃ》、そして学園関係者《がくえんかんけいしゃ》に発表《はっぴょう》された内容《ないよう》は次《つぎ》の通《とお》り。

『犯人《はんにん》は一年《いちねん》A組《くみ》の担任《たんにん》で化学《かがく》の担当教師《たんとうきょうし》赤坂《あかさか》。

彼《かれ》は墨島学園《すみじまがくえん》に一方的《いっぽうてき》な恨《うら》みと妬《ねた》みを持《も》っており、教師《きょうし》として入《はい》り込《こ》んで学園《がくえん》を混乱《こんらん》させる機会《きかい》を伺《うかが》っていた。

島《しま》にヴァンパイア伝説《でんせつ》が残《のこ》っていたことから、これを利用《りよう》し、吸血鬼《きゅうけつき》を装《よそお》って生徒《せいと》たちに近《ちか》づき、注射器《ちゅうしゃき》によって血《ち》を抜《ぬ》き取《と》った』

要約《ようやく》すると、こんな感《かん》じである。

しかしひかるは昴《すばる》から、事件《じけん》の後日譚《ごじつたん》を聞《き》いている。

昴《すばる》や煌《こう》たちの活躍《かつやく》で捕《つか》まった赤坂《あかさか》は、墨島《すみじま》グループの戦略情報部《せんりゃくじょうほうぶ》なる機関《きかん》に秘密裏《ひみつり》に送《おく》られたらしい。

なんとも怪《あや》しい、恐《おそ》ろしいネーミングの機関《きかん》である。

その後《ご》、都心《としん》にある藍崎総合病院《あいざきそうごうびょういん》で牙《きば》を抜《ぬ》かれ、記憶《きおく》を操作《そうさ》された赤坂《あかさか》は警察《けいさつ》に突《つ》き出《だ》された。

今《いま》は、自分《じぶん》がヴァンパイアであったことさえ忘《わす》れ、人間《にんげん》として裁《さば》かれているという。

ヴァンパイア界《かい》には、まだまだひかるが知《し》らない怖《こわ》いことがあるようだ。

休校《きゅうこう》のまま突入《とつにゅう》した長《なが》い夏休《なつやす》みを終《お》えた学園《がくえん》の生徒《せいと》たちは、八月下旬《はちがつげじゅん》にかけて続々《ぞくぞく》と島《しま》に戻《もど》ってきた。

もちろん相田美雪《あいだみゆき》も、元気《げんき》になって帰《かえ》ってきた。

美雪《みゆき》が島《しま》に戻《もど》ってくる日《ひ》に空港《くうこう》まで迎《むか》えに行《い》ったひかるは、彼女《かのじょ》の顔《かお》を見《み》るなり抱《だ》きついた。

美雪《みゆき》たちの仇《かたき》をとるのだとずっと気《き》を張《は》っていたけど、やはり怖《こわ》いし寂《さび》しかったのだ。

「よしよし、頑張《がんば》ったね」

ひかるの頭《あたま》を撫《な》でる美雪《みゆき》の顔《かお》は、すっかりお姉《ねえ》さんだったという。

また、大山咲子《おおやまさきこ》と竹井奏絵《たけいかなえ》も元気《げんき》に島《しま》に戻《もど》ってきた。

実家《じっか》に戻《もど》っている間《あいだ》も恋人《こいびと》が頻繁《ひんぱん》に見舞《みま》いにきてくれたと惚気《のろけ》る咲子《さきこ》に対《たい》して、奏絵《かなえ》は自分《じぶん》も早《はや》く彼氏《かれし》を見《み》つけるのだと意気込《いきご》んでいる。

それから、なにかとひかるにつっかかってきた生徒会《せいとかい》の親衛隊長《しんえいたいちょう》尾野綾香《おのあやか》は、学園《がくえん》に戻《もど》るなり活動《かつどう》を再開《さいかい》している。

登下校《とうげこう》の追《お》っかけはもちろん、生徒会《せいとかい》に付《つ》きまといそうな女生徒《じょせいと》は排除《はいじょ》しようと目《め》を光《ひか》らせているようだ。

ただ、墨島《すみじま》との関係性《かんけいせい》を知《し》ったことで、ひかるに対《たい》する当《あ》たりはトーンダウンしたので、それについてはちょっとだけ残念《ざんねん》に思《おも》っている。

また、ひかるをあれほど蔑《さげす》んでいた阿部《あべ》も、すっかりおとなしくなった。

これもひかるが墨島家《すみじまけ》の遠縁《とおえん》という事実《じじつ》（直系《ちょっけい》であることは告《つ》げていないが）が効《き》いたのだろう。

バックグラウンドを見《み》て罵《ののし》る相手《あいて》を変《か》えるとは、本当《ほんとう》に小《ち》さくてつまらない男《おとこ》だ。

そして吸血事件《きゅうけつじけん》の最後《さいご》の被害者《ひがいしゃ》になった古林月子《こばやしつきこ》は、結局実家《けっきょくじっか》に帰《かえ》らないまま夏《なつ》の間《あいだ》を学園《がくえん》で過《す》ごした。ひかるとは、今《いま》ではかなりの仲良《なかよ》しである。

そんなひかるたちを中心《ちゅうしん》に、一年《いちねん》A組《くみ》にはすっかり笑顔《えがお》が戻《もど》った。

担任《たんにん》は変《か》わったけれど、まだまだあと半年以上《はんとしいじょう》、このクラスで楽《たの》しめそうだ。

生徒会《せいとかい》メンバーは、相変《あいか》わらず大人気《だいにんき》だ。

吸血犯《きゅうけつはん》を捕《つか》まえたことから、余計《よけい》にその人気《にんき》は上《あ》がっている。

朝《あさ》、正門《せいもん》でお出迎《でむか》えする女生徒《じょせいと》は春《はる》の倍《ばい》くらいの人数《にんずう》に膨《ふく》れ上《あ》がっていて、収拾《しゅうしゅう》がつかないくらいだ。

そんな中《なか》を墨島昴《すみじますばる》は笑顔《えがお》で手《て》を振《ふ》りながら、桃谷泉《ももやいずみ》は投《な》げキッスを飛《と》ばしながら、緑山《みどりやま》さおりは微笑《ほほえ》みながら、青野獏《あおのばく》は神経質《しんけいしつ》そうにうなずきながら、そして藍崎煌《あいざきこう》は仏頂面《ぶっちょうづら》で、門《もん》をくぐっていく。

でも、ひかるを見《み》つけた時《とき》、煌《こう》の口元《くちもと》がわずかにほころぶのは、よく彼《かれ》を見《み》ている人《ひと》にしかわからない変化《へんか》だろう。

そして吸血犯逮捕《きゅうけつはんたいほ》に一役買《ひとやくか》ったと言《い》われている黒川《くろかわ》ひかるもまた、人気者《にんきもの》の一人《ひとり》になった。

ひかるはあの事件《じけん》を機《き》に生徒会入《せいとかいい》りを打診《だしん》されたが、固辞《こじ》している。

理由《りゆう》は、『もっと普通《ふつう》の生徒《せいと》として楽《たの》しみたいから』だ。

でも、墨島昴《すみじますばる》の勧誘《かんゆう》をいつまで振《ふ》り切《き》れるかと、周囲《しゅうい》の生徒《せいと》たちは温《あたた》かく見守《みまも》っている。

中《なか》には、賭《か》けをしている生徒《せいと》もいるらしい。

あの事件《じけん》の後《あと》、ひかるは昴《すばる》とさおりからこってりと絞《しぼ》られた。

たしかに煌《こう》や昴《すばる》が間《ま》に合《あ》ったから良《よ》かったようなものの、もし彼《かれ》らの助《たす》けが遅《おそ》かったら……、もしずっと地下室《ちかしつ》が見《み》つからなかったら……、そう思《おも》うとぞっとする。

あの時《とき》、島《しま》の古地図《こちず》を解析《かいせき》して地下室《ちかしつ》の存在《そんざい》に気付《きづ》いたのは、獏《ばく》のお手柄《てがら》だったと聞《き》く。

また当然《とうぜん》、連絡《れんらく》を受《う》けた紫野《むらさきの》にも散々説教《さんざんせっきょう》された。

このことは祖父剣造《そふけんぞう》にも報告《ほうこく》すると言《い》われた。まだ見《み》ぬ祖父《そふ》はさぞかしお転婆《てんば》な孫娘《まごむすめ》だと呆《あき》れていることと思《おも》う。


八月末《はちがつまつ》から授業《じゅぎょう》が再開《さいかい》すると、九月《くがつ》に入《はい》ってすぐ、期末考査《きまつこうさ》が行《おこな》われた。

本当《ほんとう》は七月《しちがつ》に行《おこな》うものが、例《れい》の事件《じけん》で延期《えんき》になってしまっていた。

「すごーい！　また藍崎《あいざき》くんが一番《いちばん》でひかるが二番《にばん》！」

貼《は》りだされた結果《けっか》を見《み》て美雪《みゆき》が感嘆《かんたん》の声《こえ》を上《あ》げている。

周囲《しゅうい》の生徒《せいと》たちに、『カンニングしただろう』などとひかるを疑《うたが》う者《もの》はもういない。

それどころか、口々《くちぐち》に『おめでとう』と言《い》われるからなんだかくすぐったい。

人《ひと》だかりの中《なか》には昴《すばる》の姿《すがた》もあって、「ひかるちゃ～ん、おめでとう～！」と笑顔《えがお》で手《て》を振《ふ》っている。

でもそう言《い》う昴《すばる》だって二年生《にねんせい》のトップだ。

「全然《ぜんぜん》おめでたくない」

ひかるはそう言《い》うと掲示板《けいじばん》を睨《にら》んだ。

「え？　どうして？　二番《にばん》よ？　すごくない？」

美雪《みゆき》が目《め》を丸《まる》くしている。

「だって今回《こんかい》は一番《いちばん》とってやろうって頑張《がんば》ったんだもん！　また藍崎《あいざき》くんに負《ま》けたなんてすごく悔《くや》しい！　夏休《なつやす》みだって学園《がくえん》に残《のこ》って頑張《がんば》ったのに！」

そう、ひかるは夏休《なつやす》み中《じゅう》、ずっと補講《ほこう》を受《う》けて頑張《がんば》ったのだ。

図書館《としょかん》にだって通《かよ》って勉強《べんきょう》したのに。

「藍崎《あいざき》くんなんて、どうして補講《ほこう》にきてるのか不思議《ふしぎ》なくらい、いつも寝《ね》てたんだよ？　図書館《としょかん》だって、寝《ね》るだけのくせにいつも来《き》てたし！」

ひかるがそう言《い》って口《くち》を尖《とが》らせると、美雪《みゆき》がにんまりと笑《わら》った。

「ふうん、藍崎《あいざき》くん、いつも図書館《としょかん》に来《き》てたの？」

「そう。いつも私《わたし》の前《まえ》の席《せき》とかに座《すわ》って、邪魔《じゃま》してるのかって思《おも》うくらい見《み》てくるの」

「ふう〜ん」

「何《なに》よ」

「ううん、別《べつ》に」

「次《つぎ》の考査《こうさ》では、絶対一番《ぜったいいちばん》とってやるから！　待《ま》ってろよ！　藍崎煌《あいざきこう》！」

ひかるは順位表《じゅんいひょう》に向《む》かってびしっと指《ゆび》を向《む》けると、そう言《い》って踵《きびす》を返《かえ》した。

今日《きょう》からもう次《つぎ》に向《む》けて勉強《べんきょう》だ。

「へえ、それは楽《たの》しみだな」

頭《あたま》の上《うえ》から声《こえ》が聞《き》こえて振《ふ》り返《かえ》ると、思《おも》った通《とお》り藍崎煌《あいざきこう》がこちらを見《み》ていた。

相変《あいか》わらず無表情《むひょうじょう》だが、心《こころ》なしか、目《め》が笑《わら》っている気《き》がする。

例《れい》の事件《じけん》の時《とき》は何度《なんど》か破壊的《はかいてき》な笑顔《えがお》を見《み》せてくれていたが、そう安売《やすう》りはしないつもりらしい。

その飄々《ひょうひょう》とした態度《たいど》にむかついたひかるは頬《ほお》を膨《ふく》らませて背《せ》を向《む》けた。

教室《きょうしつ》に向《む》かって歩《ある》き出《だ》すと、何故《なぜ》か煌《こう》もついてくる。

「黒川《くろかわ》、話《はなし》があるんだけど」

「何《なに》？　歩《ある》きながらでいいんなら聞《き》くよ？」

「ちょっと、二人《ふたり》になれないか？」

「え？」

振《ふ》り返《かえ》ると、煌《こう》も立《た》ち止《ど》まってひかるを見《み》ていた。

なんなんだ、そのいつになく不安《ふあん》げな目《め》は。

「じゃあ私《わたし》は教室《きょうしつ》に戻《もど》ってるわね。お先《さき》に～」

美雪《みゆき》が笑顔《えがお》で手《て》を振《ふ》る。

その口《くち》がなぜか（が・ん・ば・れ）と言《い》っていた。

「屋根《やね》があるところ行《い》こうよ」

煌《こう》についてきたら校庭《こうてい》の端《はし》のポプラの木《き》の下《した》に来《き》てしまったので、ひかるはそう声《こえ》をかけた。

「なんで？」

「だって、純血種《じゅんけつしゅ》のヴァンパイアって日光《にっこう》が得意《とくい》じゃないんでしょ？　ほらよく、溶《と》けちゃうとか砂《すな》になっちゃうとか言《い》うじゃない。前《まえ》に昴《すばる》さんも、あまりたくさん日《ひ》の光《ひかり》を浴《あ》び過《す》ぎると火傷《やけど》みたいになるって言《い》ってたし」

「溶《と》けはしないし砂《すな》にもならないけど……」

そう言《い》うと煌《こう》は微《かす》かに口角《こうかく》を上《あ》げた。

「心配《しんぱい》してくれてるんだな」

「まぁ……、助《たす》けてもらったしね」

「そうか。……なぁ、黒川《くろかわ》」

「なあに？」

名前《なまえ》を呼《よ》ばれて煌《こう》を見《み》つめると、彼《かれ》は突然《とつぜん》ひかるの目《め》の前《まえ》に跪《ひざまず》いた。

(え……!?　何《なに》!?)

声《こえ》もなく驚《おどろ》いていると、煌《こう》は跪《ひざまず》いたまま右手《みぎて》を差《さ》し出《だ》してくる。

その格好《かっこう》はなんというかおとぎ話《ばなし》に出《で》てくる王子様《おうじさま》みたいで、ひかるは大《おお》きな目《め》をさらに見開《みひら》いて瞬《しばたた》かせた。

「来月開催《らいげつかいさい》される舞踏会《ぶとうかい》で、俺《おれ》のパートナーになってくれないか？」

「………はい？　舞踏会《ぶとうかい》？」

ひかるはきょとんと首《くび》を傾《かし》げた。

そう言《い》えば、だいぶ前《まえ》に美雪《みゆき》が秋《あき》に舞踏会《ぶとうかい》があるとかないとか言《い》っていたかもしれない。

でも自分《じぶん》には全《まった》く関係《かんけい》がないし興味《きょうみ》がないひかるは、話半分《はなしはんぶん》に聞《き》いていたっけ。

「舞踏会《ぶとうかい》って、社交《しゃこう》ダンス？　みたいなのするんだよね？　悪《わる》いけど私《わたし》……、踊《おど》れないよ？」

自慢《じまん》じゃないが、幼稚園《ようちえん》のお遊戯《ゆうぎ》とか、地元《じもと》の盆踊《ぼんおど》りくらいしか踊《おど》ったことがない。

想像《そうぞう》でしかないが、舞踏会《ぶとうかい》というからにはきっと綺麗《きれい》なドレスを着《き》て踵《かかと》の高《たか》い靴《くつ》を履《は》いて踊《おど》るのだ。そんな芸当《げいとう》が自分《じぶん》に出来《でき》る気《き》がしない。

しかし煌《こう》はしれっと答《こた》えた。

「いや、大丈夫《だいじょうぶ》だ。俺《おれ》も踊《おど》れないから」

「何言《なにい》ってるの？　それでなんでパートナーとか申《もう》し込《こ》んでるの？」

「一緒《いっしょ》に練習《れんしゅう》すればいいだろ？　舞踏会《ぶとうかい》まではまだひと月《つき》ある。黒川《くろかわ》も俺《おれ》も運動神経《うんどうしんけい》には問題《もんだい》ないから、まぁなんとかなるだろ」

どや顔《かお》でそんなことを言《い》う目《め》の前《まえ》のイケメンに、開《あ》いた口《くち》がふさがらない。

「だいたい……、なんで私《わたし》？　藍崎《あいざき》くんならあなたと踊《おど》りたい女の子《おんなのこ》、いっぱいいるでしょ？」

「……俺《おれ》は、黒川《くろかわ》がいいんだ」

「………え？」

キュン。

（いやいや、キュンとかしないから）

ひかるは打《う》ち消《け》すように顔《かお》を手《て》で扇《あお》いだ。

なんだか照《て》れたような顔《かお》でそんな台詞《せりふ》を吐《は》いている煌《こう》に、普通《ふつう》の女《おんな》の子《こ》なら撃沈《げきちん》しちゃうのだろうが。

「藍崎《あいざき》くん……、最初《さいしょ》私《わたし》のこと嫌《きら》いだったはずだよね？　最初《さいしょ》の頃《ころ》、会《あ》うたび嫌《いや》な顔《かお》してたじゃない」

来守《くるす》一族《いちぞく》の血《ち》とやらのせいで血迷《ちまよ》ってひかるから吸血《きゅうけつ》してしまったようだが、本来煌《ほんらいこう》はひかるのことが嫌《きら》いなはずだ。

先日助《せんじつたす》けてくれたのだって、ヴァンパイアハンターの使命感《しめいかん》と、思《おも》いがけず吸血《きゅうけつ》してしまったことへの贖罪《しょくざい》みたいなものだろう。

しかし煌《こう》は少《すこ》しムッとした顔《かお》になると、「嫌《きら》いじゃないよ」と呟《つぶや》いた。

「来守一族《くるすいちぞく》の血《ち》のせいか知《し》らないけど、黒川《くろかわ》に近《ちか》づくと美味《おい》しそうな匂《にお》いがしてやばかったんだ。だからなるべく避《さ》けてたし、うっかり近《ちか》づいてしまった時《とき》は息《いき》を止《と》めたりしてた」

「……何《なに》それ」

泉《いずみ》や赤坂《あかさか》にもそんなことを散々《さんざん》言《い》われてきたが、匂《にお》いなんて自分《じぶん》ではわからないし、正《しょう》直自分《じきじぶん》の匂《にお》いのことを言《い》われるのは気分《きぶん》のいいものでもない。

「俺《おれ》は純血種《じゅんけつしゅ》のくせにずっと吸血行為《きゅうけつこうい》自体《じたい》を嫌悪《けんお》してた。だから黒川《くろかわ》に近《ちか》づくと抑《おさ》え込《こ》んでた本能《ほんのう》が呼《よ》び覚《さ》まされるような気《き》がして嫌《いや》だったんだ」

「藍崎《あいざき》くんは……、ヴァンパイアである自分《じぶん》が受《う》け入《い》れられないの？」

「……そうじゃない。どう抗《あらが》ったって、俺《おれ》がヴァンパイアであることに変《か》わりはない。でも、本能《ほんのう》のままに人間《にんげん》の血《ち》を吸《すす》る化《ば》け物《もの》にだけはなりたくなかったんだ。それなのに……」

煌《こう》は一旦言葉《いったんことば》を切《き》ると、唇《くちびる》をきゅっと噛《か》んだ。

「黒川《くろかわ》、あの時《とき》は、本当《ほんとう》に申《もう》し訳《わけ》なかった」

「藍崎《あいざき》くん……」

「あの時《とき》、黒川《くろかわ》が手《て》を擦《す》りむいてて……」

ひかるはその時《とき》の情景《じょうけい》を鮮《あざ》やかに思《おも》い出《だ》した。

そうあの時《とき》、ひかるは彼《かれ》に飛《と》び蹴《げ》りをかまし、かわされたために転《ころ》んで手《て》をすりむいたのだ。

「あの時《とき》は俺《おれ》、本当《ほんとう》におかしくなってた。血《ち》の匂《にお》いがして……、すごく、今《いま》まで嗅《か》いだことがない美味《おい》しそうな匂《にお》いがして、我慢《がまん》できなくなったんだ……」

「…………」

嗅《か》いだとか美味《おい》しそうな匂《にお》いだとか我慢《がまん》できないだとか、出《で》て来《く》るワードが恥《は》ずかしすぎる。

「黒川《くろかわ》は……、俺《おれ》が怖《こわ》い？」

煌《こう》が、不安《ふあん》げな目《め》をひかるに向《む》けて来《く》る。

(怖《こわ》い？　私《わたし》、藍崎《あいざき》くんのこと怖《こわ》いかな)

ひかるはちょっと考《かんが》えた。

たしかに血《ち》を吸《す》われたことは嫌《いや》だったしあの時《とき》は怖《こわ》いと思《おも》った。

でも……、あの時《とき》のヴァンパイアが煌《こう》で、彼《かれ》が凶悪《きょうあく》な連続吸血犯《れんぞくきゅうけつはん》ではないとわかった今《いま》、怖《こわ》いという気持《きも》ちは消《き》えている。

（……というか、血《ち》を吸《す》われるのも嫌《いや》だったのかな）

あの時《とき》は力《ちから》が抜《ぬ》けて、なんだかほわほわして……、むしろ気持《きもち》……

ひかるはあの時《とき》のことを思《おも》い出《だ》して顔《かお》がカーッと熱《あつ》くなるのを感《かん》じた。

「藍崎《あいざき》くんのことは怖《こわ》くない。この前《まえ》だって助《たす》けにきてくれたし」

そう答《こた》えると、煌《こう》はほっとしたように笑《わら》った。

「よかった……。俺《おれ》が怖《こわ》くないなら、舞踏会《ぶとうかい》のパートナーになって欲《ほ》しい。優先的《ゆうせんてき》にパートナーを選《えら》べるのは期末《きまつ》テストでトップだった俺《おれ》の特権《とっけん》だ。因《ちな》みに、申《もう》し込《こ》まれた方《ほう》に拒《きょ》否権《ひけん》はない」

何《なに》それ。だったらどっちにしろ断《ことわ》れないんじゃない……とひかるは口《くち》を尖《とが》らせた。

「──それで、舞踏会《ぶとうかい》の後《あと》のことなんだけど……」

「舞踏会《ぶとうかい》の後《あと》？　何《なに》かあるの？」

打《う》ち上《あ》げとか、反省会《はんせいかい》とかあるのだろうか。

「舞踏会《ぶとうかい》が終《お》わったら、黒川《くろかわ》の保護者《ほごしゃ》に会《あ》わせてほしい」

「なんで？」

両親《りょうしん》も祖母《そぼ》もいなくなってしまったひかるの唯一《ゆいいつ》の保護者《ほごしゃ》は、まだ会《あ》ったこともない祖父《そふ》一人《ひとり》だ。

でも、それこそ自分自身《じぶんじしん》会《あ》ったこともない祖父《そふ》に会《あ》わせられるわけがない。

「えっと……、どうして私《わたし》の保護者《ほごしゃ》に会《あ》いたいの？」

「黒川《くろかわ》に婚約《こんやく》を申《もう》し込《こ》むには、保護者《ほごしゃ》の許《ゆる》しを得《え》ないと、と思《おも》って」

（はい？　なんですか？　婚約《こんやく》？）

「待《ま》って。なんで藍崎君《あいざきくん》と私《わたし》が婚約《こんやく》するの？　そんな話《はなし》一体《いったい》どこから出《で》て来《く》るのよ。それって、やっぱり私《わたし》が墨島家《すみじまけ》の孫《まご》だから？」

「だから、それは関係《かんけい》ない。俺《おれ》は前《まえ》から、吸血《きゅうけつ》する相手《あいて》は生涯一人《しょうがいひとり》きりって決《き》めてたんだ。万《まん》が一吸血《いちきゅうけつ》するような事態《じたい》になったら、その人《ひと》と一生一緒《いっしょういっしょ》にいようって。だから、黒川《くろかわ》を吸血《きゅうけつ》してしまった責任《せきにん》をとらせて欲《ほ》しい」

（え？　この人何《ひとなに》言《い》ってんの？）

ひかるは目《め》を落《お》とさんばかりに見開《みひら》いた。

目《め》の前《まえ》でイケメンが言《い》っている言葉《ことば》の意味《いみ》が、全《まった》くもって入《はい》ってこない。

絶句《ぜっく》してしてしまったひかるをよそに、煌《こう》は語《かた》り続《つづ》ける。

「それに、また今回《こんかい》みたいに黒川《くろかわ》が狙《ねら》われたとしても、俺《おれ》がそばにいれば守《まも》れると思《おも》うんだ。もう二度《にど》と、あんな目《め》にはあわせない。だから、結婚《けっこん》を前提《ぜんてい》に婚約《こんやく》を……」

「結婚《けっこん》!?　婚約《こんやく》!?　重《おも》い重《おも》い重《おも》い！」

ひかるは思《おも》わず叫《さけ》んでしまった。

すぐそばには人《ひと》がいないが、校庭《こうてい》にいる生徒《せいと》たちが何《なん》だろうと言《い》う顔《かお》でこちらを見《み》ている。

「藍崎《あいざき》くん落《お》ちついて！　私《わたし》たちまだ高校一年生《こうこういちねんせい》なんだよ？」

「でも、俺《おれ》の両親《りょうしん》も幼《おさな》い頃《ころ》から婚約《こんやく》してた。多分《たぶん》、昴《すばる》さんや泉《いずみ》さんの両親《りょうしん》もそうだよ」

ヴァンパイアは純血種《じゅんけつしゅ》を守《まも》るため純血種同士《じゅんけつしゅどうし》、もしくは純血種《じゅんけつしゅ》と混血種《こんけつしゅ》で幼《おさな》いうちに婚約《こんやく》させるのが普通《ふつう》らしい。

ヴァンパイアと人間《にんげん》では混血種《こんけつしゅ》しか生《う》まれないが、純血種《じゅんけつしゅ》と混血種《こんけつしゅ》が結婚《けっこん》すれば、また純血種《じゅんけつしゅ》が生《う》まれるのだ。

「それって本当《ほんとう》は、私《わたし》の血《ち》が美味《おい》しいから早《はや》いうち契約《けいやく》しとこうとかって感《かん》じ？」

そう言《い》って冷《ひ》ややかに見上《みあ》げると、煌《こう》は息《いき》をのんだ。

「たしかに……、黒川《くろかわ》の血《ち》が不味《まず》かったら、あんなに惹《ひ》きつけられることも、吸血《きゅうけつ》するこ

ともなかっただろう。でも、黒川《くろかわ》が墨島剣造《すみじまけんぞう》の孫《まご》であることや来守《くるす》一族《いちぞく》の末裔《まつえい》であることは関係《かんけい》ない」

「……嘘《うそ》ばっかり」

「本当《ほんとう》だ。俺《おれ》は黒川《くろかわ》の血《ち》が飲《の》みたくて言《い》ってるわけでも、黒川《くろかわ》を利用《りよう》して墨島《すみじま》グループに入《はい》り込《こ》みたいわけでもない」

「だったら余計《よけい》私《わたし》と婚約《こんやく》するメリットなんてないんじゃない？」

「さっきも言《い》ったけど、俺《おれ》の両親《りょうしん》は幼《おさな》い頃《ころ》からの許婚同士《いいなずけどうし》で、どっちも純血種《じゅんけつしゅ》だ。お互《たが》いに愛情《あいじょう》が無《な》い二人《ふたり》が、若《わか》い異性《いせい》を何人《なんにん》も侍《はべ》らして吸血《きゅうけつ》していたのを、俺《おれ》は小《ちい》さい頃《ころ》から見《み》て育《そだ》った。俺《おれ》は、両親《りょうしん》みたいになりたくない。唯一《ゆいいつ》の存在《そんざい》がそばにいて、一生《いっしょう》その人《ひと》の血《ち》の味《あじ》しか知《し》らないで生《い》きていけたら幸《しあわ》せだって」

「ん？　でもそれって、結局《けっきょく》パートナーからは吸血《ぎゅうけつ》しますって話《はなし》だよね？」

「それは、マーキングくらいはすると思《おも》う」

（マーキング……）

再《ふたた》び聞《き》くことになった怪《あや》しい言葉《ことば》に、ひかるは思《おも》わず一歩後《いっぽうし》ろに下《さ》がった。

「黒川《くろかわ》から吸血《きゅうけつ》してしまった時《とき》……、俺《おれ》はどうしようもなく、やっぱり自分《じぶん》もヴァンパイアなんだってことを思《おも》い知《し》らされた。でもそれ以上《いじょう》に、俺《おれ》が吸血《きゅうけつ》したことで、黒川《くろかわ》をヴァンパイアの世界《せかい》に引《ひ》きずり込《こ》んでしまった。だから、責任《せきにん》を取《と》らせて欲《ほ》しいんだ」

言葉《ことば》を切《き》った煌《こう》を、ひかるは真《ま》っ直《す》ぐに見《み》つめた。

煌《こう》の瞳《ひとみ》は、嘘《うそ》をついているようには見《み》えない。

でも……。

彼《かれ》の葛藤《かっとう》や負《お》い目《め》とひかるの未来《みらい》は、全《まった》くの別物《べつもの》である。

「藍崎《あいざき》くんの言《い》いたいことはわかった」

そう告《つ》げると、煌《こう》は緊張気味《きんちょうきみ》だった顔《かお》を少《すこ》しだけ緩《ゆる》ませた。

「でもね、やっぱり藍崎《あいざき》くんに責任《せきにん》をとってもらう筋合《すじあ》いはないし、とって欲《ほ》しくもない。

あなたの唯一《ゆいいつ》になる気《き》もないよ。だって私《わたし》、まだまだ未来《みらい》を決《き》めたくないし、何《なに》より、結《けっ》婚《こん》は本当《ほんとう》に好《す》きな人《ひと》としたいもん」

「好《す》きな人《ひと》……」

煌《こう》はぽかんと口《くち》を開《あ》けた。

「そう、好《す》きな人《ひと》。藍崎《あいざき》くんも変《へん》なこだわりは捨《す》てて、本当《ほんとう》に好《す》きになれる人《ひと》を探《さが》してみたら？」

「……好《す》きな人《ひと》」

煌《こう》はもう一度《いちど》、噛《か》みしめるようにそう呟《つぶや》いた。

「じゃあそういうわけで、舞踏会《ぶとうかい》のパートナーも考《かんが》え直《なお》してみて」

ひかるはそう言《い》うと、手《て》を振《ふ》ってその場《ば》を去《さ》った。

話《はなし》があるなんて言《い》うからちょっとドキドキしちゃったけど、なんのことはない、彼《かれ》はまだ恋《こい》も知《し》らないような唐変木《とうへんぼく》なのだ、多分《たぶん》。

エピローグ

空《そら》に一番星《いちばんぼし》が輝《かがや》きだした頃《ころ》、墨島学園高等部《すみじまがくえんこうとうぶ》伝統《でんとう》の一大《いちだい》イベント、舞踏会《ぶとうかい》が幕《まく》を開《あ》ける。

いつもなら生徒《せいと》が下校《げこう》して消灯《しょうとう》されている時刻《じこく》だが、今日《きょう》ばかりは正門《せいもん》からエントランスに続《つづ》く通《とお》りもイルミネーションが輝《かがや》いているのだ。

舞踏会《ぶとうかい》に参加《さんか》する一年生《いちねんせい》の女子《じょし》は白《しろ》いドレス、男子《だんし》は燕尾服《えんびふく》が正装《せいそう》と決《き》められている。

金銭的余裕《きんせんてきよゆう》のない奨学生《しょうがくせい》であっても、学園《がくえん》が正装《せいそう》を準備《じゅんび》するため、ほぼ全員参加《ぜんいんさんか》のイベントである。

(こうして見《み》ると私《わたし》もなかなか見《み》れるじゃない。おばあちゃんにも見《み》せたかったなぁ)

ひかるは部屋《へや》の鏡《かがみ》の前《まえ》でくるりと一回転《いちかいてん》してみた。

白《しろ》のサテン生地《きじ》で作《つく》られたプリンセスラインのドレスはとても可愛《かわい》らしい。

ワンショルダーで肩《かた》の部分《ぶぶん》には大《おお》きなリボンが飾《かざ》られ、ウェストより下《した》はふんわりと広《ひろ》がっている。

髪《かみ》はアップにして白《しろ》い花《はな》が飾《かざ》られ、ダイヤモンドとパールで作《つく》られた耳飾《みみかざ》りをつけている。

このドレスもアクセサリーも、この日《ひ》のために祖父剣造《そふけんぞう》がひかるに贈《おく》ってくれたものだ。最初《さいしょ》は舞踏会《ぶとうかい》なんて出《で》るつもりはなかったひかるに、紫野《むらさきの》を通《つう》じて祖父《そふ》が贈《おく》ってきたのだ。

まだ会《あ》ったこともない祖父《そふ》だが、ひかるのことを気《き》にかけているのは本当《ほんとう》らしい。

女子寮《じょしりょう》のエントランスに出《で》ると、そこは着飾《きかざ》った女生徒《じょせいと》たちでごった返《がえ》していた。皆思《みなおも》い思《おも》いの美《うつく》しいドレスに身《み》を包《つつ》み、なんとも華《はな》やかだ。

「うわ〜！　可愛《かわい》い、ひかる！　すごい綺麗《きれい》！　お姫様《ひめさま》みたい」

いつもはひかるのファッションに辛口《からくち》な美雪《みゆき》も、今日《きょう》ばかりは褒《ほ》めてくれる。

でもそういう美雪《みゆき》だってとても可愛《かわい》くてどこかのお姫様《ひめさま》みたいだ。

美雪《みゆき》と並《なら》んでエントランスの外《そと》に出《で》ようとすると、女《おんな》の子《こ》たちが輪《わ》になってきゃあきゃあ騒《さわ》いでいた。

ひかるが輪《わ》の中《なか》を覗《のぞ》いてみると、そこにいたのは生徒会《せいとかい》メンバーたちだ。

（ああ、なるほど）

昴《すばる》、煌《こう》、泉《いずみ》、貘《ばく》の四人《よにん》は燕尾服《えんびふく》に白《しろ》い蝶《ちょう》タイ姿《すがた》で、いつも以上《いじょう》に輝《かがや》きを放《はな》っている。あの輪《わ》の中《なか》に突《つ》っ込《こ》んでいく勇気《ゆうき》がなくて遠巻《とおま》きに見《み》ていると、そんなひかるに気《き》づいた煌《こう》が輪《わ》から出《で》て近《ちか》づいてきた。

今夜《こんや》のエスコート役《やく》である煌《こう》は、ひかるを迎《むか》えに来《き》たのだ。考《かんが》え直《なお》してと言《い》ったのに、あの後《あと》、彼《かれ》は改《あらた》めてひかるにパートナーを申《もう》し込《こ》んできた。

「藍崎《あいざき》くん、お待《ま》たせ」

にっこり微笑《ほほえ》むと、煌《こう》はひかるを見《み》るなりあんぐりと口《くち》を開《あ》ける。

「今日《きょう》はありがとう。よろしくね」

挨拶《あいさつ》をしたのに彼《かれ》は口《くち》をぽかんと開《あ》けたままひかるを見《み》つめていて、なんだか様子《ようす》がおかしい。

「藍崎《あいざき》くん……？」

「あ、ああ……。その、黒川《くろかわ》。すごく綺《き》……」

「すっごく綺麗《きれい》だよ！　ひかるちゃん！」

やっと何《なに》か言《い》いかけた煌《こう》を遮《さえぎ》ったのは昴《すばる》の声《こえ》だ。

昴《すばる》も輪《わ》をかき分《わ》け、ひかるの前《まえ》までやって来《き》たのだ。

「ひかるちゃん！　うわー、可愛《かわい》い。やっぱりひかるちゃんのエスコート役《やく》、煌《こう》になんか譲《ゆず》らなきゃよかったなぁ」

「ふふ、昴《すばる》さんも……、すごく素敵《すてき》ですよ」

「ありがとう」

微笑《ほほえ》む昴《すばる》の横《よこ》で、煌《こう》は何故《なぜ》かまた仏頂面《ぶっちょうづら》になっている。

今回《こんかい》の舞踏会《ぶとうかい》に際《さい》して生徒会《せいとかい》メンバーは、例《れい》の事件《じけん》の被害者《ひがいしゃ》になった女生徒《じょせいと》たちに、エスコートさせて欲《ほ》しいと申《もう》し込《こ》んでいた。

最初《さいしょ》の被害者《ひがいしゃ》である里井奈美《さといなみ》と三番目《さんばんめ》の被害者《ひがいしゃ》である大山咲子《おおやまさきこ》は恋人《こいびと》がいるので除外《じょがい》し、その他《ほか》の二人《ふたり》、相田美雪《あいだみゆき》と古林月子《こばやしつきこ》が対象《たいしょう》だ。

今《いま》も、泉《いずみ》が美雪《みゆき》を、獏《ばく》が月子《つきこ》を、それぞれエスコートするため迎《むか》えに来《き》ている。

二人《ふたり》とも、目立《めだ》つし、女生徒《じょせいと》たちに嫉妬《しっと》はされるし、面倒《めんどう》くさい、などと言《い》ってはいたが、イケメン男子《だんし》にエスコートされている様子《ようす》は心持《こころも》ち嬉《うれ》しそうだ。

生徒会《せいとかい》メンバーが誰《だれ》をエスコートするのかと女生徒《じょせいと》たちは戦々恐々《せんせんきょうきょう》としていたが、この選択《せんたく》にはみんな、納得《なっとく》せざるを得《え》なかったのだろう。

「桃谷《ももや》ガールズは大丈夫《だいじょうぶ》なのかな……」

ひかるは桃谷《ももや》にエスコートされていく親友《しんゆう》の背中《せなか》を見送《みおく》りながらそう呟《つぶや》いた。

可愛《かわい》らしい美雪《みゆき》はイケメン桃谷《ももや》の横《よこ》に立《た》っても全《まった》く見劣《みおと》りしてはいないが、日《ひ》ごろ桃谷《ももや》が侍《はべ》らせている桃谷《ももや》ガールズの心中《しんちゅう》は穏《おだ》やかではないだろう。

「相田《あいだ》さんの次《つぎ》に泉《いずみ》と踊《おど》る子《こ》はあみだくじで決《き》めたらしいよ。『子猫《こねこ》ちゃんたちを一人《ひとり》に絞《しぼ》るなんてできないからちょうどよかった』なんて言《い》ってたからね」

昴《すばる》が泉《いずみ》の口《くち》まねをしながらそう言《い》った。

泉《いずみ》は桃谷《ももや》ガールズ全《すべ》てと踊《おど》るつもりなのだろうか。

なんともタフな話《はなし》だ。

「僕《ぼく》もファンの子《こ》たちに計算力《けいさんりょく》テストをしてダンスの順番《じゅんばん》を決《き》めたんだ」

そう自慢《じまん》げに口《くち》をはさんできたのは獏《ばく》だ。

ひかるが目《め》を移《うつ》すと、彼《かれ》の隣《となり》には月子《つきこ》が並《なら》んでいた。

いつもは地味《じみ》目《め》な彼女《かのじょ》だが、今日《きょう》ばかりは美《うつく》しく着飾《きかざ》っている。

「青野《あおの》くんにも順番《じゅんばん》を決《き》めるほどファンがいるんだね」

「本当《ほんとう》に失敬《しっけい》だな、君《きみ》は」

貘《ばく》はふんと鼻《はな》を鳴《な》らすと、月子《つきこ》の手《て》を取《と》った。

たしかに貘《ばく》も綺麗《きれい》な顔立《かおだ》ちはしているし、いわゆるメガネ萌《も》えの女子《じょし》たちに人気《にんき》が高《たか》い。

クールでつんつんしている感《かん》じも萌《も》えポイントが高《たか》いのだろう。

「月子《つきこ》さん、すごく綺麗《きれい》！　今日《きょう》は楽《たの》しもうね」

ひかるがそう言《い》うと、月子《つきこ》はちょっとはにかんだように笑《わら》った。

「俺《おれ》たちもそろそろ行《い》こうか」

煌《こう》がすっとひかるの前《まえ》に左手《ひだりて》を差《さ》し出《だ》した。

その姿《すがた》に、周囲《しゅうい》の女子生徒《じょしせいと》からざわめきが起《お》こる。

しかしその手《て》を取《と》る前《まえ》に昴《すばる》が近《ちか》づいてきて、ひかるにそっと耳打《みみう》ちした。

「今回《こんかい》は煌《こう》に花《はな》を持《も》たせたけど、次《つぎ》は僕《ぼく》のパートナーになってね。今夜《こんや》だって、煌《こう》の次《つぎ》に君《きみ》と踊《おど》るのは僕《ぼく》だからね」

ひかるが、かあっと頬《ほお》を染《そ》めたのを見《み》た煌《こう》はぐいっと強引《ごういん》に彼女《かのじょ》の手《て》を引《ひ》いた。

その様子《ようす》に、またまたざわめきが起《お》きる。

昴《すばる》は多分《たぶん》、面白《おもしろ》がってやっているんだろう。

生徒会《せいとかい》メンバーである煌《こう》がひかるのパートナーとなったのは、彼女《かのじょ》が今回《こんかい》の事件解決《じけんかいけつ》の功労者《こうろうしゃ》だから、と表向《おもてむ》きは発表《はっぴょう》している。

あの、いつもクールな藍崎煌《あいざきこう》が自分《じぶん》の意思《いし》でひかるにエスコート役《やく》を申《もう》し込《こ》んだことなど、昴《すばる》以外《いがい》は誰《だれ》も知《し》らないのだ。

そんな昴《すばる》はエントランスから出《で》てきたさおりの姿《すがた》を見《み》つけ、颯爽《さっそう》と寄《よ》り添《そ》った。

さおりもまた、気品《きひん》あふれるブルーのドレスを身《み》にまとい、いつも以上《いじょう》に美《うつく》しい。

昴《すばる》は『波風《なみかぜ》立《た》たないようさおりにパートナーを頼《たの》んだんだ』などと言《い》っていたが、この二人《ふたり》はやっぱりお似合《にあ》いだと、ひかるは思《おも》う。


会場《かいじょう》に着《つ》くと執事風《しつじふう》の衣装《いしょう》に身《み》を包《つつ》んだ男性《だんせい》たちがいて、テーブルに案内《あんない》された。

テーブルの上《うえ》には色《いろ》とりどりの料理《りょうり》と菓子《かし》が並《なら》んでいて、ひかるは目《め》を輝《かがや》かせる。

「あまり食《た》べ過《す》ぎるなよ。体《からだ》が重《おも》くなるからな」

煌《こう》が心配《しんぱい》そうにそう言《い》っているのは、ひかるがこの後《あと》のダンスを不安《ふあん》に思《おも》っていると知《し》っているからだろう。

「……わかった」

ひかるがしゅんとして手《て》を止《と》めると、煌《こう》は焦《あせ》ったように身《み》を乗《の》り出《だ》した。

「違《ちが》う、食《た》べるのをやめろと言《い》ったわけじゃない」

そう言《い》うと煌《こう》は菓子《かし》をとった皿《さら》をひかるの前《まえ》に差《さ》し出《だ》した。

食《た》べるなと言《い》ったり食《た》べろと言《い》ったり、わけのわからない人《ひと》だ。

ただ、無表情《むひょうじょう》で仏頂面《ぶっちょうづら》だと思《おも》っていた煌《こう》が案外色々《あんがいいろいろ》な表情《ひょうじょう》を見《み》せてくれるのは、嬉《うれ》しい楽《たの》しいと思《おも》う。

食事《しょくじ》を楽《たの》しんでいると、昴《すばる》が壇上《だんじょう》に立《た》った。

「生徒会長《せいとかいちょう》の墨島昴《すみじますばる》です」

それまで賑《にぎ》やかだったホール内《ない》が、一斉《いっせい》に静《しず》まる。

「学園《がくえん》から発表《はっぴょう》があった通《とお》り、夏休《なつやす》み前《まえ》はこの学園《がくえん》で不幸《ふこう》な事件《じけん》が起《お》こりました。ここでは詳細《しょうさい》を省《はぶ》きますが、皆《みな》さんの心《こころ》も深《ふか》く傷《きず》ついたことと思《おも》います。我々生徒会《われわれせいとかい》は事件《じけん》が起《お》きたことに大変責任《たいへんせきにん》を感《かん》じ、二度《にど》とこのようことで皆《みな》さんが悲《かな》しむことのないよう、気《き》を引《ひ》き締《し》めていきたいと思《おも》います」

昴《すばる》は言葉《ことば》を区切《くぎ》ると、生徒《せいと》たちの顔《かお》を見回《みまわ》した。

犯人《はんにん》は慕《した》われていて、人気《にんき》も高《たか》い教師《きょうし》だったのだから、生徒《せいと》たちはひどくショックだったはずだ。

「そしてこうして皆《みな》さんが無事《ぶじ》に学園《がくえん》に戻《もど》ってきてくれて、通常通《つうじょうどお》りの二学期《にがっき》が始《はじ》まったこと、学園伝統《がくえんでんとう》の舞踏会《ぶとうかい》を開催《かいさい》できること、本当《ほんとう》に嬉《うれ》しく思《おも》います。今夜《こんや》はどうぞ心行《こころゆ》くまで楽《たの》しんでいってください」

そう言《い》うと昴《すばる》は壇上《だんじょう》から降《お》りてきてさおりの手《て》を取《と》った。

音楽《おんがく》が鳴《な》り始《はじ》め、二人《ふたり》で軽《かろ》やかにステップを踏《ふ》み出《だ》す。

それが合図《あいず》だったのか、泉《いずみ》や獏《ばく》もそれぞれのパートナーの手《て》を取《と》って踊《おど》り始《はじ》めた。

「お手《て》をどうぞ、ひかる嬢《じょう》」

煌《こう》も前《まえ》かがみになって右手《みぎて》を自分《じぶん》の胸《むね》に当《あ》てると、左手《ひだりて》をひかるに向《む》かって差《さ》し出《だ》した。

ひかるの右手《みぎて》が載《の》せられると、煌《こう》の右手《みぎて》がひかるの背中《せなか》に回《まわ》り、いわゆる「ホールド」の形《かたち》になる。

「黒川《くろかわ》は左足《ひだりあし》からだ」

「うん、大丈夫《だいじょうぶ》」

この一ヶ月《いっかげつ》、さおりのもとで散々練習《さんざんれんしゅう》してきたのだ。

彼女《かのじょ》の指導《しどう》はかなり厳《きび》しかったが、全《まった》くのど素人《しろうと》をなんとか形《かたち》にしてくれた。

煌《こう》のリードに導《みちび》かれ、軽《かろ》やかに踊《おど》り始《はじ》める。

ひかるは背中《せなか》に羽《はね》がはえたようだと思《おも》った。

自分《じぶん》でも言《い》っていた通《とお》り、運動神経《うんどうしんけい》がいいのだろう、全《まった》く踊《おど》れなかったという煌《こう》も、なかなか様《さま》になっている。

貴公子然《きこうしぜん》としてひかるをリードする様《さま》は、まるでどこぞの王子様《おうじさま》のようだ。

そんな二人《ふたり》に、周囲《しゅうい》から嫉妬《しっと》と羨望《せんぼう》の瞳《ひとみ》が集《あつ》まっているのを感《かん》じる。

しかし今《いま》ひかるは憂鬱《ゆううつ》に思《おも》っていたダンスがとても楽《たの》しいし、彼《かれ》と呼吸《こきゅう》を合《あ》わせるのもとても楽《たの》しい。

二人《ふたり》で合《あ》わせる練習《れんしゅう》もしてはきたが、本番《ほんばん》である今日《きょう》が一番出来《いちばんでき》がいいと、ひかるは嬉《うれ》しく思《おも》った。


一曲目《いちきょくめ》が終《お》わろうとしている。

ひかるは次《つぎ》に移《うつ》る準備《じゅんび》をしようと思《おも》った。

二曲目《にきょくめ》は昴《すばる》と踊《おど》る約束《やくそく》をしている。しかし身《み》を離《はな》そうとした瞬間《しゅんかん》、煌《こう》がひかるの手《て》を引《ひ》いた。

（え？）と思《おも》う間《ま》もなく、煌《こう》はひかるの手《て》を引《ひ》いたまま歩《ある》き出《だ》す。

そして連《つ》れてこられたのは、バルコニーだった。

バルコニーは少《すこ》し肌寒《はださむ》く、思《おも》わず身《み》を縮《ちぢ》めるようにしたひかるの肩《かた》に、ふわりと何《なに》かがかけられた。

見《み》ると今《いま》まで煌《こう》が着《き》ていた上着《うわぎ》で、彼《かれ》にこんな気遣《きづか》いが出来《でき》たのかと、ひかるは目《め》を丸《まる》くした。

脱《ぬ》いだばかりの上着《うわぎ》からは煌《こう》のぬくもりが感《かん》じられ、かすかに彼《かれ》の匂《にお》いもする。

しかしひかるは、それを嫌《いや》だとは全《まった》く思《おも》わなかった。

「……藍崎《あいざき》くん？」

煌《こう》を真《ま》っ直《す》ぐに見上《みあ》げると、彼《かれ》もまたひかるを見《み》つめていた。

バルコニーの薄明《うすあ》かりの中《なか》、煌《こう》の藍色《あいいろ》の瞳《ひとみ》が輝《かがや》いている。

「黒川《くろかわ》、この前俺《まえおれ》が、責任《せきにん》を取《と》りたいって言《い》ったの覚《おぼ》えてるか？」

「うん」

ひかるは素直《すなお》にうなずいた。

血《ち》を吸《す》ってしまったから一生責任《いっしょうせきにん》を取《と》らせて欲《ほ》しいとか、あんなインパクトのある台詞《せりふ》忘《わす》れるわけがない。

「あの発言《はつげん》、撤回《てっかい》する」

「そう」

ひかるはほっとしたように微笑《ほほえ》んだ。

本能《ほんのう》に負《ま》けて吸血《きゅうけつ》してしまったから婚約《こんやく》して欲《ほ》しいとか、やっぱり重過《おもす》ぎるし変過《へんす》ぎる。

ちょっとだけ胸《むね》にちくっと痛《いた》みが走《はし》ったような気《き》もしたが、多分気《たぶんき》のせいだろう。

「それはそうだよね。私《わたし》たちまだ高校一年生《こうこういちねんせい》だもん。この前《まえ》も言《い》ったけど、先《さき》のことを決《き》めるには早過《はやす》ぎるよ」

「そうじゃなくて……」

煌《こう》はそう言《い》うと、小《ちい》さく微笑《ほほえ》んだ。

(なにこの顔《かお》、やばい……)

照《て》れるような、はにかむような。

いつも仏頂面《ぶっちょうづら》の彼《かれ》の笑顔《えがお》はやっぱりやばい。

「責任《せきにん》とか関係《かんけい》なく、やっぱり俺《おれ》のそばにいてほしい」

「え？」

突然《とつぜん》の煌《こう》の発言《はつげん》に、ひかるは驚《おどろ》いて目《め》を見開《みひら》いた。

「多分俺《たぶんおれ》……、黒川《くろかわ》が好《す》きなんだと思《おも》う」

「藍崎《あいざき》くん……？」

ひかるの心臓《しんぞう》がバクバクと早打《はやう》ちする。

だってこれはあれじゃないですか。

いわゆる告白《こくはく》と言《い》うやつでは……

次《つぎ》の言葉《ことば》を待《ま》って見上《みあ》げると、煌《こう》は今《いま》までになく優《やさ》しい目《め》でひかるを見下《みお》ろしていた。

「そう、責任《せきにん》をとりたいとかじゃなくて。俺《おれ》はこの先《さき》もし吸血《きゅうけつ》するならやっぱり黒川《くろかわ》の血《ち》しか嫌《いや》だと思《おも》ったんだ」

「……ん？」

「本能《ほんのう》に目覚《めざ》めて俺《おれ》が万《まん》が一《いち》また吸血《きゅうけつ》するような事態《じたい》になったとしても……、どうしたって、黒川《くろかわ》の血《ち》しか吸《す》えないと思《おも》ったんだよ」

「……ふうん」

ひかるは冷《さ》めた目《め》で煌《こう》を見上《みあ》げた。

だって、ドキドキが一気《いっき》に霧散《むさん》したのだ。

つまりはこういうことだ。

これは告白《こくはく》なんていう甘《あま》いものじゃなくて、要《よう》するに煌《こう》がひかるのそばにいたいのは、やっぱり来守一族《くるすいちぞく》の血《ち》のせいだ。

ひかると婚約《こんやく》とか結婚《けっこん》とかすれば、美味《おい》しい血液《けつえき》が飲《の》み放題《ほうだい》だから。

「藍崎《あいざき》くん」

ひかるの低《ひく》く冷《つめ》たい声《こえ》に、煌《こう》はびくりと肩《かた》を揺《ゆ》らした。

「私《わたし》、あなた専属《せんぞく》の餌《えさ》になるなんてお断《ことわ》り」

「違《ちが》う。そんな意味《いみ》じゃない」

「それにこの前《まえ》も言《い》ったけど、私《わたし》まだ未来《みらい》のこととか決《き》めたくないし」

「黒川《くろかわ》……、何《なに》か夢《ゆめ》でもあるのか？」

「ううん、いっぱい勉強《べんきょう》して、今《いま》からゆっくり考《かんが》えるつもり」

ちょっと前《まえ》までの夢《ゆめ》はおばあちゃんを楽《らく》させてあげることだったけど、その夢《ゆめ》はなくなってしまった。

だからこの先《さき》は、本当《ほんとう》に自分《じぶん》がやりたいことを探《さが》していけたらいいと思《おも》う。

「……そうか」

「じゃあ私《わたし》、先《さき》に戻《もど》るね。これ、ありがと」

ひかるは借《か》りていた上着《うわぎ》を脱《ぬ》いで煌《こう》に押《お》し付《つ》けると、颯爽《さっそう》と踵《きびす》を返《かえ》した。

「……なんだ、追《お》いかけてもこないじゃない」

ホールに戻《もど》ると、ひかるはそう呟《つぶや》いた。

煌《こう》が不器用《ぶきよう》で口下手《くちべた》なのはわかっている。

今《いま》だって、ちゃんと弁解《べんかい》してくれたらもっと話《はなし》を聞《き》いてあげたかもしれないのに。

ひかるは立《た》ち止《ど》まってバルコニーの方《ほう》を振《ふ》り返《かえ》った。

やっぱり、煌《こう》が追《お》ってくる様子《ようす》はない。

「ふん、もう知《し》らない」

◆

一方《いっぽう》バルコニーで呆然《ぼうぜん》とひかるの背中《せなか》を見送《みおく》った煌《こう》の耳《みみ》に、くすくすと笑《わら》い声《ごえ》が聞《き》こえてきた。

「昴《すばる》さん……」

カーテンの影《かげ》から現《あらわ》れたのは、笑《わら》いをこらえているような顔《かお》の昴《すばる》だ。

「相変《あいか》わらず不器用《ぶきよう》だねえ、煌《こう》は」

「……聞《き》いてたのか」

「二曲目《にきょくめ》はひかるちゃんと踊《おど》る約束《やくそく》してたのに誰《だれ》かさんが連《つ》れてっちゃうから」

昴《すばる》がそう言《い》うと、煌《こう》はむすっと黙《だま》り込《こ》んだ。

「たしかにあんな言《い》い方《かた》したら、自分専属《じぶんせんぞく》の餌《えさ》になれって聞《き》こえるよね」

「違《ちが》う、そんな意味《いみ》で言《い》ったんじゃない」

ヴァンパイアの本能《ほんのう》に目覚《めざ》めてしまった煌《こう》は、あれからきちんと処方《しょほう》を守《まも》ってサプリを摂取《せっしゅ》している。

ひかると一緒《いっしょ》にいても、もう二度《にど》と傷《きず》つけないという自信《じしん》もある。

血《ち》とか匂《にお》いとか関係《かんけい》なく、ひかるに惹《ひ》かれているのは事実《じじつ》だ。

唯一《ゆいいつ》の特別《とくべつ》な存在《そんざい》だと伝《つた》えたかったのに、こともあろうか血《ち》をたとえに出《だ》して話《はな》してしまった。

「照《て》れだろ？　照《て》れ。告白《こくはく》なんかしたことないから焦《あせ》っちゃったんだよね。クールな形《なり》して、意外《いがい》と純情《じゅんじょう》だからなぁ、煌《こう》は。まあ付《つ》き合《あ》いの長《なが》い僕《ぼく》にはわかるけど、ひかるちゃんには伝《つた》わらないよねぇ」

「……うるさい」

「とにかく色々端折《いろいろはしょ》りすぎ。まずは一緒《いっしょ》にご飯《はん》でも食《た》べに行《い》こうとか、名前《なまえ》で呼《よ》ばせて欲《ほ》しいとか、そういうのから始《はじ》めるんじゃないの？」

「……そうなのか？」

「さあね。まあ次《つぎ》は僕《ぼく》がひかるちゃんと踊《おど》る番《ばん》だからね。戻《もど》って誘《さそ》っちゃおうかな」

昴《すばる》がにやにやしながらそう言《い》うと、煌《こう》ははっとしたように顔《かお》を上《あ》げた。

「待《ま》って。もう一回《いちかい》ちゃんと黒川《くろかわ》と話《はな》してくる」

煌《こう》は昴《すばる》の腕《うで》を引《ひ》いて引《ひ》き留《と》めるとホールに向《む》かって走《はし》り出《だ》した。

「やれやれ、遅《おそ》い初恋《はつこい》なのかな」

煌《こう》の背中《せなか》を見送《みおく》った昴《すばる》は苦笑《くしょう》しながらそう呟《つぶや》いた。

昴《すばる》は煌《こう》のことを幼《おさな》い頃《ころ》から知《し》っていて、弟《おとうと》のように可愛《かわい》がってきた。

だから今回《こんかい》だってひかるのパートナーは譲《ゆず》ってやったのだ。

「でも、次《つぎ》はわからないからね。次《つぎ》にひかるちゃんの隣《となり》にいるのは僕《ぼく》かも。だってひかるちゃん自身《じしん》、まだ恋《こい》もわからないお子《こ》ちゃまみたいだし」

ひかるも昴《すばる》も、この先墨島家《さきすみじまけ》の直系《ちょっけい》という重《おも》いしがらみに、否応《いやおう》なく巻《ま》き込《こ》まれていくのかもしれない。

でも、学生《がくせい》でいる今《いま》はまだ、はとこ同士《どうし》として、兄妹《きょうだい》みたいな距離《きょり》でいられたらと思《おも》う。

「さて、僕《ぼく》も戻《もど》ろうかな」

昴《すばる》は誰《だれ》に聞《き》かせるともなくそう呟《つぶや》くと、ゆっくりとホールに戻《もど》って行《い》った。

おしまい

あとがき

皆《みな》さん、はじめまして！　『吸血鬼《ヴァンパイア》学園《がくえん》へようこそ』の作者凛江《さくしゃりえ》です。

お話《はなし》はいかがでしたか？　ひかると一緒《いっしょ》に推理《すいり》を楽《たの》しんでいただけたでしょうか。また、イケメンヴァンパイアたちは気《き》に入《い》っていただけたでしょうか？

このお話《はなし》は私《わたし》にとってはじめての児童文学作品《じどうぶんがくさくひん》で戸惑《とまど》いもあったのですが、イケメンヴァンパイアたちを描《えが》くのは思《おも》いの外楽《ほかたの》しかったです。作品《さくひん》の中《なか》で彼《かれ》らは個性《こせい》を持《も》ち、勝手《かって》に動《うご》いてくれるようになりました。そんな彼《かれ》らの中《なか》に、皆《みな》さんが推《お》しキャラを見《み》つけてくれれば嬉《うれ》しいな、と思《おも》います。

ヒロインのひかるは、辛《つら》いことがあっても前《まえ》を向《む》く、明《あか》るく元気《げんき》な女《おんな》の子《こ》です。こんな風《ふう》になれたらいいな、こんなお友達《ともだち》がいたらいいな、と思《おも》いながら描《えが》いたので、皆《みな》さんにも身近《みぢか》に感《かん》じていただけたら嬉《うれ》しいです。恋愛方面《れんあいほうめん》にはものすごく疎《うと》いひかるですが、この先《さき》ヴァンパイアたちとどう関《かか》わってどんな道《みち》を選《えら》び取《と》って行《い》くのか、私自身《わたしじしん》とても楽《たの》しみです。

最後《さいご》に、素敵《すてき》なイラストを描《えが》いてくださったriri《りり》さん、この様《よう》な機会《きかい》を与《あた》えてくださったアルファポリスの担当者《たんとうしゃ》さん、出版《しゅっぱん》に関《かか》わった全《すべ》ての方《かた》に感謝《かんしゃ》いたします。

そして何《なに》より、この本《ほん》を手《て》にとってくださった読者《どくしゃ》の皆《みな》さん、本当《ほんとう》にありがとうございました。皆《みな》さんの毎日《まいにち》が笑顔《えがお》であふれますよう、お祈《いの》りしております。

from 凛江《りえ》

アルファポリスきずな文庫

凛江《りえ》／作《さく》

2022年、『王太子妃は離婚したい』(レジーナブックス)でデビュー。茨城県出身、現在マレーシア在住。趣味はお城と温泉巡りでしたが、最近は青い海でのシュノーケリングにはまっています。吸血鬼のお話も、そのうち南国を舞台に描いてみたいな、と思います。

riri《りり》／絵《え》

小さい頃はヴァンパイアは怖い……！　と思っていましたが、今は大好きな物語の題材です！　素敵な物語のイラストが描けてとても嬉しかったです！　お任せくださりありがとうございました！

吸血鬼学園《ヴァンパイアがくえん》へようこそ

作《さく》　凛江《りえ》
絵《え》　riri《りり》

2025年 3月 15日 初版発行

編集　飯野ひなた
編集長　倉持真理
発行者　梶本雄介
発行所　株式会社アルファポリス
〒150-6019 東京都渋谷区恵比寿4-20-3 恵比寿ガーデンプレイスタワー 19F
TEL 03-6277-1601（営業）03-6277-1602（編集）
URL https://www.alphapolis.co.jp/
発売元　株式会社星雲社（共同出版社・流通責任出版社）
〒112-0005 東京都文京区水道1-3-30
TEL 03-3868-3275
デザイン　北國ヤヨイ(ucai)
(レーベルフォーマットデザイン／アチワデザイン室)
印刷　中央精版印刷株式会社

ISBN978-4-434-35450-2 C8293

ファンレターのあて先

〒150-6019 東京都渋谷区恵比寿4-20-3 恵比寿ガーデンプレイスタワー 19F
(株)アルファポリス　書籍編集部気付
凛江先生
いただいたお便りは編集部から先生におわたしいたします。